PETRA SCHULZ
ZIMTSCHNECKEN

Petra Schulz

Zimtschnecken

Roman

1. Auflage 2013

Umschlaggestaltung: AAVAA Verlag
Coverbild: Nathalie Schulz, Beratung: Thomas Schulz

Printed in Germany

ISBN 978-3-8459-0878-6

AAVAA Verlag , Hohen Neuendorf, bei Berlin
www.aavaa-verlag.com

Für kleine und große Schwestern

Prolog

Sie wusste nicht genau, wie lange sie gelaufen war. Die engen Gassen der Altstadt waren in bunten, unscharfen Bildern an ihr vorübergezogen. Weg, einfach nur weg! War er es wirklich – oder hatte sie nur ein Gespenst gesehen, einen Geist aus der Vergangenheit?
Nur zaghaft hatte sie sich umgesehen und versucht, das Gesicht des Mannes genauer zu erkennen. Vergebens. Warum musste die Sonnenmarkise des Straßencafés ihn bloß halb verdecken? Er war es bestimmt, oder vielleicht nicht? Sie hatte sich nicht getraut, näher heranzugehen – aus Angst vor der Wahrheit und Angst vor Entdeckung. So wie sie nach der langen Reise aussah ... Ihr Herz hatte bis zum Hals geklopft. Weg, weg, weg! Der Rhythmus ihrer schnellen, Raum greifenden Schritte hatte sie zur Ruhe kommen lassen sollen, aber diese Hoffnung war vergebens gewesen. Schwer atmend stand sie nun am Rand der Uferpromenade. Die Bluse klebte auf ihrer Haut, und das Haar fiel ihr zerzaust in die feuchte Stirn. Sie stützte sich auf das schmiedeeiserne Geländer und blickte aufs Wasser, mühsam um gleichmäßigen Atem und ruhigeren Herzschlag ringend. Ein leichter Wind kräuselte die Wasseroberfläche, die in allen Schattierungen von grau bis blaugrün schimmerte. Die kleinen Wellen schlugen sachte an die Ufermauer, und es klang wie ein leises
Nie ... Nie ... Nie ...
Sie schlug die Hände vors Gesicht.

Kapitel 1

Zwanzig Jahre zuvor ...

Noch immer sah sie die überlebensgroßen Bernsteinaugen aus ihrem Traum vor sich, die sie unbewegt musterten: kühl, kritisch, allwissend. Ihr Blick verfolgte sie, ließ sie nicht los. Selbst jetzt, nach dem Erwachen, fühlte sie sich beklommen.

Susanne seufzte und fuhr sich mit der rechten Hand über die Wange. Sie drehte sich im zerwühlten Bett, das wegen der zugezogenen Vorhänge in angenehmem Halbdunkel lag, zur Seite – bereit sich durch zärtliche Küsse von den Schatten der Nacht befreien zu lassen. Doch nur sein Kissen lag zerknautscht, leer und kalt neben ihr. Schlagartig war Susanne hellwach.

Sie angelte unter dem Bett nach ihren rosa Pantoletten, schlüpfte hinein und stand auf.

„Jens? Wo bist du?", rief sie.

Doch anstatt einer Antwort fand sie nur einen Zettel auf dem Küchentisch, auf den er mit einem halb ausgetrockneten Filzstift geschrieben hatte:

„Guten Morgen, Süße! Musste schon los. Es war supergeil heute Nacht. Werde den ganzen Tag von deinen Titten träumen. Jens"

Susanne nahm den Zettel vom Tisch, zerknüllte ihn und warf ihn in den Papierkorb. Einfach gehen und dann auch noch so eine billige Nachricht, dachte sie. Wenn er bloß nicht so

aufregend wäre.

Nachdenklich kochte sie sich Kaffee und bestrich eine Scheibe Rosinenstuten mit Butter.

Jens und sie – das war schon eine seltsame Geschichte. Susanne rührte langsam in ihrer großen Kaffeetasse mit den aufgemalten Rosen und sah aus dem Fenster.

Sie war jetzt schon fast zwei Jahre in Duisburg und studierte an der Universität Wirtschaftswissenschaft. Eine Vernunftwahl, denn eigentlich hätte sie viel lieber Archäologie oder etwas mit exotischen Sprachen studiert. Aber Lehrerin, wie ihre Schwester Elke, wollte sie erst recht nicht werden. Elke war deshalb ziemlich eingeschnappt gewesen. Ach ja, Elke ... Susanne schob den Gedanken an ihre ältere Schwester schnell beiseite. Stattdessen zupfte sie Verblühtes von der Azalee, die auf der Fensterbank stand, und blickte aus ihrer Mansardenwohnung auf die Dächer von Duisburg herab. Susanne war gar nicht glücklich darüber gewesen, ausgerechnet hier einen Studienplatz zu bekommen.

Aber im Laufe der Zeit war ihr die Stadt ans Herz gewachsen – vor allem der Stadtteil, in dem sie wohnte. Hochfeld war ein altes Arbeiterviertel mit vielen Häusern aus der Gründerzeit, die zum Teil liebevoll restaurierte Fassaden hatten, manchmal aber auch schäbig und ärmlich wirkten. In Susannes Straße hatte man einige Häuser abgerissen. Die Lücken gaben der Häuserfront das Aussehen eines schadhaften Gebisses und lenkten den Blick auf stillgelegte oder teilweise abgebaute Industrieanlagen im Hintergrund. Die tiefen Wunden der Industrialisierung vernarbten allmählich unter neu angelegten kleinen Parkanlagen, deren zartes, frisches Grün gleichermaßen verletzlich und optimistisch wirkte. Hochfeld und seine Menschen berührten Susanne. Stunden über Stunden saß sie in der kleinen Grünanlage und beobachtete das Leben um sie herum: spielende Kinder, Stimmen und Musik in vielen verschiedenen Sprachen aus offenen Fenstern. An der Seitenwand eines uralten Hauses waren noch immer Überreste eines verschnörkelten Schriftzugs zu erahnen: ein großes J, daneben – fast abgeblättert, kaum noch zu erkennen – der Rest des Namenszuges und daneben das Wort „Kohlenhandlung". Ein Gruß aus einer anderen Zeit.

Susanne stellte ihre Tasse und das Frühstücksbrettchen ins Spülbecken. Höchste Zeit. Zwanzig Minuten später machte sie sich auf den Weg zur Uni. Seit zwei Monaten arbeitete sie als studentische Hilfskraft für Professor Wagner. Papierkram ordnen, Fotokopien anfertigen und Bücher aus der Bibliothek holen erschien ihr sinnvoller als ein Wochenend-Fließbandjob in der Gurkenfabrik. Deshalb war sie sehr zufrieden mit ihrer Arbeit, auch wenn Professor Wagner manchmal eine neugierige Nervensäge war. Außerdem war sie seit kurzem in der Beratungsgruppe für Studienanfänger und Austauschstudenten. Darauf war sie besonders stolz, denn wer zur Beratungsgruppe (dem Beratungsteam, wie sie sich selbst etwas hochtrabend nannten) gehörte, war jemand im Fachbereich Wirtschaft. Man wurde gegrüßt – sogar von den arrogantesten Professoren – und zählte zum inneren Kreis, wobei es nie ganz klar war, wodurch man sich diese Zugehörigkeit erworben hatte. Meistens spielten persönliche Beziehungen zu erfahreneren Gruppenmitgliedern dabei eine Rolle. Susanne war durch Jens in die Gruppe gekommen. Sie hatte ihn an ihrem ersten Tag an der Uni kennengelernt, als er an einem Info-Stand für Studienanfänger Sekt mit Orangensaft ausschenkte. Als er sie sah, hielt er ihr ein Glas entgegen.

„Hier, für dich. Du siehst aus, als könntest du das brauchen."

Susanne war an jenem Tag wirklich abgekämpft gewesen. Die ganze Zeit war sie herumgelaufen, hatte alle Informationen aufzunehmen versucht, aber es war nur noch ein großes Durcheinander in ihrem Kopf. Wie sollte sie sich das alles merken? Das Wichtige vom Unwichtigen unterscheiden? Oder noch schwieriger: die Wichtigtuer von denen unterscheiden, die wirklich etwas zu sagen hatten? In dieser Situation kam der Sekt gerade recht. Während sie an ihrem Becher nippte, beobachtete sie Jens. Er war groß und schlank, hatte ein gewinnendes Lächeln und auffallend schöne Zähne. Intelligent sieht er aus, dachte Susanne, und lebenslustig und sinnlich. Der Sekt verschalte in ihrem Becher, während sie ihn gebannt musterte. Nur wenige Wochen später wusste Susanne, dass die von ihr vermuteten Eigenschaften auf Jens zutrafen. Seit einem regnerischen Nachmittag im November auch, wie sinnlich er war. Eigentlich waren sie verabredet gewesen, um eine Beratungsveranstaltung vorzubereiten, aber daraus wurde nichts. „Ich kann mich gar nicht mehr konzentrieren", hatte er irgendwann gesagt, sein Schreibzeug zur Seite gelegt und sie mit seinen schönen grauen Augen zärtlich angesehen. Das war dann der Anfang. Wenig später lagen sie in Jens' Bett und Susanne erlebte Sex in einer für sie neuen Dimension. „Du kommst ja wie die Feuerwehr", hatte Jens danach ziemlich beeindruckt gesagt. Aber Lust war das Eine und Liebe das Andere... Selbst nach den hemmungslosesten, heißesten Nächten gab es nicht die sanfte Zärtlichkeit, von der Susanne heimlich träumte. Nur kleine Zettel mit eher unromantischen Nachrichten.

Susanne seufzte, als sie jetzt – beladen mit einem Stapel Vorlesungsverzeichnisse und einem Becher Kaffee - das Gebäude betrat, in dem das Büro der Beratungsgruppe lag. Eigentlich war es nur ein kleiner Raum in einem abgelegenen Seitenflügel, der früher als Abstellraum für Aktenordner genutzt worden war. Dennoch waren die Studenten stolz auf ihr „Beratungsbüro". (So stand es auf dem Türschild.)

Susanne stieß die Tür mit dem Ellenbogen auf und sah zwei Füße in mittelmäßig sauberen Socken auf einem der beiden Schreibtische.

„Hättest du mir nicht was abnehmen können? Verdammt nochmal. Du machst es dir ja ganz schön gemütlich hier."

„Oh, Entschuldigung!"

Der junge Mann nahm ganz schnell seine Füße vom Schreibtisch und strich mit den Händen seine ausgewaschene Jeans glatt – als ob das sein Erscheinungsbild hätte verbessern können. Er sah übernächtigt aus.

Susanne stellte ihren Kaffee vorsichtig ab und wischte ein paar alte, fleckige Prospekte über den letztjährigen Internationalen Hochschultag zur Seite, um ein freies Plätzchen für die Vorlesungsverzeichnisse zu schaffen. Sie lächelte verlegen. Eigentlich hatte sie mit Jens gerechnet, weil er um die Mittagszeit immer hier war. Und dass sie jetzt einen wildfremden Menschen so angebellt hatte, war ihr peinlich – besonders als sie den Rucksack und die beiden Reisetaschen sah, die in der Nische neben dem großen Aktenschrank standen. Da kam also ein fremder Student ins Beratungsbüro, wartete geduldig, weil Jens wahrscheinlich mal wieder mit der Zicke aus der Bibliothek flirtete, um dann von ihr erstmal angeschnauzt zu werden. Na toll.

Sie hielt dem Fremden einen Kaffeebecher entgegen.

„Möchtest du? Ist noch warm. Ich bin übrigens Susanne."

Er nahm ihn, prostete ihr mit einer angedeuteten Bewegung zu und lächelte sie über den Rand des Pappbechers an.

„Björn."

„Warum bist du denn nicht mit den Anderen gekommen? Sie sind doch gestern schon aus Göteborg eingeflogen."

„Ich bin mit dem Schiff gefahren. Dauert länger, aber ich wollte die Entfernung fühlen."

Susanne sah ihn sich etwas genauer an. Darauf, dass er Schwede war, hätte sie eigentlich sofort kommen können. In ihrer Vorstellung sahen alle Schweden so aus wie er: groß, blond, blauäugig. Björn entsprach dem Klischee so genau, dass sie lachen musste.

„Was ist denn? Ist alles in Ordnung?"

„Ja, alles okay."

Meine Güte, was für ein hinreißender Akzent.

Ihr Blick ruhte auf Björn, der Kaffee trank und angespannt aussah. Die Universität in Göteborg entsandte jedes Jahr Studenten hierher. Sie konnten zwei Monate lang in Duisburg ihre Deutschkenntnisse verbessern und nebenbei auch Sommervorlesungen besuchen. Viele Studenten machten sich aber einfach nur eine schöne Zeit und konzentrierten sich eher auf Studien in angewandter Humanbiologie außerhalb der Uni, wie Jens es ausdrückte.

Aber er hier sieht ja ziemlich seriös aus, dachte Susanne. Nicht anzunehmen, dass er die Sau rauslässt.

„Weißt du schon, welches Zimmer du hast? Ich könnte dich hinbringen. Du willst dich doch sicher ausruhen."

Björn stand sofort auf und griff nach seinen Gepäckstücken, als wäre er dankbar, endlich aus diesem Raum herauszukommen. Noch ehe er die Tür öffnen konnte, wurde sie von außen schwungvoll aufgerissen. Jens stürmte ins Büro, warf seine Aktenmappe auf einen leeren Mineralwasserkasten und ließ sich in den knarrenden Bürosessel fallen.

„Na, gerade aus Schweden gekommen? Willkommen in Duisburg!

Soll ich dich ins Studentenwohnheim bringen?"

Jens lächelte Björn aufmunternd zu, griff sich eine der Reisetaschen und ging hinaus auf den Flur.

„Danke für den Kaffee." Björn sah sie freundlich an, hob die Hand zu einem lässigen Gruß und ging.

Plötzlich drehte sich Jens noch einmal um, als habe er etwas Wichtiges vergessen, ging auf Susanne zu und zog ein schmuddeliges und zerfleddertes Taschenbuch aus seiner Jackentasche.

„Hier, der BGB-Kommentar. Den brauchst du doch."

Susanne nahm das Buch etwas angewidert entgegen. Als sie es in ihre überdimensionale braune Umhängetasche stecken wollte, die sie immer und überall dabei hatte, fiel ein kleiner grüner Zettel aus dem Buch auf den Fußboden. Sie hob ihn auf und las: „Essen gehen? Heute? Ruf dich nachher an." Nanu, dachte Susanne amüsiert, du bist ja fast romantisch. Und dann spürte sie ein heftiges Kribbeln im Bauch.

Als sie auf die Straße hinausging, fühlte sie den warmen Frühsommerwind auf ihrer Haut. Susanne beschloss, zu Fuß nach Hause zu gehen und nicht wie sonst die Straßenbahn zu nehmen. Die Stadt lag staubig und schläfrig in der Nachmittagssonne. Schon einige hundert Meter abseits des Universitätsgeländes war außer einem Kopierladen und einer kleinen Studentenkneipe nicht mehr viel übrig von studentischem Flair.

Nach einer ganzen Weile bog sie in ihre Straße ein und sah schon von weitem Frau Michalke in einem ihrer bunten Baumwollkittel aus der kleinen Bäckerei kommen. Sie war Susannes Nachbarin und wohnte wie sie in einer kleinen Zweizimmerwohnung mit Sitzbadewanne in der Küche und der Toilette eine halbe Treppe tiefer.

Susanne winkte Frau Michalke zu. Da kam ein aufgemotzter alter BMW aus einer Garagenausfahrt herausgeprescht. Susanne konnte sich mit einem Sprung zur Seite gerade noch retten. Frau Michalke kam auf ihren dürren Beinen herbeigelaufen und rief ihr schon aus einigen Metern zu: „Mensch, Frollein, da hätte dir der Mustafa doch bald die Futt abgefahren! - Ist denn alles in Ordnung?"

Susanne nickte. „Na, dann ist ja gut. Wenn Sie wollen, mach ich uns auf den Schreck erstmal einen Apfelpfannekuchen."

„Das ist lieb von Ihnen, aber heute geht es leider nicht. Vielleicht gehe ich nachher noch essen."

„Soooso." Wenn Frau Michalke lächelte, sah sie aus wie ein schlauer kleiner Kobold.

Mit dem Restaurantbesuch wurde es an diesem Abend leider doch nichts, weil Jens einfiel, dass er einem Freund versprochen hatte, mit ihm zusammen einen Schrank bei dessen Oma aufzubauen. Wäre ja auch zu schön gewesen, dachte Susanne. Sie stellte einen Stuhl auf die kleine ebene Dachfläche hinter ihrem Küchenfenster, die bei liebevoller Betrachtung als winzige Dachterrasse durchgehen konnte, und lauschte den Geräuschen der Stadt. Als der Tag allmählich zur Ruhe kam, kam die Erinnerung an ihren unangenehmen Traum von letzter Nacht zurück. Ganz deutlich sah sie wieder den strengen Blick aus bernsteinbraunen Augen vor sich. Jaja, knurrte sie innerlich, ich hab schon verstanden. Morgen rufe ich dich an. Bestimmt.

Etwas widerwillig tippte Susanne die Telefonnummer in ihr grünes Tastentelefon, das sie mit kleinen Hundeaufklebern verschönert hatte.

„Sperling", tönte es durch den Hörer.

„Hallo Elke. Ich bin's. Susanne."

„Hallo. Dass du dich auch mal wieder meldest."

„Ja, ich hatte viel zu tun", sagte Susanne schnell und strich mit einem Finger einen der kleinen Aufkleber auf dem Telefon glatt, „Kannste mir glauben."

Ein kurzes, erstauntes Lachen am anderen Ende. „Warum sollte ich dir nicht glauben?"

Was quatsche ich für einen Blödsinn, schalt Susanne sich innerlich. Sie konnte den kritischen Blick aus den kühlen bernsteinfarbenen Augen ihrer Schwester fast körperlich spüren.

„Wie geht es dir denn so, Elke? Alles im Lack?"

Susanne bemühte sich um einen lockeren Ton und wickelte das Telefonkabel dabei spielerisch um den Zeigefinger.

„Jaaa", kam es etwas gedehnt, „du weißt ja, dass ich gerade im Examen stecke. Bin echt froh, wenn das vorbei ist."

Und dann, mit leiser Stimme: „Und Martin wahrscheinlich erst recht."

„Oh, dann will ich dich nicht länger aufhalten."

Susanne witterte eine Chance, den Fragen ihrer Schwester diesmal entkommen zu können. Aber sie hatte sich geirrt.

„Und bei dir? Was macht denn die Liebe?"

Eine kleine Pause entstand.

„Na, was ist denn jetzt mit diesem Jens? Ist er nun dein Freund oder nicht?" Elke klang ungeduldig. „Dass du daraus so ein Geheimnis machst ... "

Susanne suchte nach einer nichtssagenden Antwort.

„Ja, also ... "

Elke unterbrach sie.

„Mir ist ja egal, was du machst. Aber ich sag dir: Pass bloß auf, dass du dir bei dem Kerl keine blaue Nase holst. Ich glaube, der ist nicht gut für dich."

„Ach, wer ist in deinen Augen schon gut genug für mich?" Susanne seufzte.

„Na ja, den größten Weitblick bei Männern hast du ja bisher nicht bewiesen ... Wenn ich heute noch daran denke ... "

„Jaja, schon gut", sagte Susanne unbehaglich, „Ich pass schon auf mich auf. Echt."

Elke lachte. „Klar, bist ja auch nicht mehr fünfzehn. - Sehen wir uns bald bei Mama und Papa?"

„Ich denke schon, Elke ... Ähm, es knackt so in der Leitung. Ich glaube, ich mach' jetzt besser mal Schluss. Tschüss, mach's gut. Tschühüss."

Hastig legte Susanne auf und atmete danach kräftig aus. Typisch Elke. 'Pass bloß auf, dass du dir bei dem Kerl keine blaue Nase holst', äffte sie ihre Schwester lautlos nach. Und dann kam sie natürlich wieder mit einer Anspielung auf die alte Geschichte. Blöde Kuh.

Den ganzen Tag hatte es geregnet. Ausgerechnet heute. Der Himmel war bleigrau und versprach selbst den größten Optimisten keine Besserung bis zum Abend. Das Sommerfest der Wirtschafts-Studenten würde dieses Jahr wohl ins Wasser fallen. Die bunten Fähnchengirlanden tropften vor sich hin, der große Schwenkgrill neben dem verwaisten Grillstand sah aus wie eine überdimensionale Vogeltränke.

„So ein Mist! Ausgerechnet heute gießt es wie aus Eimern."

Jens wischte mit dem Ärmel seiner Nylonjacke über eine der aufgestellten Bierzeltbänke und setzte sich.

„Und dafür haben wir jetzt alles aufgebaut. Bei dem Wetter kommt doch kein Mensch. Also kein Geld für unsere Kasse."

Er und Jens hatten die letzten zwei Stunden mit dem Aufbau von Bierzeltgarnituren verbracht. Anfangs hatten sie bei jeder Regenpause erwartungsvoll in den Himmel geschaut und nach Wolkenlücken gesucht. Aber mittlerweile war ihre Laune an einem Tiefpunkt angelangt. Michael holte einen Tabaksbeutel aus seiner Jackentasche und drehte sich langsam und umständlich eine Zigarette.

Da kam Holger mit Schwung um die Ecke.

„Hallo Leute! Mein Onkel gibt uns Zelte. Dafür muss ich bloß diesen Sommer an ein paar Samstagen in seinem Getränkeladen Pfandflaschen sortieren." Strahlend sah er die Anderen an.

Holger war in seinem Element. Er wuselte ständig herum, kannte an der Uni alle und jeden. Es gab keine Fete, an deren Organisation er nicht wenigstens am Rande beteiligt gewesen wäre. Nur eine Personengruppe war nicht sehr vertraut mit ihm – die Professoren. Er besuchte Vorlesungen und Seminare zwar einigermaßen regelmäßig, fiel aber nie durch besonders gute Leistungen auf. Nicht in der Uni selbst, sondern eher im studentischen Drumherum sah er den Mittelpunkt seines Lebens. Er wohnte in einem relativ kleinen Studentenwohnheim am Stadtrand. Jeder Student hatte ein eigenes Zimmer mit einem kleinen Bad, und in jeder Etage gab es eine große Gemeinschaftsküche. Normalerweise waren diese Küchen ein ständiger Zankapfel unter den Bewohnern, weil sich niemand für die Sauberkeit zuständig fühlte. Holgers Mitbewohner waren deshalb gar nicht traurig, als er eines Tages eine große Putz- und Entrümpelungsaktion startete, die Küche fortan mehr oder weniger für sich beanspruchte und die Anderen eher als Gäste in seiner Küche ansah. Seitdem war die Küche aufgeräumt und gemütlich. Hier liefen Holgers Organisationstalent und seine sprühende Kreativität öfters zur Hochform auf. Seit er über irgendwelche Umwege, die niemand nachvollziehen konnte, zum Beratungsteam gekommen war, lud er zu merkwürdigen Partys in diese Küche ein. Vor zwei Wochen hatte er die ganze Gruppe und jede Menge Bekannte zu einem – wie er es nannte – Überraschungsabend eingeladen. Es gab undefinierbare Mixgetränke und einen grauenhaften Eintopf, zusammengewürfelt aus einer bunten Kollektion von Konservendosen. Holger hatte ihn – ursprünglich wegen seiner Schärfe – Höllensuppe genannt. Den Gästen war noch eine andere Begründung für den Namen
eingefallen ...

Und heute wollte Holger also das Grillfest mit den Partyzelten retten. Die Anderen waren skeptisch. „Die Dinger sind doch gar nicht richtig regenfest. Das wird nichts, Holger." Michael sah ihn bedauernd an. „Vielleicht sollten wir einfach gemütlich in der Sporthalle einen trinken." In diesem Moment glitt ein Strahlen über Holgers Gesicht. „Mensch, Michael! Auf die Idee bin ich ja noch gar nicht gekommen!" Die Anderen starrten ihn verständnislos an. „Wir feiern einfach in der Sporthalle und benutzen die Partyzelte für den Futterstand."

„Wie willst du denn die Erlaubnis dafür kriegen?" Susannes Stimme klang skeptisch.

„Lass mich mal machen. Ich kenne den Hausmeister ganz gut. Da kann ich sicher was drehen."

Wie er es schaffte, den Hausmeister für die Idee zu gewinnen, blieb sein Geheimnis. Zwar gab es Vermutungen, dass dabei eine Einladung zu einer von Holgers berüchtigten Partys im Fahrradkeller des Studentenwohnheims eine Rolle gespielt haben könnte, aber ganz sicher war man sich nicht.

Die Party fand dann also in der Sporthalle statt - genauer gesagt in einem kleineren Nebengebäude, in dem alle möglichen Sportgeräte gelagert wurden - , und Holger war der Held des Abends, vor allem bei den schwedischen Austauschstudenten – der Schwedentruppe, wie er sie nannte.

Er war einer der Ersten gewesen, die sich um den Aufbau der Kooperation mit der Universität in Göteborg gekümmert hatten. Dafür waren allerdings keine akademischen Gründe ausschlaggebend gewesen, sondern eher Holgers Weltoffenheit und insbesondere seine Vorliebe für hübsche Frauen. Er hegte die Vorstellung von freizügigen Blondinen aus dem hohen Norden, wurde aber bisher enttäuscht – war doch der Anteil der aufregenden Blondinen nicht höher als unter den Duisburger Studentinnen. Wenn Holger auch bisher nicht die Frau seiner Träume gefunden hatte, so hatte der engere Kontakt mit den Schweden Holgers Leben doch einschneidend verändert: Er war zu einem glühenden Schweden-Verehrer geworden. „Du bist ja schwedophil!", hatte Michael einmal entsetzt ausgerufen, als er Holgers Küche betrat und sah, dass er das ganze Zimmer mit gelb-blauen Flaggenfähnchen geschmückt hatte. Es war Juni, und Holger hatte zu einem Mittsommerfest eingeladen. Es gab Kartoffeln, Hering und frische Erdbeeren. „Fehlen nur noch die Volkslieder und die Elche." war einer der netteren Kommentare zu dieser Feier gewesen. Holger zeigte sich ungerührt von dem Spott: Er lernte die Sprache mit Hilfe eines Kurses an der Volkshochschule, pflegte Brieffreundschaften zu ehemaligen Austauschstudenten und beschäftigte sich intensiv mit Kultur und Brauchtum des Landes seiner großen Sehnsucht. Es ging so weit, dass er nur noch schwedische Krimis las und im Supermarkt gezielt nach schwedischen Produkten Ausschau hielt. Eines Tages war es dann soweit, und Holger startete seine erste Schwedenreise. Von da an hatte es ihn endgültig gepackt: Er lebte er mit einem Bein in Duisburg, mit dem anderen in Schweden. Alles, was er im Getränkemarkt seines Onkels und in seinem Nebenjob in einer Imbissstube verdiente, floss in die Reisekasse.

Susanne war an dem verregneten Abend des Sommerfests für den Ausschank von alkoholfreien Getränken zuständig. Erwartungsgemäß hatte sie deshalb nicht viel zu tun. Mit einem Becher Cola in der Hand setzte sie sich auf eine leere Bank und sah sich um. Holgers Rettungsaktion war tatsächlich erfolgreich gewesen. Zwar waren weniger Gäste da als im vorigen Jahr, aber sie hatten mit einer Telefonkette noch so viele Leute zum Kommen überreden können, dass es keine peinliche Leere gab.

„Wie gut, dass wir uns nun doch nicht blamieren." hörte Susanne jemanden sagen. Die Stimme gehörte Iris, einer Studienkollegin, mit der sie zusammen für Professor Wagner arbeitete.

„Das ist auch gut so, sonst hätte Wagner uns wieder mit Vorträgen darüber genervt, wie wichtig gute PR-Arbeit für das Image der Hochschule ist."

„Als ob sich irgendwer für unsere Uni entscheiden würde, nur weil wir im Sommer bunte Fähnchen aufhängen und ein paar Würstchen grillen." Iris schmunzelte.

„Na, für unsere internationalen Verbindungen scheint der Abend aber ganz nützlich zu sein."

Susanne deutete mit dem Kinn auf die Ecke des Raumes, in der sich die Schweden niedergelassen hatten. Mittlerweile hatten sich auch einige deutsche Studenten zu dem fröhlichen Grüppchen gesetzt. Anscheinend waren sie gerade mit dem Lernen eines Trinkspruchs beschäftigt. Susanne hatte Björn zunächst gar nicht erkannt, weil er ganz anders aussah als bei ihrer ersten Begegnung. Gerade beugte er sich lächelnd über den Tisch, um mit seinem Gegenüber anzustoßen. Das Mädchen neben ihm berührte ihn am Arm, suchte offenbar seine Nähe. Er schien das nicht zu bemerken, war ganz gefangen von der Fröhlichkeit des Augenblicks. Vielleicht will er das auch einfach nicht merken, um keine Entscheidung treffen zu müssen, dachte sie und sah ihn sich genauer an. Es war kein Wunder, dass das Mädchen ihre Fühler nach ihm ausstreckte. Er sah wirklich gut aus mit seinem perfekt geschnittenen blonden Haar, dessen Leuchten von einem blauen Hemd noch betont wurde.

„Da sind ja ein paar echt Nette bei", meinte Iris mit einem vielsagenden Blick in Susannes Richtung, als sie deren Blick gefolgt war.

„Klar, alles IKEA-Männer." Susanne lachte, einen Hauch Verlegenheit abschüttelnd. „Kannst du mich hier mal ablösen? Limo will sowieso kaum jemand."

Iris nickte und stellte sich neben Susanne.

„Kein Problem. Ich mach das hier schon. Geh ruhig zu Jens. Er wartet sicher schon auf dich."

Jens rückte ein Stück zur Seite, als Susanne kam. Er saß mit einigen Studienkollegen zusammen, die offenbar größere Probleme wegen einer vermasselten Prüfung hatten. Alle blickten finster drein und schienen die Lösung irgendwo in den Tiefen ihrer Bierbecher zu suchen. Jens war gerade dabei, weitschweifig von einem ähnlichen Fall im vorangegangenen Semester zu berichten. Susanne hörte gar nicht zu. Sie nippte an ihrer Cola. Ihr Blick wanderte immer wieder zu der fröhlichen Schwedenecke. Sie hätte ohne weiteres aufstehen und sich dazusetzen können, aber irgend etwas hielt sie davon ab. Sie wickelte sich ihre Strickjacke enger um den Körper, als sei es kühl geworden, und lehnte sich an Jens' Schulter.

„Holger ist schon ein irrer Typ", meinte Jens, als er und Susanne nach dem Fest um Fünf in der Frühe durch die nächtlichen Straßen schlenderten.

„Ja, aber ich mache mir manchmal Sorgen um ihn. Er lebt irgendwie dazwischen."

„Wie meinst du das – dazwischen?"

„Na ja, er macht nichts richtig. Immer nur halbe Sachen. Soll er doch hier schnell zu Ende studieren und dann nach Schweden gehen, wenn er unbedingt will."

„Ich glaube, er will gar nicht wirklich gehen. Er will eigentlich nur davon träumen, verstehst du?"

„Wie gut, dass wir hier und jetzt leben – und nicht in irgendeiner Traumwelt." Susanne schmiegte sich an Jens und hakte sich bei ihm unter. Er zog sie fester an sich.

„Und hier und jetzt ist mir so richtig danach … "

Jens zog sie in einen unbeleuchteten Hauseingang und küsste sie.

„He, nicht hier ... " Sie protestierte schwach, erwiderte aber seine Küsse und ließ es zu, dass er ihre Hüften umfasste und sie fest an sich drückte. Sie machte sich sanft von ihm los, nahm sein Gesicht in ihre Hände und streichelte ihn zärtlich. „Kommst du noch mit zu mir?", fragte sie leise.

„Soll ich ihnen was vom Markt mitbringen, Frau Michalke?" Susanne sprach etwas lauter und formte die Laute mit den Lippen besonders deutlich. Frau Michalke war nämlich schwerhörig, aber der Meinung, dass sie nur deshalb nichts verstand, weil alle Anderen so undeutlich redeten.

„Nein, danke. Aber wenn Sie möchten, kann ich uns nachher ein paar Reibekuchen backen."

Susanne kämpfte einen inneren Kampf: Frau Michalkes leckere Reibekuchen gegen ihre ziemlich eng gewordenen Jeans. Die Jeans gewannen.

„Die Reibekuchen möchte ich lieber ein andermal, aber einen Kaffee trinke ich gerne mit Ihnen. Vorher muss ich bloß noch für heute Abend eine Suppe kochen und danach meine Bude putzen. Ich komme dann einfach zu Ihnen und klingle an." Frau Michalke winkte Susanne kurz zu und verschwand in ihrer Wohnung, die direkt unter der von Susanne lag.

Susanne war mit ihrer Entscheidung, in die kleine Zweizimmerwohnung ohne Badezimmer zu ziehen, bei all ihren Freunden auf Unverständnis gestoßen: „Wie kannst du denn in so einen alten Schuppen ziehen, und auch noch mit dem Klo eine halbe Treppe tiefer!" In stillen Minuten fragte sie sich oft, warum sie nicht ein Zimmer im Studentenwohnheim genommen hatte. Sicher hatte ihre Entscheidung mit Frau Michalke zu tun.

Als sie kurz vor Beginn ihres Studiums durch die Stadt lief und sich in der kleinen Bäckerei mit der gelb-rot gestreiften Markise ein Teilchen kaufen wollte, stand Frau Michalke vor ihr. Sie fiel ihr auf, weil sie einen altmodischen bunten Baumwollkittel trug. Einen solchen Kittel hatte Susanne seit ihrer Kindheit nicht mehr gesehen. Erinnerungen an ihre Großmutter wurden in ihr wach: eine liebe mollige Frau, die in den Kitteltaschen alles mit sich trug, was sie als kleines Mädchen gebraucht hatte – Geld für den Eismann, Karamellbonbons oder Taschentücher, je nach Lebenslage.

Noch bevor Susanne sich überlegen konnte, worauf sie am meisten Appetit hatte, drehte sich die kleine grauhaarige Frau plötzlich zu ihr um und hielt sich an ihrem Arm fest. „Entschuldigung, Frollein, aber mir ist auf einmal ganz schwummerig." Sie versuchte entschuldigend zu lächeln, aber der Schreck stand ihr im Gesicht. „Frau Michalke, du lieber Gott! Sie hätten wirklich auf den Doktor hören sollen. Aber Sie haben ja immer Ihren eigenen Kopf", rief die Verkäuferin besorgt und vorwurfsvoll zugleich. Sie kam mit einer Geschwindigkeit, die für ihre Körperfülle erstaunlich war, hinter der Theke hervor. „Setzen Sie sich mal hin. Ich sag meinem Kevin Bescheid, dass er Sie nach Hause bringen soll. Mit einer Grippe ist nicht zu spaßen!"

Susanne wusste selbst nicht, welcher Teufel sie eigentlich geritten hatte, als sie kurze Zeit später in Frau Michalkes Küche stand und den Wasserkessel – einen richtigen Flötenkessel – mit Teewasser auf den Herd setzte.

„Danke, dass Sie mir geholfen haben. Das ist heute nicht mehr selbstverständlich." Frau Michalke hatte es sich auf ihrem Sofa bequem gemacht und sah schon wieder etwas besser aus. „Ich wollte ja nur ein Brot kaufen, aber das war wohl keine gute Idee." Und nach einer Pause: „Trinken Sie eine Tasse Tee mit mir?"

Susanne seufzte leise. Da hab ich mir ja was eingebrockt, dachte sie, und das wegen dem Omakittel. Ich trinke jetzt noch den Tee und dann hau ich hier ab.

Aber dann kam es ganz anders. Susanne erfuhr, dass die Wohnung über Frau Michalke gerade frei geworden war, weil der junge Mann eine Stelle in einer anderen Stadt angenommen hatte.

„Und jetzt steht die Wohnung noch leer, obwohl sie eigentlich hübsch ist. Ich habe den Schlüssel zur Aufbewahrung. Soll ich Ihnen die Wohnung mal zeigen? Sie hat sogar eine kleine Dachterrasse."

Die Dachterrasse war eigentlich gar keine. Es war nur eine ebene Dachfläche direkt hinter dem zweiflügeligen Küchenfenster, das bis zum Boden reichte. Bautechnisch ist das ja seltsam, dachte Susanne, aber es ist wie in einer Künstlerbude in Paris. Susanne konnte sich dem Charme der kleinen Dachwohnung mit der Beinahe-Dachterrasse, den altmodischen

Flügelfenstern und den gemütlichen Dachschrägen nicht entziehen. Ich bin eine hoffnungslos romantische Kuh, dachte sie noch, als sie eine Woche darauf den Mietvertrag unterschrieb. Sie fand Gefallen an ihrem einfachen Viertel, war froh, sich nicht den ganzen Tag unter Studenten zu bewegen. „Ich will auch normale Leute sehen. Wenn ich immer nur im akademischen Saft schmore, dreh ich eines Tages durch", erklärte sie Jens. „Aber da gibt es doch sicher nettere Viertel." Jens wirkte irritiert. „Gehst du jetzt unter die Sozialromantiker, Susanne?"

„Nein, nur unter die Nostalgiker."

Frau Michalkes Erzählungen bei ihrer gelegentlichen gemeinsamen Kaffeepause ließen die besseren Zeiten Hochfelds lebendig werden und tauchten das Viertel für Susanne in ein freundliches Licht.

„Früher waren hier jede Menge kleine Geschäfte und sogar ein Kino. Und hinten an der Ecke, wo früher ein Gemüseladen war, gab es auch einen Kohlenhändler. Als ich jung war, fuhr er sogar mit dem Pferdewagen los. Ja, das waren noch Zeiten!" Sie lachte ein kleines dünnes Lachen.

Den Hochfelder Wochenmarkt liebte Susanne besonders. Hier wohnten viele Türken, und deshalb war das Angebot an Obst und Gemüse, Gewürzen und Gebäck vielseitig und ein bisschen fremdländisch.

„Was möchten heute, junge Frau?" fragte die türkische Gemüsehändlerin freundlich und lächelte, so dass ihr Goldzahn kurz in der Sonne aufblinkte. Susanne kaufte jede Woche bei ihr ein; im Laufe der Zeit war sie zu einer Stammkundin geworden, die immer besonders zuvorkommend bedient wurde – und das, obwohl sie nur kleinere Mengen kaufte.

„Heute brauche ich Porree und Tomaten. Ich bekomme Besuch und möchte eine Porreesuppe kochen. Und vorher gibt es Tomaten mit Mozzarella."

„Hört gut aus. Und am Ende gibt Erdbeeren." Die Gemüsehändlerin lachte und reichte Susanne eine Schale Erdbeeren über die Auslagen hinweg an. „Aber..." Susanne wollte klarstellen, dass sie nur Gemüse kaufen wollte, doch die Türkin sagte nur. „Bitte. Für Sie. Sind schon bisschen tot." Susanne lachte. Wenn doch Völkerverständigung immer so einfach wäre, überlegte sie, als sie einige Zeit später mit ihrem Einkaufskorb die Stufen zu ihrer Wohnung hinaufstieg. Also doch Sozialromantikerin? Jens würde jetzt wahrscheinlich die Stirn runzeln, ging ihr durch den Kopf.

Ich muss mich ein bisschen beeilen, wenn ich mit Frau Michalke noch einen Kaffee trinken will, dachte sie nach einem Blick auf die Uhr.

„Hallo Frau Michalke. Hier bin ich. Früher ging es nicht." Sie lachte und pustete sich eine Strähne aus der Stirn.

„Ah, das macht nichts. Sie haben ja auch immer viel zu tun. Soll ich Ihnen mal zeigen, was ich Schönes gestrickt habe?"

Frau Michalke strickte leidenschaftlich gern. Leider waren die meisten Sachen aus schreiend buntem Acrylgarn angefertigt, sodass sich Susannes Begeisterung immer in Grenzen hielt.

„Das ist bestimmt schön warm im Winter." sagte Susanne und schauderte beim Anblick der giftgrünen Strickjacke mit einem zweifellos komplizierten Zopfmuster.

Frau Michalke sah sie von der Seite an und lächelte. „Ihr jungen Dinger tragt ja nur immer so dünne Fummel. Aber ich hab lieber was Warmes an."

Susanne wusste nicht, was sie dazu sagen sollte, zumal sie befürchtete, dass Frau Michalke wieder das Thema Unterwäsche ansprechen könnte. Sie hatte ihr einmal einen leidenschaftlichen Vortrag über warme Unterwäsche und deren Bedeutung für die Erfüllung des Kinderwunsches gehalten, als Susanne gerade ihre winzigen Tangas von der Wäscheleine geholt hatte.

„Ich finde deine scharfen Höschen aber wesentlich interessanter im Hinblick auf den Fortpflanzungsvorgang", hatte Jens vor ein paar Tagen grinsend gemurmelt und seine Hände unter ihren Rock geschoben. Er war absolut hingerissen gewesen von ihrem winzigen Spitzenhöschen und hatte sie zu sich auf den Stuhl gezogen, den er für ein Sonnenbad halb in das geöffnete Küchenfenster gestellt hatte. „Wir dürfen aber nicht laut sein", flüsterte Susanne atemlos zwischen zwei wilden Küssen. Dann waren sie es aber doch. Und das bei offenem Küchenfenster. Susanne konnte sich noch gut daran erinnern, wie peinlich ihr am nächsten Morgen das Zusammentreffen mit Frau Michalke im Hausflur gewesen war – bis ihr einfiel, dass sie fast taub war. So ein Glück.

Susanne setzte ihre leere Kaffeetasse auf dem Küchentisch mit der geblümten Wachstuchtischdecke ab.

„So, jetzt muss ich aber los. Ich möchte mich noch schön machen, bevor mein Besuch kommt", sagte Susanne und stand auf.

„Ach, kommt Ihr junger Mann gleich?" Frau Michalke lächelte schelmisch.

Als Jens klingelte, war sie gerade fertig angezogen. Nur ihr Haar glänzte noch etwas feucht.

„Bin ich zu früh?"

„Nein, alles okay. Du kannst mir noch ein bisschen helfen, wenn du magst."

Er sah sie fragend an. „Was hast du denn noch zu tun? Wir wollen doch nur besprechen, was wir diesen Sommer mit den Schweden unternehmen wollen. Ist doch keine große Sache."

Susanne druckste ein wenig herum. „Also, ich hab mir gedacht, dass wir ja auch mal schön zusammen essen können und so."

„Hm." Jens sah sich in der Küche um und zählte die Stühle um den ausgezogenen Küchentisch. „Wer kommt denn noch? Wir sind doch heute nur zu fünft verabredet."

Susanne vermied es Jens anzusehen und öffnete umständlich eine Weinflasche.

„Ich habe noch einen von den Schweden eingeladen. Als Interessenvertreter für die Schwedentruppe sozusagen."

„Das war aber nicht abgemacht. Vielleicht wollen wir ja auch mal was Internes besprechen. Also, das ist jetzt echt blöd, Susanne."

Susanne zuckte nur mit den Schultern und sah Jens nicht an. Er hatte ja Recht.

Sie war heute Morgen auf dem Weg in die Bibliothek gewesen, als Björn ihr über den Weg lief.

„Hej Susanne. Du bist aber fleißig", sagte er mit einem Blick auf ihren Bücherstapel und lachte sie strahlend an.

„Das täuscht. Ich will nur die Bücher für meinen Professor abgeben. Meine Klausuren habe ich alle schon geschrieben. Deshalb kann ich mich ganz eurem Kulturprogramm widmen." Sie lachte.

„Ja, ich würde hier gerne viel sehen", gab Björn freundlich zurück. Er stand da mit einem weißen T-Shirt und ausgeblichenen Jeans, wirkte uneitel und war gerade dadurch unwiderstehlich. Himmel, ist der toll, dachte Susanne, und bevor sie darüber nachdenken konnte, hatte sie ihn schon zu dem abendlichen Treffen der Beratungsgruppe, die sich auch um die Schweden kümmerte, eingeladen.

„Ich zeichne dir im Stadtplan ein, wo ich wohne. Es ist ganz leicht zu finden", hatte sie ihm erklärt und ihm ihr gewinnendes Lächeln geschenkt.

Sie konnte Jens doch jetzt unmöglich sagen, dass sie deshalb so viel vorbereitet hatte, weil sie dem aufregenden fremden Typen imponieren wollte.

„Na ja, es war keine tolle Idee, aber ich habe mir nichts Böses dabei gedacht. Ehrlich", beschwichtigte sie ihn, aber wohl in ihrer Haut fühlte sie sich nicht.

Jens zuckte mit den Schultern, grunzte etwas Unverständliches und nahm sich eine Erdbeere aus der Schale. Susanne ging auf ihn zu und umarmte ihn. Sie schmiegte ihr Gesicht in seine Halsgrube und atmete seinen Duft ein. Wenn er doch nur einmal sagen würde, dass er in mich verliebt ist, dachte sie. Nur einmal. Susanne war ratlos. „Ich möchte gerne heute Nacht die Erdbeeren genüsslich mit Dir im Bett essen und die Schlagsahne dazu von deinen Titten abschlecken...", raunte er leise in ihr Ohr. Susanne spürte - fast gegen ihren Willen, denn sie fand seine Ausdrucksweise sehr unromantisch - ein lustvolles Ziehen im Unterleib und schmiegte sich unwillkürlich enger an ihn. Sex mit ihm war wahnsinnig aufregend. Dass Susanne darauf nicht mehr verzichten wollte, war sicher ein Teil des Problems.

Durch ein energisches Klingeln wurde sie aus ihren Gedanken gerissen. Kurz darauf kamen Holger, Michael und dessen Freundin Andrea die Treppe hinauf geastet.

„Ich könnte hier nicht wohnen", stöhnte Holger und stellte das kleine Bierfässchen, das er mitgebracht hatte, auf den Boden. „Spätestens nach drei Wochen würde ich einen Herzkasper kriegen."

„Wahrscheinlich würde dich das Treppensteigen eher davor bewahren."

„Jaja, ich weiß. Ihr haltet mich alle für einen genusssüchtigen faulen Sack."

„Aber wir lieben dich trotzdem." Susanne lachte.

„Donnerwetter! Du hast ja richtig was gezaubert." Michael hatte den gedeckten Tisch und den großen Kochtopf entdeckt. „Gibt's was zu feiern?"

„Nein, ich wollte uns nur mal was Gutes tun."

Es klingelte wieder. Diesmal sah Susanne kurz in den Spiegel und zupfte ihren Pony zurecht, bevor sie die Tür öffnete.

„Hallo. Bin ich zu spät? Ich musste laufen, weil ich den Straßenbahn zu früh verlassen habe."

Ein entschuldigendes Lächeln. So blaue Augen. Susanne schluckte.

Allgemeines Begrüßungsgemurmel und Stühlerücken läuteten das Abendessen ein. Der liebevoll gedeckte Tisch, das gute Essen und die heimelige Atmosphäre von Susannes Wohnung verfehlten ihre Wirkung nicht. Es wurde ein schöner Abend – für alle bis auf Jens. Er war einsilbig und trank zu viel. Björn wurde freundlich in die Runde einbezogen und verblüffte alle mit seinen Sprachkenntnissen. Er konnte der Unterhaltung mühelos folgen und verstand sogar Wortspielereien. „Das liegt an meiner deutschen Uhrengroßmutter." Alle lachten. „Urgroßmutter, Björn, Urgroßmutter!" „Ich habe mir auch schon gewundert, was sie mit Uhren zu tun gehabt hat", sagte Björn und lächelte Susanne direkt in die Augen. „Kannst du mir vielleicht auch ein Glas Wein geben, Susanne?" Als sie ein Weinglas aus ihrem alten Weichholzschrank holte, stand Jens plötzlich neben ihr. Sie drehte sich fragend zu ihm um, und er flüsterte mit einem bösen Funkeln im Blick: „Fickt er eigentlich gut?" Susanne atmete tief durch. „Das weiß ich nicht. Vielleicht." Und dann, nach einer kurzen Pause: „Es ist vielleicht besser, wenn du heute Nacht nicht bleibst. Die Erdbeeren kannst du ja mitnehmen, wenn du sie im Bett noch essen möchtest."

Die Anderen zuckten zusammen, und es entstand eine peinliche Stille, als Jens sein Glas mit einem lauten Knall auf der Tischplatte absetzte. Susanne sah ihm nicht nach, als er den Raum mit einem kaum wahrnehmbaren Abschiedsgruß an die Anderen verließ. Die Wohnungstür fiel krachend ins Schloss.

Michael fand als Erster seine Sprache wieder. „Was ist denn heute mit Jens los? Er war den ganzen Abend so seltsam."

„Ich weiß auch nicht, was er hat", log Susanne. Was hätte sie denn sagen sollen? Dass ihr Freund, der sie wahrscheinlich gar nicht wirklich liebte, eifersüchtig war auf einem Mann, mit dem sie bisher nur ein paarmal geredet hatte? Aber wenn sie ehrlich war, musste sie zugeben, dass Jens den richtigen Nerv getroffen hatte. Sie fand Björn sehr reizvoll und hatte mit ihm während des Essens ein paar tiefe Blicke über den Tisch hinweg gewechselt. Sie hatte sein Interesse gespürt und sich dabei ertappt, dass sie sich sinnlicher bewegte als sonst, häufiger mit den Händen durch ihr Haar fuhr. In einem unbeobachteten Moment hatte sie ihre Bluse einen Knopf weiter geöffnet und danach genossen, wie Björns Blicke sie gestreift hatten. Einen dieser Blicke hatte Jens aufgefangen, und sie konnte sich gut an seinen Gesichtsausdruck erinnern, in dem sich Ärger und Unsicherheit vermischt hatten.

In dieser Nacht fand Susanne lange keinen Schlaf. Sie redete sich ein, dass es an der Wärme oder dem vielen Essen oder dem Kaffee zu später Stunde liegen könnte. Aber das war natürlich Quatsch, und sie wusste das im Grunde ihres Herzens auch. Ihre Unruhe ging zum einen auf Jens' wütenden Auftritt zurück, zum anderen sicher auf den kleinen Satz, den Björn ihr beim Abschied leise zugeflüstert hatte. „Sehen wir uns morgen alleine, Susanne?"

Kapitel 2

Es war Freitagabend und der Laden brummte. „Onkel Willi", eine Musikkneipe, lag nahe einem kleinen Wäldchen und war vor einigen Jahren in einem ehemaligen Kindergarten eingerichtet worden.

Susanne ging vor allem an warmen Sommerabenden gerne hierher. Der alte Spielplatz des Kindergartens war zu einem urigen Biergarten umfunktioniert worden. Zwar hatte man die Spielgeräte entfernt, die für leicht angesäuselte Gäste eine Gefahr hätten darstellen können, aber alles, was sicherheitstechnisch vertretbar war, hatte man vom Spielplatz übrig gelassen.

„Sollen wir uns in das Piratenschiff setzen, Björn? Das ist so schön beleuchtet."

„Meinst du, dass ich ein Seeräuber bin?" Er lachte.

„Auf die Idee bin ich ja noch gar nicht gekommen. Muss ich mich jetzt fürchten?"

„Schöne Frauen haben von Seeräubern nichts zu befürchten." Susanne drehte sich zu Björn um, der einen oder zwei Schritte hinter ihr ging, und bekam einen Blick zugeworfen, der sie schwindelig machte. Hoppla, der ist ja gar nicht so harmlos, dachte sie. Was wird das denn hier bloß?

Sie fanden tatsächlich noch einen freien Tisch auf dem Piratenschiff. Es waren wohl gerade erst Leute gegangen, denn die Getränkereste in den Gläsern perlten noch.

„Was für ein Glück", sagte Susanne und setzte sich auf einen der etwas wackeligen Holzstühle. Das Mobiliar im „Onkel Willi" war nicht gerade elegant, denn das Lokal wurde von jungen Leuten geführt, die das Ganze aus eigener Kraft mit sehr viel Liebe, aber nur wenig Geld aufbauten. Bei soviel Idealismus sahen die Gäste, zumeist junge oder sich jung fühlende Leute, gerne über ein paar wackelige Stühle hinweg.

Die Band des Abends war vor allem laut. Mit ernster Miene spielten schwarz gekleidete junge Männer mit langen Haaren Rockmusik aus den 70ern. Wahrscheinlich träumen sie heimlich von der großen Entdeckung durch einen Super-Produzenten, überlegte Susanne. Oder es sind Realisten, die im wahren Leben Elektriker oder Studenten sind und das hier einfach als Ausgleich sehen. Die Band war immerhin so gut, dass sich um die kleine Bühne herum eine Menschenansammlung gebildet hatte. Einige Zuhörer tanzten begeistert mit, andere wippten nur mit den Fußspitzen und tranken genüsslich ihr Bier.

„Lass uns doch auch da stehen." Björn sah Susanne über den Tisch hinweg an und deutete mit der Hand auf die Bühne. „Macht bestimmt Spaß."

Als sie inmitten der Menschen unten an der Bühne standen, fühlte Susanne sich fast wie in einem richtigen Konzert. Was doch der Live-Effekt ausmacht, dachte sie. Aus einer ziemlich lausigen Band wird plötzlich eine ganz ordentliche Gruppe. Einfach dadurch, dass man die Musik mit allen Sinnen fühlt.

Aber sie fühlte nicht nur die Musik. Björn stand direkt hinter ihr, so nah, dass sie seine Wärme spüren konnte. Er war etwa einen halben Kopf größer als sie, und sie konnte seinen Atem an ihrem Hinterkopf fühlen, wenn er sprach oder lachte. Ihr Körper war angespannt, und sie wagte sich nicht zu bewegen. Herzklopfen, ein trockener Mund und Kribbeln im Bauch – herrje, worauf lasse ich mich hier bloß ein? Susannes Verstand protestierte. Du kannst doch nicht mit dem einen Kerl was anfangen, bevor du die Sache mit dem anderen geklärt hast ... Aber ihr Gefühl wollte nicht auf den Verstand hören. Jens liebt dich doch sowieso nicht, und du lebst nur einmal ...

Der Kampf war in dem Augenblick entschieden, als Björn neben sie trat und den rechten Arm um sie legte. Der Verstand gab auf.

Nach dieser Berührung verlor ihre Unterhaltung ihre Unbefangenheit, nichts war mehr übrig von dem lockeren Geplänkel und dem leichten Plauderton. Ohne dass es einer von ihnen aussprach, wussten beide, dass an diesem Abend etwas mit ihnen geschah.

„Bringst du mich noch nach Hause? Es ist nicht allzu weit, aber um diese Zeit laufe ich nicht so gerne allein durch die Stadt."

„Klar." Björn hing sich seinen leichten Pullover, den er wegen der Wärme ausgezogen hatte, über die Schulter, ging ein paar Schritte neben Susanne und legte den Arm um sie. Susanne genoss die Berührung und legte nach einem Augenblick des Zögerns einen Arm um seine Taille. Wie ein Liebespaar, dachte Susanne erschrocken und gleichzeitig erregt.

Schweigend schlenderten sie langsam den schmalen Weg am Waldrand entlang. Es war schon ziemlich spät, und in den meisten Fenstern war es bereits dunkel. Nur die vielen beleuchteten Industrieanlagen erhellten den Himmel über der Stadt. Die Menschen in dieser Gegend gingen in der Regel früh zur Arbeit, deshalb waren die Abende still. Ab und zu trafen sie auf Leute, die ihren Hund noch einmal kurz ausführten, oder auf kleinere Gruppen von Jugendlichen, die auf der Suche nach ein bisschen Spaß durch die Straßen streiften.

„Es war schön bei der Musik." Björn brach als Erster das Schweigen.

„Hm."

„Und das Restaurant-Kneipe war auch gut."

Susanne lächelte über die Wortschöpfung und machte kurz „Hm."

„Hej, was ist los mit dir?" Björn blieb stehen und musterte sie aufmerksam.

„Ich bin ein bisschen verwirrt."

Sie war tatsächlich ziemlich durcheinander, ihre Gefühle schlugen Purzelbäume – und dann auch noch diese blöden Gewissensbisse. Sie strich sich mit einer langsamen Bewegung ihre Haare aus dem Gesicht und sah Björn mit großen Augen an, als ob sie ihn um Hilfe bitten wollte.

Dann ging auf einmal alles ganz schnell. Er beugte sich zu ihr herab und küsste sie – zunächst vorsichtig, als wollte er erst ihre Reaktion abwarten. Dann aber, als sie seinen Nacken mit ihren Händen streichelte und seinen Kuss erwiderte, küsste er sie intensiv und sinnlich. Susannes Knie wurden weich. Sie stöhnte leise, als er sie an sich zog und sie seinen Körper ganz nah an ihrem fühlte. Ich bin verrückt nach ihm, dachte sie, ich will mit ihm schlafen. Jetzt. Sofort.

„Was würdest du machen, wenn ich dich jetzt noch zu mir einladen würde?", flüsterte sie außer Atem.

„Ich würde mich verhalten wie ein Seeräuber", raunte er ihr zärtlich zu.

Sie konnten gar nicht schnell genug in Susannes Wohnung kommen. Ein wenig albern liefen sie im Treppenhaus die Stufen bis zu ihrer Wohnungstür hinauf. Während Susanne den Schlüssel suchte, was bei ihrer riesigen Tasche länger dauerte, umfasste Björn sie von hinten und ließ seine Hände langsam über ihren Körper wandern.

„Wenn du mich weiter so ablenkst, finde ich meinen Schlüssel nie." Susanne lachte leise und strafte ihren Protest Lügen, indem sie sich an Björn lehnte und genießerisch die Augen schloss.

Schon an der Wohnungstür begannen sie sich gegenseitig auszuziehen und hatten nicht mehr viel an, als sie Susannes Schlafzimmer erreichten.

„Das ist ja eine Luxus-Verpackung", murmelte er anerkennend, als er ihre knappen Spitzendessous entdeckte. „Die will ich dir ganz langsam ausziehen ... "

Hätte ich jetzt Frau Michalkes Blümchenschlüpfer an, würde ihn das bestimmt nicht so begeistern, ging es Susanne kurz durch den Kopf, als Björn ihr langsam und zärtlich das Höschen abstreifte.

Susanne war eine gute Liebhaberin und wusste das auch. Ihre raffinierten, sinnlichen Liebkosungen verfehlten ihre Wirkung nicht. Björn lag mit geschlossenen Augen auf dem Rücken und wand sich unter ihren Berührungen. Und dennoch wirkte er eigentümlich reserviert, als fürchtete er sich davor, sich seiner Lust zu ergeben und die Kontrolle über sich zu verlieren. Susanne wanderte mit weichen, feuchten Lippen seinen Oberkörper abwärts, noch ein wenig weiter. Als ihr warmer Mund sein Ziel erreichte, stöhnte Björn heftig auf – fast so, als wehrte er sich gegen die Reaktionen seines Körpers. Aber dann – endlich – ließ er sich gehen und warf seine Hemmungen über Bord.

Er erforschte jeden Winkel von Susannes Körper, konnte gar nicht genug bekommen von ihr, aber er war nie gierig dabei. Kurz bevor er in sie hineinglitt, hielt er inne, strich ihr eine Haarsträhne aus der schweißnassen Stirn und küsste sie. Vielleicht war es gerade dieser Kuss, mit dem Björn Susannes Herz eroberte. Diese zärtliche Geste inmitten höchster Erregung, die Susanne zeigte, dass er ihr in diesem Moment ganz gehörte.

Jens hatte den ganzen Vormittag damit verbracht, seinen Schreibtisch aufzuräumen. Er suchte nach dem Stapel Notizen für die wichtige Hausarbeit, die er nach der Sommerpause abgeben musste. Diese Hausarbeit lag ihm im Magen. Er hatte sich zwar in das Thema eingelesen und auch eine grobe Gliederung verfasst, aber – wie immer, wenn er etwas ausarbeiten musste – überfiel ihn in der Anfangsphase eine bleierne Müdigkeit, sobald er am Schreibtisch saß. Hatte er dann aber einmal seine Blockade überwunden, schrieb er alles in einem Rutsch – wenn es sein musste, ganze Nächte hindurch. Er stürzte sich dann vollkommen in seine Arbeit und war fast nicht ansprechbar. Seine Haare waren zerzaust, er rasierte sich tagelang nicht und lebte nur von Butterbroten, Schokolade, Chips, Cola und kannenweise schwarzem Tee mit Milch. Sein Zimmer im Studentenwohnheim war in dieser Phase schrecklich unordentlich, und wohlweislich ließ er – wenn überhaupt - nur wirklich gute Freunde in dieses Chaos. Seine Freunde hatten es dann nicht gerade leicht mit ihm, er brummte vor sich hin und wirkte die ganze Zeit geistesabwesend. Kurz vor Fristablauf kam dann üblicherweise ein panischer Anruf bei einem Freund – meistens bei Michael -, in dem er um sofortige Hilfe bei der Fertigstellung der Arbeit bat, weil er es sonst nicht mehr rechtzeitig schaffen würde. Der Gipfel war eine Hauptseminararbeit im letzten Frühjahr gewesen, als Jens sich so mit der Zeit verrechnet hatte, dass Michael am Ende mit quietschenden Reifen beim Postschalter des Düsseldorfer Flughafens vorfuhr, der - Gott sei Dank - bis um Mitternacht geöffnet hatte. Die wichtige Hausarbeit ging dann also um 23.47 Uhr am letztmöglichen Abgabetag auf die Reise.

„Du kannst einem echt den letzten Nerv rauben!", hatte Michael geschimpft. „Und weißt du, was das Schlimmste ist? Dass deine Arbeiten immer spitzenmäßig benotet werden. Unsereiner arbeitet schön regelmäßig und räumt zwischendurch sogar mal seine Bude auf, aber das interessiert keine Sau. Am Ende sahnst du Chaot die tollen Noten ab und wirst dann noch lobend erwähnt, wie letztes Jahr von Wagner."

„Ja, toll, und was hab' ich davon gehabt? Dauernd hat er mich in der Mensa angequatscht. Am Ende habe ich mir dann immer ein Frikobrötchen beim Metzger gekauft und mich in den Park gesetzt."

Michael zuckte mit den Achseln. „Für deine Noten würde ich gerne ein paar mal im Park hocken und eine Friko essen."

Jens grinste. „Nicht nur eine Friko, Michael, sogar ein Brötchen."

Michael lachte. „Arschloch!"

„Angenehm. Jens Miltenberg." Und dann, nach einer Pause, ohne Michael anzusehen: „Danke."

Dieses Semester hatten sie gemeinsam Wirtschaftspolitik belegt und sich ein umfangreicheres Thema für eine gemeinsame Hausarbeit geben lassen. Beide versprachen sich etwas davon: Jens wollte seine Zeitplanung in den Griff bekommen, und Michael erhoffte sich durch die Zusammenarbeit mit Jens eine gute Note. Nicht zuletzt wollte er aber auch seine Nerven schonen, denn er war den Stress um Jens' Hausarbeiten einfach leid.

Jens hatte seine Notizen wiedergefunden. Er atmete erleichtert aus. Gleich wollte Michael zum Arbeiten kommen, und es wäre doch sehr peinlich geworden, wenn er noch keine Zwischenergebnisse vorzuweisen gehabt hätte. Schnell noch ein bisschen aufräumen, dachte er, während er ein paar herumliegende Kleidungsstücke zusammensuchte und in einen Wäschebeutel legte. Mehr konnte er für die Ordnung in seinem Zimmer nicht mehr tun, weil es stürmisch klingelte. Michael stand vor der Tür, in einem roten Hemd, einen Weidenkorb in der Hand. Jens grinste. „Was hast du denn vor? Willst du deine Großmutter im Wald besuchen und ihr Kuchen und Wein bringen?"

Michael lachte ein bisschen verlegen. „Damit du böser Wolf mich dann frisst? Nee, schöne Grüße von Andrea. Nudelsalat und Sättigungsbeilage." Mit einer Hand hielt er eine Tüte Brötchen in die Höhe. „Sie will nicht, dass wir wieder nur irgendwas essen oder ein Vermögen in der Pommesbude ausgeben."

„Heute ist doch Donnerstag, da können wir auch zu Holger in die Pommesbude gehen. Er macht uns doch immer einen guten Preis."

„Ach komm, Jens, sie hat sich doch jetzt schon die Mühe gemacht, und sie kann wirklich kochen. Das weißt du doch. Also lass uns hier bleiben und dieses Festmahl genießen."

„Okay. Zur allgemeinen Belustigung kann ich auch noch ein Bierchen beisteuern." Jens stand auf und ging zu dem kleinen Kühlschrank, den er neben seinem Bücherregal untergebracht hatte, und holte zwei Dosen Bier heraus.

Michael setzte sich auf den Schreibtischstuhl, und Jens ließ sich in seinen urigen 50er-Jahre-Cocktailsessel fallen.

Eine Weile aßen sie schweigend und tranken dazu ihr Bier. Das ist das Schöne an Michael, dachte Jens. Er macht nichts kompliziert und labert nicht dauernd herum.

Schon bei ihrer ersten Begegnung hatten sie sich ohne Worte verstanden. Sie saßen zufälligerweise nebeneinander auf einer der Bänke vor der Mensa in der Sonne und sahen sich die Frauen an, die an ihnen vorbei liefen. Es dauerte gar nicht lange, bis sie sich mit Blicken und kleinen Gesten verständigten, wenn einer von ihnen eine besonders hübsche Frau sichtete. Irgendwann verkehrte Jens dann das Spiel ins Gegenteil und machte ein beeindrucktes Gesicht, als ein bedauerlicherweise ziemlich hässliches Mädchen an ihnen vorbeiging. Zunächst wirkte Michael etwas irritiert, verstand den Witz aber dann und musste so lachen, dass er seinen Kaffee verschüttete und seine Hose bekleckerte. Danach wurden sie Freunde. Am Anfang zogen sie mehrmals in der Woche um die Häuser, meistens mit Holger, den Jens aus dem Beratungsteam kannte.

Eines Abends, es war kurz vor Weihnachten, gab es Christmas Jazz im „Onkel Willi". Für Michael war es ein ganz besonderer Abend, denn er lernte Andrea kennen. Er hatte nur noch Augen für sie und bemerkte nicht einmal mehr, dass Holger und Jens am späten Abend das Lokal verließen.

„Unsere Jungstruppe kommt mir irgendwie vor wie die zehn kleinen Negerlein." Holger wirkte auf dem Heimweg etwas traurig. „Alle paar Wochen steigt einer von uns wegen irgendeiner Tante aus. Und irgendwann kann ich dann alleine mein Bier trinken gehen."

„Na ja, vielleicht bin ja auch ich derjenige, der dann alleine ausgehen darf."

In einem Punkt hatte Holger Unrecht: Michael sonderte sich nicht von seinen Freunden ab. Zwar wurden Andrea und er schnell unzertrennlich, aber er pflegte dennoch die alten Freundschaften.

Jens nickte anerkennend. „Der Nudelsalat ist echt lecker", sagte er mit vollem Mund.

„Und bei euch – wieder alles im Lot?" Michael sah Jens forschend an.

„Nö." Jens Miene verfinsterte sich.

„Rede doch nochmal mit ihr. Vielleicht ist da ja gar nichts."

Jens stellte seinen Teller ab, stand auf, ging zum Fenster. Er vergrub seine Hände in den Jeanstaschen und stand da mit hochgezogenen Schultern und gesenktem Kopf.

Michael ging auf ihn zu und legte ihm kurz die Hand auf die Schulter.

„Mensch, Alter, dir geht's ja echt nicht gut."

Jens sagte nichts. Er wollte Michael nicht anlügen, ihm aber auch nichts erzählen.

Gestern Morgen war er zu Susanne gefahren. Er hatte sein Fahrrad in der Nähe ihres Hauses abgestellt, war dann aber immer unschlüssiger geworden, je näher er ihrer Haustür kam. Was sollte er ihr bloß sagen? Süßholz werde ich bestimmt nicht raspeln, dachte er trotzig.

Noch bevor er seine Gedanken ordnen konnte, kam Susanne mit einer Tüte Brötchen den Bürgersteig entlang. Einen Augenblick lang dachte er, alles wäre wie immer, aber als er die prall gefüllte Tüte sah, war er sicher, dass sie nicht allein frühstücken würde.

Er wollte sich gerade wieder umdrehen und zurück zu seinem Fahrrad gehen, als sie ihn leise ansprach und ihren Schritt verlangsamte.

„Hallo. Möchtest du zu mir?"

„Ja, aber wie ich sehe, hast du ja Besuch", sagte Jens und deutete mit dem Kinn auf die Bäckertüte. Susanne folgte seinem Blick.

„Nein, ich bin gerade allein. Willst du einen Kaffee?"

Jens folgte ihr in die Wohnung, Sie setzten sich an den Küchentisch, den Susanne wie immer stilvoll gedeckt hatte – mit Brötchenkorb und Aufschnittplatte. Brötchen aus der Tüte und Aufschnitt aus dem Einwickelpapier gab es bei ihr nicht. Jens musste an die seltsamen Stillleben auf seinem Tisch denken, wenn er allein frühstückte, was er meistens tat. Kaffeebecher, Brot und aller möglicher Papierkram, den er stapelte und zur Seite schob.

Da saßen sie nun und wussten nicht, wie sie ihr Gespräch anfangen sollten.

„Kommst du mit deiner Arbeit weiter?", fragte Susanne schließlich.

„Ja, es geht. Morgen treffe ich mich mit Michael zur weiteren Abstimmung. Ich glaube, diesmal wird es keine Nachtaktion."

Er grinste und nahm sich ein Brötchen. Susanne trank langsam ihren Kaffee aus ihrer großen Rosentasse und sah ihn abwartend an.

„Sag mal, Jens, du bist doch nicht nur zum Frühstücken hier, oder?"

Er schüttelte den Kopf und blickte in seine Kaffeetasse.

Susanne wartete auf seine Antwort.

„Triffst du dich eigentlich mit dem Typen?", fragte er schließlich und bemühte sich um einen beiläufigen Tonfall.

„Hm", machte Susanne.

Jens' Miene verfinsterte sich.

„Und – trägst du jetzt nur noch gelb-blaue Höschen für ihn?", fragte er.

Susannes Augen wurden dunkel.
„Nein, das tue ich nicht", sagte sie mit unterdrücktem Zorn, „Aber vielleicht kaufe ich mir welche."
„Willst du damit sagen, dass du mit ihm vögelst?"
„Wenn du es so nennen willst."
„Wie soll ich es denn sonst nennen?" Ärgerlich stellte er seine halbvolle Kaffeetasse ab.
„Jens, ich weiß, dass das alles jetzt plötzlich kommt, und ich fühle mich auch nicht gut dabei. Aber hier geht es im Grunde weniger um Sex."
„Wenn du mit einem anderen Kerl ins Bett gehst, hat das für meine Begriffe jede Menge mit Sex zu tun."
„Das ist genau dein Problem, Jens! Für dich gibt es nur Sex." Sie stand auf und stellte sich mit verschränkten Armen ans Fenster. „Du konntest mir nie schnell genug die Klamotten vom Leib reißen. Manchmal habe ich mich fast benutzt gefühlt."
Jens schnaubte wütend.
„Benutzt gefühlt! Dass ich nicht lache! Dafür hast du aber immer ganz gut gestöhnt."
„Es ist so schwer zu erklären, Jens", sagte Susanne leise, „aber er bringt in mir eine Saite zum Klingen, die du nie berührt hast."
Jens war auch aufgestanden und wanderte durch die Küche.
„Ich glaube, du liest zu viele Schmalzromane."
Susanne zuckte mit den Achseln, und Jens sah aus den Augenwinkeln, dass sie weinte. Er wollte ihr gerade übers Haar streichen, als sein Blick durch die halb geöffnete Tür ins Badezimmer fiel. An einem Handtuchhaken hing ein blaues Männerhemd.
„Es tut mir Leid", hörte er Susanne flüstern.
„Schon klar", murmelte er fast unhörbar, griff nach seiner Jeansjacke, die er über einen Küchenstuhl geworfen hatte, und verließ fluchtartig die Wohnung.

Jens stand immer noch wortlos da, und Michael wartete einfach ab. Aber Jens wollte nicht reden. Er fuhr sich mit beiden Händen durch seine dichten dunklen Haare, straffte sich und drehte sich zu Michael um.
„Scheiß Weiber." Und nach einem dünnen Lächeln: „Komm, ich zeig' dir, was ich für die Arbeit schon fertig habe."

Aber er war den ganzen Nachmittag unkonzentriert.

Michael zuckte zusammen, als Jens plötzlich seinen Bleistift so fest aufs Papier drückte, dass die Mine abbrach. „Soll sie doch mit ihrem blöden Wikinger machen, was sie will!"

Susanne malte kleine Blümchen auf den Notizblock, während sie telefonierte.

„Ja, Mama, ich komme demnächst wieder mal, aber nicht in den nächsten Wochen." Entschuldigend fügte sie hinzu: „Ich habe hier viel zu erledigen, für die Uni und so."

Sie hatte wirklich ein schlechtes Gewissen, denn in den letzten Wochen hatte sie sich nur gelegentlich mit kurzen, nichtssagenden Telefonaten bei ihren Eltern gemeldet. Eigentlich hatte sie vorgehabt, sie in den Semesterferien für ein paar Tage zu besuchen. Aber dann ist ja viel dazwischengekommen, dachte Susanne. Das war eine gnädige Untertreibung dafür, dass ihr Leben in den letzten Wochen ordentlich durcheinandergeraten war. In dieser Situation wollte sie nicht zu ihren Eltern fahren. Die Zeit mit Björn war knapp und kostbar, und sie wollte jede mögliche Minute mit ihm verbringen. Außerdem, das war vielleicht der wahre Grund, wollte sie ihren Eltern noch nichts von ihm erzählen. Wie es mit ihnen beiden weitergehen sollte, war ihr selber noch nicht klar, und sie befürchtete, dass ihre Eltern genau diesen wunden Punkt ansprechen würden. Sie konnte sich sehr genau vorstellen, wie ihr Vater sie über den Rand seiner Lesebrille hinweg aufmerksam ansehen und dann fragen würde: „Was ist los mit dir, Hasenkind?" Oder sie dachte daran, wie ihre Mutter ihr einen Arm um die Schulter legen und sie wortlos streicheln würde. Sie befürchtete, dass sie ihren Eltern nichts vormachen könnte. Schlimmstenfalls würde sie auf der Stelle anfangen zu weinen und ihnen ihr ganzes unaufgeräumtes Seelenleben auf den Tisch legen.

Susannes Eltern wohnten in Ginderich, einem hübschen kleinen Ort am linken Niederrhein. Sie hatten nicht so ganz verstanden, warum Susanne nach dem Abitur nicht zum Studium nach Köln gehen wollte.

„Elke studiert doch auch in Köln. Sie könnte dir doch ein bisschen bei der Eingewöhnung helfen", hatte Susannes Mutter damals gesagt.

„Ja, Mama, ich weiß. Aber ich will auch mal was ohne Elke machen."

Ihre Mutter zuckte mit den Schultern und sagte klugerweise nicht, dass sie eigentlich gehofft hatte, ihre beiden Töchter würden sich in Köln eine gemeinsame Wohnung nehmen.

Schon als kleines Mädchen hatte Elke, die gut zwei Jahre älter war als Susanne, auf ihre kleine Schwester aufgepasst. Ihre Eltern hatten es niedlich gefunden, wie sie Susanne von Anfang an bemuttert und sich für sie verantwortlich gefühlt hatte. Immer wieder erzählten sie die Geschichte, wie Elke, als Susanne gerade ein paar Monate alt war, mitten in der Nacht in ihr Schlafzimmer gestürmt war und energisch „Suse muss essen!" gerufen hatte.

Später verhaute Elke jeden, der Susanne - ihrer Ansicht nach - in die Quere gekommen war. Und genau das war dann auch das Problem: Elke war gegen alles, was ihrer Ansicht nach nicht gut für Susanne war. Aber leider teilte Susanne diese Ansicht nicht immer. Wie damals bei der Geschichte mit dem Abendkleid für den Tanzstunden-Abschlussball. Susanne hatte in einem großen Bekleidungsgeschäft ein Abendkleid gesehen, das sie restlos begeisterte: türkisblau mit zipfeligem Saum und einem ziemlich tiefen Ausschnitt. „Es sieht obenherum so aus wie das Kleid der Zigeunerin auf dem Bild, das bei Oma und Opa im Schlafzimmer hängt", erzählte sie Elke, als sie im Schlafanzug in Elkes Zimmer saßen und die wöchentliche Radio-Hitparade hörten. Elke war damit beschäftigt, mit einem alten Cassettenrecorder ihre Lieblingshits mitzuschneiden.

„Das Kleid ist nichts für dich", sagte sie nur knapp über die Schulter hinweg.

Danach schien das Thema für sie erledigt zu sein. Als Susanne ein paar Tage später mit ihrer Mutter in das Geschäft ging, um ihr das Objekt ihrer Begierde zu zeigen, war das Kleid verschwunden. Susanne war enttäuscht und entschied sich dann für ein ziemlich biederes beiges Kleid, das ihr nicht halb so gut gefiel wie das blaue. Einige Tage später fand eine Angestellte des Geschäfts das türkisblaue Kleid in der Herrenabteilung versteckt unter einem Bademantel. Kopfschüttelnd hängte sie es wieder zurück.

Später war Elke etwas zurückhaltender in ihren Mitteln geworden, aber ihr Ziel war das gleiche geblieben: Sie wollte auf Susanne aufpassen.

Manchmal war das auch gut so. Susanne war schon als kleines Mädchen verträumt gewesen, hatte oft stundenlang vor dem offenen Fenster gesessen und sich vorgestellt, sie sei eine Prinzessin im rosa Kleid oder eine Fee mit einem glitzernden Zauberstab. „Na mein Träumerchen?", hatte ihre Mutter dann oftmals zu ihr gesagt und das Fenster wieder geschlossen oder ihr eine Strickjacke über die Schultern gehängt. Später, als sie ein Teenager war, war es mit einer Strickjacke nicht mehr getan. Ihre Sehnsucht richtete sich dann auf die einzig wahre große Liebe, die es – davon war sie damals überzeugt – für jeden Menschen nur einmal im Leben geben kann. Die ganz große Leidenschaft war ihr Ideal, das durch die schicksalsträchtigen Liebesromane genährt wurde, die sie sich aus der Stadtbücherei mit nach Hause brachte und abends unter der Bettdecke mit einer Taschenlampe las. In diesen Romanen waren die Helden keine Durchschnittstypen, schrieben niemals Einkaufszettel oder gingen ganz banal zum Zahnarzt. Nein, in ihrem Leben drehte sich alles um die einzig wahre Liebe zum einzig wahren Menschen. Kein Wunder, dass die Jungen aus dem Ort, unter denen der eine oder andere war, der sie süß fand, überhaupt keine Chance bei ihr hatten. Susanne wartete auf die große Liebe, abseits aller Banalitäten. Diese Sehnsucht hätte beinahe ein böses Ende gefunden, wenn Elke ihr nicht heimlich nachgegangen wäre, als sie sich mit einem jungen Mann verabredet hatte, der ihr bei der Pfingstkirmes eine Fahrkarte für das Riesenrad verkauft und sie dabei mit seinen dunkelbraunen Augen feurig angesehen hatte. Mit der großen Romantik hatte er nämlich nur herzlich wenig im Sinn. Elke kam gerade rechtzeitig zu seinem kleinen Wohnwagen. Sie zerrte ihre halb ausgezogene kleine Schwester aus seinem Bett, beschimpfte ihn wüst und stapfte dann mit einer beschämten Susanne nach Hause. Diese war Elke von Herzen dankbar und wurde von da an vorsichtiger. Ihr Verhältnis zu ihrer großen Schwester besserte sich deutlich – vor allem deswegen, weil Elke über diese Geschichte Stillschweigen gegenüber ihren Eltern bewahrte. Das hielt sie aber nicht davon ab, Susanne die alte Geschichte auch heute noch – zumindest andeutungsweise – unter die Nase zu reiben, wenn sie das Gefühl hatte, Susanne wäre wieder dabei, Dummheiten zu machen.

In der gegenwärtigen Situation wollte Susanne ihrer Schwester auf gar keinen Fall über den Weg laufen. Sie konnte sich lebhaft vorstellen, wie sie ihr gegenüber sitzen würde: klug, selbstsicher und mit genau der richtigen Mischung aus Anteilnahme und Tadel in der Stimme.

„Wolltest du dich nicht mal wieder mit Elke treffen?", fragte ihre Mutter am Telefon, als hätte sie ihre Gedanken erraten.

„Mama, wenn ich keine Zeit habe zu euch zu fahren, habe ich auch keine Zeit für Elke. Mach dir keine Sorgen. Sobald ich hier alles geordnet habe, komme ich für ein paar Tage."

Susanne war noch stolz auf ihre Formulierung, als sie den Hörer längst schon aufgelegt hatte. Sie musste ja wirklich etwas ordnen – ihr Leben. Also hatte sie ihre Mutter nicht einmal belogen.

Sie sah auf die Uhr und erschrak. Schon so spät. Sie musste sich beeilen, denn heute Nachmittag war für die Schweden eine Besichtigung der großen Brauerei geplant. Darauf freuten sich viele von ihnen mehr als – beispielsweise - auf die Führung durch das örtliche Museum für moderne Bildhauerei. Vielleicht gerade deshalb waren die Betreuer immer wachsam, denn es kam nicht selten vor, dass sich einige von ihnen beim Probieren im Anschluss an die Besichtigung überschätzten. In einem der vorangegangenen Sommer hatten einige Studenten sturzbesoffen die Brauerei verlassen und waren danach in der Straßenbahn unangenehm aufgefallen. Das Fass hatte dann wohl zum Überlaufen gebracht, dass einer von ihnen seiner Sitznachbarin, einer älteren Dame, geradewegs in die Einkaufstasche gekotzt hatte. Nachdem sie sich bei den Verkehrsbetrieben beschwert hatte, musste Professor Wagner die Wogen mit ein paar Anrufen und einem offiziellen Entschuldigungsschreiben wieder glätten. Dem betroffenen Studenten hatte er zwei Möglichkeiten zur Wahl gestellt: Entweder er ließ der Dame einen ordentlichen Blumenstrauß zukommen - „Und nicht so ein billiges Gebinde von irgendeiner Tankstelle, junger Mann!" - oder er fuhr sofort nach Hause. Der eindrucksvolle Rosenstrauß, den er daraufhin an ihre Adresse ausliefern ließ, brachte jedoch nicht nur Freude, sondern führte auch zu einem Ehekrach im Hause der älteren Dame.

Seitdem war immer das komplette Beratungsteam bei der Besichtigung dabei und behielt die Gaststudenten unauffällig im Auge. Jens wird also auch da sein, ging es Susanne durch den Kopf, und ihr war gar nicht wohl dabei. Seitdem er vor ein paar Wochen förmlich aus ihrer Wohnung hinausgestürmt war, gingen sie sich aus dem Weg. Die Anderen hatten das sehr wohl bemerkt und sich schnell ihren Reim darauf gemacht, als sie Susanne dann händchenhaltend und turtelnd mit Björn sahen. Die Reaktion war so etwas wie ein allgemeines Achselzucken: Wenn sie meint – was geht uns das an – waren sie überhaupt so richtig zusammen? Es wurde ein bisschen getratscht und geunkt - „So was geht doch nie gut!" -, aber der Aufruhr hielt sich in Grenzen.

Susanne hätte Björn gern ganz für sich gehabt, die noch verbleibende Zeit bis zu seiner Heimreise am liebsten nur mit ihm allein verbracht. Ihre Wohnung, vor allem ihr Schlafzimmer, war eine Insel fernab der Realität. Ich fliehe vor der Wirklichkeit, dachte Susanne manchmal und bekam in diesen Momenten Angst.

Björn schien nicht so sehr unter der Situation zu leiden, im Gegenteil: Er wirkte fröhlich und pflegte den Kontakt mit den anderen Schweden, unternahm gern etwas mit ihnen, selbst wenn das bedeutete, dass er seine Zeit nicht mit Susanne verbrachte.

„Ich fahre mit den Anderen an die Mosel", hatte er eines Tages verkündet.

„Du kannst auch mit mir an die Mosel fahren. Wir könnten uns ein schönes Wochenende machen", schlug sie ihm vor, erkannte aber schnell an seinem Zögern, dass er eigentlich lieber mit den Schweden fahren wollte.

Susanne war irritiert. Wenn sie unbegrenzt Zeit miteinander gehabt hätten, wäre sein Verhalten für sie völlig normal gewesen. Aber so – mit dem Abschied vor Augen? Susanne wusste, dass sie Björn nicht festbinden durfte, wenn sie ihn nicht verlieren wollte, und machte gute Miene dazu.

„Alles okay. Dann wünsche ich euch viel Spaß", sagte sie bemüht heiter.

Sollte Björn ihre Unsicherheit bemerkt haben, ließ er es sich zumindest nicht anmerken. Er schwang sich auf das Fahrrad, das er sich von einem Nachbarn im Studentenwohnheim geliehen hatte und winkte ihr fröhlich zu.

„Ich bringe dir auch Wein mit!", rief er über die Schulter, als er schwungvoll losradelte.

Susanne blieb ratlos zurück. Nur noch eine Woche, dann fuhr Björn wieder nach Göteborg zurück. Sie wusste noch immer nicht, was sie eigentlich für ihn war, hätte so gern ein klares Zeichen von ihm bekommen. Oder verlangte sie zu viel?

Den letzten Tag vor Björns Heimreise verbrachten sie im Bett. Susanne betrachtete ihn im Schlaf. Er lag auf dem Bauch, hatte seine Arme um das Kopfkissen geschlungen und schlief wie ein Holzfäller. Susanne lächelte und küsste ihn sanft auf ein Schulterblatt. Das war wohl vorhin ziemlich viel für dich, dachte sie. Sie hatte ihn erregt wie noch nie zuvor. Als er dann in totaler Hingabe stöhnte und etwas Schwedisches ausrief, gab ihr das ein wenig Sicherheit und auch ein kleines Gefühl von Macht. Tagsüber kannst du ruhig ohne mich sein wollen oder mit den Mädels flirten - was du ja gern tust, ich weiß - aber nachts gehörst du mir, war das Letzte, was sie dachte, bevor sie einschlief.

Sie wurde wenig später davon wach, dass er sich von hinten an sie schmiegte und sie streichelte. Sie räkelte sich wohlig und drehte sich zu ihm um, als er begann ihre Brüste zu streicheln.

„He, ich dachte, du schläfst", flüsterte sie.

„Ich bin ganz wach, muss mir doch auch Vorrat für zu Hause holen." Er lächelte, und seine Berührungen wurden intensiver. Susanne stöhnte leise und überließ sich bereitwillig ihren Gefühlen.

Björn legte einen großen Vorrat an Lust und Leidenschaft an in dieser Nacht.

Als Susanne am nächsten Morgen aus dem völlig zerwühlten Bett aufstand, um Kaffee zu kochen, sprang er plötzlich auf und kramte in seiner Jacke herum.

„Ich habe dir noch was mitgebracht. Echt schwedisch."

Er drehte sich zu ihr um und hielt eine kleine Plastiktüte hoch, die er ihr dann gab. „Original aus Schweden, aus dem Paket von meiner Mutter."

Susanne nahm ein kleines Gebäckstück aus der Tüte: etwa so groß wie ein Muffin, gebacken in einer rot-weißen Papiermanschette und mit Perlzucker bestreut.

„Ach, eine Zimtschnecke!", rief Susanne aus. Sie kannte sie von Holger.

„Das ist schwedische Grundnahrung." Björn lächelte.

Das Gebäck duftete intensiv nach Zimt. Susanne teilte es in der Mitte durch und gab Björn eine Hälfte.

„Komm, ich will das doch nicht alleine essen."

Vielleicht werde ich nie mehr wieder etwas mit ihm zusammen essen, dachte Susanne in diesem Moment. Vielleicht werde ich ihn nie wiedersehen, auch wenn wir beide das heute für ganz sicher halten.

Was ist schon sicher. Susannes Herz wurde schwer.

Als Björn sie eine Weile später zum Abschied küsste, duftete sein Atem nach Zimt. Sie hatte sich ganz allein bei sich zu Hause von ihm verabschieden wollen und nicht inmitten des Menschengetümmels am Flughafen. Björn hatte sich entschieden, zusammen mit den anderen Schweden zurück nach Göteborg zu fliegen. Was Susanne am wenigsten hätte ertragen können, wäre ein Abschiedskuss von ihm gewesen, bei dem er vielleicht gar nicht richtig bei der Sache gewesen wäre, weil er ans Einchecken, an sein Gepäck oder sonstwas denken musste. Susannes Verstand rechnete damit, dass es keine filmreife Abschiedsszene geben würde, aber ihr Gefühl hoffte heimlich darauf. Der Abschied von Björn war in ihren Tagträumen hundertmal abgelaufen, aber am Ende kam es dann anders als gedacht. Während sie ihn an der Wohnungstür umarmte und heftig an seiner Schulter weinte, klingelte plötzlich ihr Telefon. Obwohl sie sich Mühe gab, das Klingeln zu überhören und er zärtlich „Es ist doch kein Ende", in ihr Ohr flüsterte, war der Zauber des Augenblicks dahin. Sowas kommt in romantischen Liebesfilmen nie vor, hatte sie noch ärgerlich gedacht, als sie später allein war.

Susanne ließ die Papiermanschette tagelang offen in ihrer Küche herumliegen, so dass es noch immer nach der Zimtschnecke duftete, nachdem Björn längst schon wieder in Göteborg war. Als ob das ihren Kummer hätte mindern können.

Kapitel 3

Der erste Brief kam schon drei Tage nach seiner Abreise. Susanne nahm ihn schnell aus dem Briefkasten, öffnete ihn hastig und begann schon beim Treppensteigen zu lesen. Dabei stieß sie beinahe mit Frau Michalke zusammen, die gerade damit beschäftigt war, vor ihrer Wohnungstür ein Paar Schuhe zu putzen.

„Nicht so stürmisch!"

„Oh Entschuldigung. Ich war ganz in Gedanken."

„Soso." Frau Michalke lächelte und sah sie mit ihren klugen kleinen Augen an. „Wie schön, dass er Ihnen schreibt. Das macht es etwas leichter."

Susanne wurde verlegen. Dass Frau Michalke so genau mitbekommen würde, was sich in ihrem Leben tat, hatte sie nicht erwartet. Susanne atmete tief durch. Eine Freundin hätte sie in diesen Tagen gebraucht – eine von der Art, wie es sie wahrscheinlich nur in Filmen oder Romanen gab: mit Herz, Hirn und Humor, aber ohne moralischen Zeigefinger. Eine, der sie Einblick in jeden Winkel ihrer Seele gewähren könnte, ohne fürchten zu müssen, dass ihre Geheimnisse bei irgendeinem Kaffeeklatsch zum Gesprächsthema würden.

Eine solche Freundin hatte Susanne nicht, und vielleicht war das der Grund dafür, dass sie der freundlichen alten Nachbarin, die sie damit völlig überraschte, um den Hals fiel und weinte.

„Ach, es ist alles so schrecklich. Ich weiß nicht, wie es weitergehen soll. Ich bin total durcheinander."

„Ja, ist denn etwa was Kleines unterwegs?" Frau Michalke wirkte ehrlich erschrocken.

Susanne löste sich aus der Umarmung, stutzte kurz und schüttelte den Kopf.

„Nein, da ist nichts passiert. Du lieber Himmel!" Jetzt war Susanne wirklich erschrocken. An diese Möglichkeit hatte sie überhaupt nicht gedacht.

„Da haben sich die Zeiten aber wirklich geändert. Ich habe damals oft an nichts anderes mehr gedacht." Frau Michalke lächelte. „Ich war nämlich auch kein Kind von Traurigkeit, und ein paarmal habe ich wohl einfach nur Glück gehabt. Gucken sie mich nicht so an, ich bin ja auch nicht als alte Schachtel auf die Welt gekommen. Wenn Sie mögen, koche ich uns gleich einen schönen Kaffee. Dann können Sie sich mal alles von der Seele reden."

„Das ist lieb von Ihnen, Frau Michalke."

So weit ist es also schon mit meiner Einsamkeit, dachte Susanne, meine beste Freundin ist zweiundachtzig und schwerhörig. Sie hatte sich in der letzten Zeit tatsächlich von ihren Freunden abgesondert. Im Beratungsbüro ließ sie sich nur ganz selten sehen, um unangenehmen Fragen und Blicken aus dem Weg zu gehen. Vor allem aber wollte sie Jens nicht treffen. Gelegentlich sah sie ihn auf dem Campus, und meistens gelang ihr die Flucht in eine andere Richtung, aber gestern hatte er sie überrascht, indem er sich in der Mensa auf dem Platz ihr gegenüber niederließ. Einen Moment lang wollte sie aufstehen und gehen. Aber dann blieb sie doch, sah ihn abwartend an und malte mit dem Zeigefingernagel Linien auf ihre Serviette.

„Na, Wikingerbraut?" Jens nahm sein Besteck in die Hände und schnitt ein großes Stück von seinem Schnitzel ab. Während er kaute, musterte er sie mit einem kühlen Blick.

„Hör zu, Jens. Wir sollten..."

„Pass mal auf, meine Süße. Ich hab überhaupt keinen Bock auf dein Operettengesülze. Die Sache ist doch ganz einfach: Du willst ihn und nicht mich. Basta."

Susanne schluckte. „Du hast mich doch gar nicht geliebt, du wolltest doch immer nur ... "

„Na, das ist ja super. Nur weil ich dich sexy finde, liebe ich dich nicht. Diese Logik musst du mir mal erklären."

„Mit Björn ist das irgendwie alles ganz anders."

„Soso. Deiner Logik nach müsste er dann im Bett nicht gerade ein Kracher sein."

Susanne stand wütend auf – nicht zuletzt deshalb, weil ein Funken Wahrheit in dem war, was Jens sagte. Scheißkerl, dachte sie, du musst immer das letzte Wort haben. Aber dann holte sie tief Luft und sah ihm in die Augen.

„Lass gut sein, Jens. Ich gehe jetzt besser."

Sie drehte sich beim Gehen nicht mehr zu ihm um.

Der Besuch bei Frau Michalke wurde lang und ziemlich tränenreich. Als sie am späten Abend in ihrem Bett lag, kam sie nicht zur Ruhe. Alles drehte sich in ihrem Kopf um das, was Frau Michalke ihr beim Gehen gesagt hatte.

„Das Schlimmste, was Sie jetzt machen können, sind halbe Sachen."

Keine halben Sachen ... Kopfüber in die Zukunft ... In dieser Nacht fand Susanne keinen Schlaf.

Der Herbst kam schneller als erwartet. Elke hatte am Morgen zum ersten Mal Raureif von ihrer Windschutzscheibe kratzen müssen. So ein Mist, hatte sie gedacht, und das ausgerechnet heute. Heute war ihre letzte mündliche Prüfung, und wenn alles lief wie geplant, war sie heute Nachmittag mit ihrem Studium fertig.

„Schon komisch", hatte sie vor ein paar Tagen ihrem Studienfreund Lutz gesagt, „Du kommst hier irgendwann an, verschwindest in dieser Riesenuni, und irgendwann spuckt dich die Lernfabrik wieder aus. Du hinterlässt keine Spuren, niemanden interessiert, ob du jemals da warst oder nicht. Zack. Weg. Aus. Ende."

„Ach du lieber Himmel! In was für einer seltsamen Verfassung bist du denn gerade. Freu dich doch lieber darüber, dass du es bald geschafft hast."

„Ja, du hast recht. Aber ich bin halt mehr der Moll-Typ."

„Dur steht dir aber viel besser."

Elke hatte fast gegen ihren Willen gelächelt.

Was doch ein Lächeln mit Elkes Gesicht machen kann, hatte Lutz wieder einmal staunend festgestellt. Wie wenn an einem dunklen, unfreundlichen Tag plötzlich die Sonne hinter den Wolken erscheint.

Elke wanderte den Gang vor dem Prüfungsbüro langsam auf und ab. Immer wieder sah sie auf ihre Armbanduhr. Wenn doch die Zeit nur nicht so langsam vergehen würde. Sie sehnte den Moment herbei, in dem sie alle ihre Unterlagen vom Schreibtisch fegen und in eine große Kiste auf Nimmerwiedersehen verschwinden lassen würde. Wieder ganz normal leben: Selbstgekochtes anstatt Fertigpizza, Blumen auf dem Tisch anstatt einem Meer von Notizen, gepflegtes Haar anstatt eines eilig gebundenen Pferdeschwanzes und vor allem wieder ausgiebigen Sex ohne Ablenkung durch Unerledigtes. Endlich.

In der letzten Zeit konnte sie sich überhaupt nicht mehr entspannen. Martin hatte alles versucht, um sie in Fahrt zu bringen, aber sie war völlig blockiert. „Es ist nur das Examen. Keine Sorge, Martin", hatte sie leise gesagt, als Martin am Abend zuvor frustriert aufgegeben und sich auf die Bettkante gesetzt hatte. „Bist du da ganz sicher?" Darauf hatte Elke nichts geantwortet.

Vielleicht ist es ja wirklich nur das Examen, dachte sie gerade in dem Moment, als die Tür zum Prüfungsbüro geöffnet wurde. Elke holte tief Luft und straffte die Schultern. Jetzt muss ich nur noch eine Stunde durchhalten, nur noch sechzig Minuten, nur noch lächerliche neunundfünfzig Minuten und soundsoviel Sekunden. Am Ende waren es dann brutto 64 Minuten, weil Professor Sandmann nach der Prüfung langatmig eine Anekdote erzählte, deren Unterhaltungswert gut zu seinem Namen passte. „Und Sie können sich gar nicht vorstellen, wie oft meine Frau und ich darüber gelacht haben ... "

Elke wollte sich gar nichts vorstellen. Sie wollte einfach nur ihre Note erfahren. Als die Prüfer über das Ergebnis berieten, wartete Elke auf dem Flur. Und plötzlich fühlte sie sich einsam.

Dann war es endlich vorbei: wohlwollende Blicke der Professoren, Händeschütteln und ein wenig Verlegenheit bei allen Beteiligten, als der Gesprächsstoff allmählich ausging. Elke konnte es kaum fassen: Sie hatte es geschafft, und dann auch noch mit einer Traumnote. Aber das große Glücksgefühl blieb aus. Zu Beginn ihres Studiums hatte sie sich oft vorgestellt, wie der Moment wohl sein würde, wenn sie alles geschafft haben würde. In ihrer Vorstellung gab es eine kleine Gruppe von Freunden, die vor dem Prüfungsamt auf sie wartete und die Sektkorken knallen ließ. Sie war selbst ein paarmal beim großen Studienfinale, wie sie es nannte, dabei gewesen und hatte Freunde an diesem wichtigen Tag begleitet. Bei aller Mitfreude gab ihr das immer auch einen kleinen Stich. Die haben es schon geschafft, und ich muss da noch durch ... Dabei hatte Elke eigentlich nie einen Grund gehabt, an ihrem Erfolg zu zweifeln. Sie war begabt und vor allem ungeheuer diszipliniert.

Schon bei ihren Abiturvorbereitungen hatte sie ihre Familie wahnsinnig gemacht mit ihrer Angewohnheit, überall im Haus riesige Lernposter aufzuhängen. In ihrem Zimmer hatte sie einen riesigen Lernplan an die Wand geheftet, den sie ganz genau abarbeitete. Jeden Abend strich sie das Tagesprogramm feierlich mit einem dicken roten Filzstift durch. Leider war das Papier ihres Lernplans ziemlich dünn, so dass kleine rote Striche auf der Wand zurückblieben, nachdem sie das Poster am Tag ihrer Abiturfeier abgenommen hatte. Überhaupt, die Abiturfeier. Schon Wochen vorher war ihr aufgefallen, dass Martin sie irgendwie anders ansah. Zuerst versuchte sie es zu ignorieren, weil sie nicht wusste, wie sie damit umgehen sollte. Martin war seit der Kindergartenzeit ihr bester Freund. Aber auf einmal war es anders. Als Elke zur Abiturfeier in einem raffiniert geschnittenen olivgrünen Kleid erschien, starrte er sie die ganze Zeit an. Sein Blick hing an ihren festen kleinen Brüsten und vor allem an ihrem kräftigen runden Po, der sich unter dem dünnen seidigen Stoff ihres Kleides aufregend abzeichnete.

Auf dem Heimweg fasste sich Martin, sicher auch etwas mutiger geworden durch einige Gläser Bier, endlich ein Herz und küsste Elke. Er war überrascht von der Leidenschaft, mit der sie seinen Kuss erwiderte.

„Komm, lass uns in den alten Obstgarten gehen", flüsterte sie ihm zu. Martin sah sich am Ziel seiner Träume. Seither waren sie ein Paar.

Die Beziehung war von allen Menschen in ihrer Umgebung wohlwollend aufgenommen worden, nur Susanne war entsetzt gewesen.

„Martin? Du bist ja wohl von allen guten Geistern verlassen."

„Er ist mein bester Freund, Susanne."

„Ja, aber hast du denn Herzklopfen bei ihm?"

„Als ob es darauf ankäme."

„Nur darauf kommt es an, Elke."

„Träum' du ruhig weiter. Ich lebe in der richtigen Welt." Daraufhin war Elke aus dem Zimmer gegangen und hatte den ganzen Tag nicht mehr mit Susanne gesprochen.

Als Elke das Gebäude verließ, musste sie für einen Moment die Augen schließen, denn die Sonne schien ihr direkt ins Gesicht. Nach dem kühlen Morgen war der Tag warm und sonnig geworden. Sie merkte, dass sie zu warm angezogen war, und wollte gerade ihre Jacke ausziehen, als sie plötzlich von einer Gruppe fröhlicher junger Leute umringt war. Also haben sie mich doch nicht vergessen, dachte Elke gerührt, als sie ihre Freunde und Martin erkannte. Er kam auf sie zu und nahm sie in die Arme. „Herzlichen Glückwunsch! Du hast es geschafft." Elke lehnte sich an seine breiten Schultern, atmete seinen vertrauten Duft ein und weinte. Die Anspannung der letzten Zeit fiel von ihr ab und verwandelte sich in wohlige Erleichterung. Einige Momente später umarmten ihre Freunde der Reihe nach eine Elke, die abwechselnd lachte und weinte – Lutz nur mit einem Arm, denn er hielt eine Sektflasche in der anderen Hand.

„Nicht so stürmisch, sonst ist der kostbare Sekt futsch." Er lachte.

Am Ende übertraf das, was ihre Freunde sich ausgedacht hatten, Elkes Vorstellungen. Lutz, Maria, Silke und Roland hatten einen Tisch in einem Restaurant in der Kölner Altstadt reserviert und ein italienisches Menü bestellt.

„Was hättet ihr eigentlich gemacht, wenn ich schon heute Abend zu meinen Eltern hätte fahren wollen?" Elke schaute erwartungsvoll in die Runde und griff nach ihrem Rotweinglas.

„Na ja, ich habe deinen Autoschlüssel in Sicherheit gebracht." Martin grinste spitzbübisch.

„Wir haben noch was für Dich." Silke kramte in ihrer Handtasche und gab Elke ein hübsch verpacktes Geschenk. Elke zog an der großen blauen Schleife und öffnete das raschelnde geblümte Seidenpapier. Zum Vorschein kamen ein eleganter Füllfederhalter und ein kleines Fässchen mit roter Tinte.

„Damit du auch stilvoll 'mangelhaft' unter die Arbeiten schreiben kannst."

Elke lachte. „Lieber 'gut'. Dann reicht die Tinte länger." Sie nahm das wertvolle Geschenk in die Hand und wurde ganz still.

„Danke."

Elke nahm Geschenke niemals mit lautem Jubel entgegen, nicht einmal als Kind hatte sie das getan. Während Susanne ihre Freude offen gezeigt und die Erwachsenen damit entzückt hatte, war sie immer ganz stumm vor Glück gewesen.

Auch an diesem Abend freute sich Elke still. Sie genoss das Lachen und Schwatzen um sie herum, lehnte sich zurück und war glücklich.

Als sie später mit Martin allein war, öffnete sie eine Flasche Wein und zog sich langsam und sinnlich vor ihm aus. Zuerst lehnte er sich auf dem Sofa zurück und genoss den Anblick ihres schönen Körpers, aber als ihre Bewegungen aufreizender wurden, zog er sie sanft zu sich auf die Couch.

Am nächsten Morgen wachten sie auf dem Sofa auf. Elkes Nacken war völlig verspannt, und sie hatte einen kleinen Kater. War wohl doch ein bisschen viel gestern, dachte sie, aber andererseits auch wieder nicht. Ohne den kleinen Schwips wäre es vielleicht nicht so gut gewesen. Sie räkelte sich und genoss die Erinnerung. Als sie leise aufstand, dachte sie, dass sie ruhig auch erst später am Tag zu ihren Eltern fahren könnte.

„Warum fährst du nicht nächstes Wochenende mit mir zusammen? Bis dahin habe ich meine Seminararbeit fertig. Ich würde deine Eltern gerne mal wieder besuchen", sagte Martin beim Frühstück, während er mit dem flüssigen Honig Schlangenlinien auf eine Brötchenhälfte malte. Elke zuckte mit den Schultern. „Ich weiß auch nicht, aber meine Mutter war vorgestern am Telefon ein bisschen seltsam. Irgendwie besorgt. Erzählt hat sie mir aber nichts. Jetzt mache ich mir Sorgen und will wissen, was da los ist. Keine Sorge, morgen bin ich wieder hier." Und mit einem kleinen Lächeln: „Dann können wir ja da weitermachen, wo wir vorhin aufgehört haben. Wir müssen viel nachholen."

Martin lächelte ihr über den Tisch hinweg zu und ließ seinen Blick wandern. Wenn Elke entspannt war, konnte sie absolut hinreißend sein. Martin fühlte Begehren in sich aufsteigen, als er sie so dasitzen sah: nackt bis auf einen dünnen Kimono, die langen schwarzen Haare ein wenig zerzaust. Er stand auf, ging zu ihr hinüber und beugte sich zu ihr herab. Sein Kuss schmeckte nach Honig.

Als Elke eine gute Stunde später das Haus verließ, hätte ein unbeteiligter Beobachter nie für möglich gehalten, dass die ernste junge Frau mit den glatten schwarzen Haaren mindestens fünf der vergangenen zwölf Stunden mit ziemlich heißem Sex verbracht hatte. Selbst Martin staunte immer wieder über diese Seite ihres Wesens, die so gar nicht zu dem ernsten, strengen Rest passte. Und doch war die letzte Nacht eine Überraschung für ihn gewesen, denn eigentlich kam es ihm schon seit längerer Zeit so vor, als sei ihre Beziehung auf einem absteigenden Ast. Sie war abweisend und kühl gewesen in der letzten Zeit, hatte ihm das Gefühl gegeben, nur noch lästig zu sein. Verletzt und verunsichert, war Martin allein ausgegangen. Er hatte mit Studienkollegen die Nacht zum Tag gemacht, als hätte er durch die lange Beziehung zu Elke etwas nachzuholen gehabt. Er hatte gefeiert, gelacht und geflirtet. Zunächst war es nur ein Spiel gewesen, aber dann war er hungrig geworden – auf das Leben, auf die Lust, auf fremde Haut. Er genoss seine Geheimnisse mehr als ihn sein Gewissen quälte. Die Erinnerung an wilden Sex mit vielen unterschiedlichen Frauen erregte ihn: blond oder dunkel, manchmal auch rothaarig, üppig mit großen weichen Brüsten oder zart und knospig. Er sammelte Sex und hütete seine Erinnerungen wie einen Schatz. Manchmal, wenn er nicht sofort einschlafen konnte, ließ er diese Erinnerungen wie Filme in seinem Kopf ablaufen: schöne Frauen, die lustvoll stöhnten und ihm das Gefühl gaben, ein ganz toller Mann zu sein. Elke gab ihm das Gefühl nämlich meistens nicht. Martin seufzte und begann den Frühstückstisch abzuräumen.

Elke genoss die Autofahrt zu ihren Eltern. Es war ein schöner, sonniger Oktobertag. Als sie die Autobahn kurz vor Dinslaken verließ und über die Bundesstraße in Richtung Wesel in die sanfte, ruhige Landschaft des Niederrheins hineinfuhr, schlug ihr Herz nach einer Weile so ruhig und entspannt wie schon lange nicht mehr. Der Ausflug zu ihren Eltern würde ihr sicher gut tun, wäre da nicht eine kleine Warnlampe in ihrem Kopf gewesen, die ihr signalisierte, dass irgendetwas nicht so war wie sonst. Elke spürte einen Kloß im Magen, als sie überlegte, was der Grund dafür gewesen sein konnte, dass ihre Mutter bei ihrem letzten Telefongespräch so bedrückt gewirkt hatte. Hoffentlich war niemand krank. Elke wusste noch, wie sehr es sie mitgenommen hatte, als im vergangenen Jahr bei ihrer Mutter der Verdacht auf Brustkrebs bestanden hatte. Gott sei Dank hatte sich der Knoten als gutartig herausgestellt, aber sie hatte vor Angst kaum geschlafen und fast nichts mehr gegessen.

Als sie in die ruhige Seitenstraße einbog, in der ihre Eltern schon eine halbe Ewigkeit wohnten, war ihr alles sofort wieder vertraut. Viel hatte sich hier in all den Jahren nicht verändert. Hier und da gab es eine neue

Haustür oder einen modernen Anbau, aber die gepflegte Reihenhaussiedlung am Ortsrand sah im Großen und Ganzen noch immer aus wie in den Siebzigern. Noch vor einigen Jahren hatte Elke die bürgerliche Umgebung spießig und muffig gefunden. Sie hatte unbedingt hinausgewollt, nur weit weg. Zu ihrer eigenen Überraschung fand sie es heute eigentlich ganz hübsch. Selbst die Dekorationen in den Vorgärten, die das Sortiment des örtlichen Gartencenters widerspiegelten, schockten sie heute nicht mehr. Das war nicht immer so gewesen. Susanne und sie hatten als Teenager jede Form von Gartendeko verabscheut. Eines Tages hatten sie einen Gartenzwerg für den Vorgarten gekauft und ihn verschwörerisch kichernd neben die schönste Rose drapiert. Ihre Mutter war gerade sehr beschäftigt und hatte nur einen kurzen Moment Zeit, sich zu wundern. Als sie aber ein paar Stunden später einen Blick auf die Neuerwerbung warf, traf sie fast der Schlag: Der Gartenzwerg war ein Exhibitionist. Mit allem Drum und Dran. Das darauf folgende Donnerwetter war nicht von schlechten Eltern gewesen, aber ihre Mutter bewies auch Humor: Sie bastelte ein Feigenblatt aus grüner Plastikfolie und machte den Zwerg wieder salonfähig. Das wiederum war Elke und Susanne peinlich, und einige Zeit später entsorgten sie den Zwerg klammheimlich.

Anneliese Sperling kam sofort aus dem Haus gelaufen, als sie das Auto ihrer Tochter einparken sah. „Da bist du ja! Komm, lass dich mal drücken. Wir sind ja so stolz auf dich!" Elke genoss die herzliche Umarmung und den Duft, den ihre Mutter verströmte, so lange sie denken konnte: ein Hauch frisches Eau de Cologne und etwas Weichspüler in der Kleidung.

Als sie kurze Zeit später bei einer Tasse Kaffee am Küchentisch saßen, sah Elke ihrer Mutter ins Gesicht.

„Alles in Ordnung, Mama?"

Die rührte in ihrer Tasse und antwortete nicht sofort.

„Ich weiß nicht", sagte sie schließlich mit einem leichten Seufzer.

„Was soll das denn heißen?" Elke war sofort alarmiert und saß mit einem mal kerzengerade da.

Ihre Mutter lächelte und griff kurz über den Tisch hinweg nach ihrer Hand. „Keine Angst, es ist nichts Gefährliches. Aber ich mache mir Sorgen um Susanne."

„Was ist denn?"

„Sie will plötzlich unbedingt in Schweden studieren. Irgendwie kommt mir das seltsam vor."

„Warum denn? Schweden ist doch schön. Und gegen ein Auslandssemester habt ihr doch eigentlich nichts, oder?"

„Ja, schon, aber ihre plötzliche Begeisterung ist mir etwas unheimlich."

„Aha. Du meinst also, es steckt ein Kerl dahinter."

„Irgendwie, ja. Und du weißt doch, wie sie so ist..."

Beide schwiegen und dachten an Susannes Hang zur Melodramatik.

Elke nahm als Erste das Gespräch wieder auf.

„Hat sie denn nichts erzählt? Normalerweise trägt sie ihr Herz doch auf der Zunge."

„Schon", Anneliese Sperling zögerte, bevor sie weiter redete. „Sie hat ihn wohl erst diesen Sommer getroffen. Er studiert in Göteborg. Sie sagt, er sei absolut hinreißend."

„Hört sich doch eigentlich nicht schlecht an. Was ist dein Problem?"

„Schweden ist halt doch ein bisschen weit weg."

„Ach, jetzt hör aber auf!" Elke lachte, halb belustigt und halb verärgert. „Erst erzählt ihr uns jahrzehntelang etwas von Weltoffenheit, schickt uns zum Schüleraustausch um die halbe Welt – und jetzt ist Schweden plötzlich zu weit weg. Das passt doch nicht zusammen."

„Du hast recht. Aber jetzt, wo es auf einmal ernst wird, macht es mir Angst. Vielleicht werde ich auch einfach nur alt."

Elke sah ihre Mutter über den Tisch hinweg an. Sie sah wirklich müde aus heute, ihr sonst so fröhliches Gesicht war blasser als sonst. Elke legte ihrer Mutter sanft eine Hand auf die Wange.

„Mach dir keine Sorgen. Susanne ist erwachsen und weiß, was sie tut. Ehrlich."

Doch so ehrlich war das nicht und Elke fühlte sich nicht wohl in ihrer Haut. Susanne war nicht besonders erwachsen, wenn man Erwachsensein vor allem mit Vernunft verband.

„Weißt du was? Ich rufe sie an. Vielleicht hat sie ja Zeit und Lust zu kommen. Dann können wir ja in Ruhe mit ihr reden. Wo sind eigentlich Papa und unser Hundemädchen?"

„Bei Friedhelm, den Zaun reparieren. Ihm laufen dauernd die Viecher weg. Aber sie kommen sicher wieder, sobald es anfängt zu dämmern."

Friedhelm Schwertfeger war der Tierarzt im Ort und seit Jahrzehnten der beste Freund ihres Vaters. Als Kinder waren sie völlig in ihn vernarrt gewesen, denn niemand hatte ein so großes Herz für Tiere wie er. Er kümmerte sich um jeden seiner Patienten liebevoll und hatte im Laufe der Zeit einen seltsamen kleinen Tierpark in seinem weitläufigen Garten angesiedelt. Es lebten dort vier Zwerghühner samt Hahn, die einer kürzlich verstorbenen Nachbarin gehört hatten, ein dreibeiniger Kater, den er unter der Autobahnbrücke gefunden hatte und ein Hängebauchschwein. Letzteres hatte einem jungen Mann gehört, der gelesen hatte, dass Frauenschwarm George Clooney auch ein solches Schwein hatte, und ihm nacheifern wollte. Die Hoffnung auf dadurch steigende Chancen bei den Frauen erfüllte sich nicht, denn als er endlich eine Herzdame gefunden hatte, weigerte diese sich, das Hängebauchschwein mit ins Bett zu nehmen. In seiner Not brachte der junge Mann das Tier zu Friedhelm Schwertfeger. Der nahm es bei sich auf und rettete damit die Beziehung.

Elke dachte an die Geschichte mit Milka zurück. Milka war eine hübsche kleine Mischlingshündin. Susanne hatte sie als herrenlosen Welpen auf dem Weg von der Schule nach Hause verletzt am Wegrand gefunden. Sie war offenbar von einem Auto angefahren worden. Susanne wickelte den winselnden Hund vorsichtig in ihre Jacke, ließ ihr Fahrrad einfach am Wegesrand liegen und ging die restlichen drei Kilometer des Heimwegs zu Fuß. Zu Hause legte sie den Hund in der Jacke auf das Wohnzimmersofa, kniete sich neben ihn und weinte. Als Elke aus der Schule kam, schob sie Susanne, die noch immer ganz aufgelöst vor dem Sofa kniete, beiseite und legte den Hund vorsichtig in die alte Gartenschubkarre. Dann fuhr sie damit schnurstracks zu Friedhelm Schwertfeger. Er behandelte die kleine Hündin, und fortan gehörte sie zur Familie. In Anspielung auf ihr schwarz-weißes Fell, das ihr Ähnlichkeit mit einer Kuh gab, hatten sie ihr den Namen Milka gegeben. Auch wenn das nach Katze klang, wie Elke damals meinte. Das war jetzt schon Jahre her. Elke und Susanne liebten ihr kleines Hundemädchen. Und wenn sie ehrlich waren, mussten sie zugeben, dass der Gedanke, Milka nicht mehr jeden Tag um sich zu haben, beim Umzug an den Studienort schlimmer gewesen war als der Abschied von den Eltern. Bei dem Gedanken an Milka musste Elke unwillkürlich lächeln.

„Alles klar mit Milka, oder?"

Die Mutter lachte. „Keine Sorge. Dem kleinen Mädchen geht es gut." Und nach einer keinen Pause „Jetzt ruf doch mal Susanne an."

Etwa drei Stunden später wartete Elke in ihrem Auto vor dem kleinen Bahnhof. Susanne hatte zuerst nicht kommen wollen, aber schließlich hatte Elke sie doch noch überredet.

„Ach komm, Susanne. Es ist Wochenende. Gönn dir doch mal eine Auszeit. Dein Referat kann auch noch bis Montag warten." Als Susanne noch immer zögerte und sich für Elkes Begriffe verdächtig wortreich erklärte, griff sie zum letzten Mittel. „Und außerdem habe ich in der Küche ein Päckchen Pumpernickel liegen sehen. Du weißt doch, was das heißt, oder?" Susanne lachte und gab sich geschlagen. „Sauerbraten!" Rheinischer Sauerbraten mit dunkler Soße, die mit Pumpernickel gebunden und schließlich mit Rosinen verfeinert wurde, war Elkes und Susannes Lieblingsgericht.

Es fing schon an zu dämmern, als der Nahverkehrszug langsam in den Bahnhof einfuhr. Eine Gruppe Jugendlicher kam, bepackt mit Reisetaschen und Rucksäcken, aus der Eingangstür des kleinen Bahnhofsgebäudes geströmt. Ein paar trugen eine Gitarre mit sich. Wahrscheinlich ein Pfadfinder-Ausflug, dachte Elke lächelnd. Abgelenkt durch diese Gruppe bemerkte sie nicht, wie Susanne auf ihr Auto zuging. Deshalb erschrak sie, als sich plötzlich die Beifahrertür öffnete und ein kastanienbrauner Wuschelkopf ins Auto hineinsah.

„Hallo Schwesterherz! Warum zuckst du denn zusammen, wenn du mich siehst? Sehe ich so schrecklich aus?" Susanne lachte.

Elke sah sie von der Seite an. Sie sah überhaupt nicht schrecklich aus. War ja klar.

„Ich war in Gedanken. Na, alles klar?"

Susanne nickte nur knapp, weil sie gerade damit beschäftigt war, in ihrer riesigen braunen Tasche herumzukramen.

„Was suchst du denn?"

„Ach, ich habe mein Portemonnaie nicht sofort gesehen. Aber es ist ja doch da. Gott sei Dank."

Susannes Tasche stand ein Stückchen offen, sodass Elke ein paar Bücher darin entdecken konnte.

„Jetzt hast du dir doch Arbeit mitgebracht!" Elke war sauer.

„Beruhige dich. Das ist nur mein Schwedischbuch."

Elke holte tief Luft und blies sie kräftig aus. „Ja, Mama hat mir schon erzählt, dass du irgendwas in Schweden vorhast." Und nach einer kurzen Pause: „Wie heißt er denn?"

„Björn."

„Hm. Und du weißt, was du tust?"

„Hmmm."

„Na dann ... ", sagte Elke vage. Sie hatte keine Lust auf irgendwelche rosaroten Geschichten. „Hauptsache, er haust nicht in einem Zirkuswagen." Das konnte sie sich einfach nicht verkneifen.

Natürlich gelang es Elke nicht, Susannes romantischen Schilderungen zu entfliehen. Als sie am späten Abend noch in Susannes ehemaligen Zimmer saßen, beide mit einem großen Henkelbecher Erdbeertee, erfuhr Elke die ganze Geschichte. Sie hörte fast nur zu, aber ihr Gesichtsausdruck sprach Bände. Sie traute Susannes Urteil einfach nicht, konnte sich nicht vorstellen, dass Björn wirklich so toll war.

Ihren Eltern gegenüber war es Susanne gelungen, ihre Absicht nach Schweden zu gehen als harmloses Auslandssemester zu verkaufen. „Ihr wolltet doch immer, dass wir uns ein wenig Wind um die Nase wehen lassen. Und mit Göteborg arbeitet unsere Uni nun einmal zusammen. Ich weiß gar nicht, was ihr habt." Und mit einem unschuldigen Augenaufschlag fügte sie hinzu: „Ist doch auch prima, wenn man dann schon jemanden dort kennt." Elke war beinahe das Glas Rotwein aus der Hand gerutscht. So ein Lämmchengesicht und dabei so ein Fuchs, hatte sie gedacht, aber ich lasse mich nicht täuschen. Dass Susanne so viel Raffinesse an den Tag legte, war ganz neu für Elke. Bisher hatte sie in Susanne vor allem ihre verträumte kleine Schwester gesehen, und nicht nur einmal hatte sie sich ihr gegenüber überlegen und erwachsen gefühlt. Sollte sie sie etwa unterschätzt haben?

Elke war noch immer verunsichert, sprach nicht viel und rührte nachdenklich in ihrem Tee.

„Möchtest du sein Foto sehen?" fragte Susanne schließlich, sprang auf und suchte es aus ihrem Portemonnaie heraus.

Als Susanne es ihr gab und sie erwartungsvoll ansah, nahm Elke es fast widerwillig an und wollte nur einen kurzen und möglichst gelangweilt wirkenden Blick darauf werfen. Aber das gelang ihr nicht. Ein ausdrucksvolles Männergesicht – gerade unebenmäßig genug, um nicht zu glatt zu wirken – mit einem sinnlichen Mund und auffallend schönen blauen Augen. Das alles umrahmt von kurzen, dichten blonden Haaren. Elke konnte sich der Vitalität und der Lebensfreude, die das Foto ausstrahlte, nicht entziehen.

„Schöne Augen", sagte sie nach einer Weile knapp und gab Susanne das Bild wieder zurück.

Susanne strahlte. „Ja, nicht? Und meistens trägt er auch noch was Blaues. Das sieht ganz toll aus."

„Mag sein. Aber ich bin jetzt müde und möchte schlafen gehen. Gute Nacht, Susanne."

Sie schloss die Tür leise und nachdrücklich beim Hinausgehen.

Susanne sah ihr etwas ratlos nach. Nachdenklich steckte sie das Bild wieder an seinen Platz.

Elke konnte an diesem Abend nur schwer einschlafen. Sie lauschte auf die leisen Geräusche der Nacht und versuchte, die boshafte Stimme in ihrem Bauch zu überhören. Warum um alles in der Welt hat Susanne wieder so ein Glück, flüsterte die Stimme, und warum muss Martin bloß so harmlos sein ... so langweilig ... so brav ...

Kapitel 4

Endlich war wieder ein Brief da. Susanne sah das braune Umschlagpapier durch das kleine Sichtfenster in ihrem Briefkasten schimmern, als sie die Haustür öffnete. Sie hatte sich den ganzen Tag aufs Heimkommen gefreut, obwohl es in ihrer Wohnung nicht mehr besonders gemütlich aussah. Etwa die Hälfte ihrer Sachen hatte sie schon in Kisten verpackt und zu Stapeln gruppiert. Fast sah es es so aus, als hätte ein Riesenkind in ihrer Wohnung mit Bauklötzen gespielt und nicht richtig aufgeräumt.

Susanne öffnete den Brief schon auf der Treppe, wie sie es immer tat. Ein Foto fiel dabei aus dem Umschlag. Susanne hob es auf, sah es an und fühlte in diesem Moment einen kleinen eifersüchtigen Stich. Björn inmitten einer Gruppe Skifahrer, umringt von lachenden hübschen Mädchen, die selbst in den dicken Skiklamotten noch eine gute Figur hatten. In seinem Brief erzählte Björn von dem Ausflug mit Freunden, schwärmte vom Wetter und von der Landschaft. Susanne überflog diesen Teil seines Briefes, suchte nach zärtlichen Passagen. Erst am Ende des Briefes begann sie langsamer zu lesen und zu lächeln. Na endlich. Ich freue mich so auf dich, Susanne, zähle schon die Tage und Stunden, bis ich dich endlich wieder in den Armen halten kann.

Björns Briefe waren fröhlich, optimistisch und lebhaft – aber nicht so romantisch, wie Susanne sie gerne gehabt hätte. Er war immer der Konkretere von ihnen – machte Pläne für ihr gemeinsames Leben in Göteborg, bot ihr an, bei ihm zu wohnen, erledigte Formalitäten an der Universität für sie, aber er teilte nur selten mit, was er fühlte. Scheint eine Männerkrankheit zu sein, dachte Susanne meistens. Manchmal aber – vor allem, wenn er andere Frauen erwähnte oder auf Fotos mit ihnen zu sehen war, bekam sie Angst ihn zu verlieren. Was, wenn er sich in eine von den Schönheiten verliebt, wenn ich noch so weit weg bin? Ich muss mich beeilen, dachte sie oft, sonst gleitet mir mein Glück aus den Händen.

Susanne legte eine Zielstrebigkeit an den Tag, die alle um sie herum überraschte. Als sie am Tag zuvor auf dem Weg zu Professor Wagner gewesen war, mit dem sie wegen ihres Auslandssemesters noch ein paar Dinge zu klären hatte, lief ihr Jens über den Weg. Zuerst wollte sie einen Haken schlagen und ihm einfach ausweichen, aber im letzten Moment entschied sie sich doch anders. Sie ging schnell an ihm vorbei und wollte ihn knapp und lässig grüßen, aber daraus wurde nichts.

„Hallo. Noch hier und nicht bei den Elchen?" Jens sah ihr direkt ins Gesicht. „Wann haust du denn ab?"

„In einer Woche bin ich schon unterwegs."

„Tja, dann mach's mal gut." Er vergrub die Hände in seinen Jackentaschen und zog die Schultern hoch, als würde er frieren.

Er sah auf seine Schuhspitzen, und als er wieder aufblickte, fiel ihm eine Haarsträhne über eine Augenbraue.

Ganz unvermittelt streckte Susanne eine Hand aus und strich ihm die Strähne aus der Stirn. Früher hatte sie das oft getan, es war eine sehr vertraute Geste für sie beide. Aber in dem Moment, als sie ihn berührte, schraken beide zusammen. Susanne zog ihre Hand sofort zurück, als hätte sie sich verbrannt.

„Ja, du mach's auch gut. Und denk mal an mich, trotz allem."

Fast entschuldigend lächelte Susanne ihn an. Sie wollte ihm die Hand geben, aber als sie merkte, dass er seine Hände in den Taschen behielt, strich sie sich mit der Hand kurz über die Jeans, als wollte sie den verunglückten Händedruck irgendwie vertuschen.

„Tja dann", sagte sie nur noch, zuckte kurz mit den Schultern und ging. Als sie ein paar Meter von Jens entfernt war, drehte sie sich noch einmal um und hob ihre Hand zu einem Gruß. Jens stand einfach da, wie eine Statue. Kalter Fisch, dachte sie.

Eine knappe Stunde später stand Jens noch immer an derselben Stelle. Erst als es anfing zu regnen, stellte er den Kragen seiner Jacke hoch, als würde ihn das vor der kalten Nässe schützen, und ging langsam nach Hause.

Die Türglocke bimmelte kurz, als Jens das „Pommes-Eckchen" betrat. Es war Donnerstag und Holger war der „Herrscher der Fritteuse", wie er es nannte. Er war gerade dabei, den Getränkekühlschrank aufzufüllen.

Im Hintergrund dudelte in Minutenabständen die kleine elektronische Melodie eines Münzspiel-Automaten. Auf der Grillplatte lagen mehrere Bratwürste, und in einem flachen rechteckigen Gefäß blubberte eine rote Soße.

„Hallo Holger."

Sofort drehte sich Holger zu ihm um und kam mit einem freundlichen Lächeln auf ihn zu.

„Wie schön, dass du dich hier blicken lässt. Ich hab dich ja schon ewig nicht mehr gesehen. Möchtest du was essen?"

„Gerne. Mach mir doch eine große Currywurst mit doppelt Pommes und Mayo."

Jens zog seine Jacke aus und setzte sich auf einen der Barhocker, die vor dem Tresen standen. Holger fing an zu brutzeln und drehte ihm den Rücken zu. Beide waren ganz froh über diese kurze Gelegenheit zum Nachdenken. Jens wusste, dass er sich in der letzten Zeit bei seinen Freunden rar gemacht hatte und sie sich deshalb Sorgen machten. Er wollte ihnen aber nichts erzählen und suchte deshalb nach möglichst vagen Formulierungen. War nicht so gut drauf, hatte Stress, viel zu tun ... Möglichst unverfängliche Floskeln. Holger ahnte, was in Jens vorging. Er wollte ihm helfen, ohne ihn zu verschrecken. Gar nicht so einfach. Er wischte sich die Hände an seiner Schürze ab. Dann ging er zum Kühlschrank, holte eine Dose Bier heraus und stellte sie vor Jens auf den Tresen.

„Hier. Die geht aufs Haus." Und dann, nach einem ruhigen Blick aus klaren blauen Augen: „Sie ist ein tolles Mädchen, aber andere Mütter haben auch schöne Töchter."

Jens zuckte zusammen. „Habe ich irgendwas gesagt?", knurrte er.

„Nö", Holgers Augen lächelten und bekamen freundliche Fältchen, „musst du bei mir auch nicht."

Dann holte auch er sich eine Dose Bier.

Da muss ich jetzt noch durch, dachte Susanne, und ihr wurde ganz flau. Sie fühlte, wie sich ein Kloß im Hals bildete und ihre Augen sich mit Tränen füllten. Ihre Eltern hatten es sich nicht nehmen lassen, sie mit ihren beiden großen Koffern zum Bahnhof zu bringen. Sie wollte mit dem Zug nach Kiel und von dort aus weiter mit der Nachtfähre nach Göteborg reisen. Da standen sie nun auf dem zugigen Bahnsteig und warteten auf die Einfahrt des Zuges. Susanne war blass und sah ziemlich verweint aus, weil sie sich kurz vor der Abfahrt zum Bahnhof mit einem wahren Tränenstrom von Milka verabschiedet hatte. Sie hatte ihr Gesicht in dem warmen weichen Fell ihres Hundemädchens vergraben und den vertrauten Duft in sich aufgesogen. „Bleib bloß gesund, bis wir uns wiedersehen", hatte sie leise geflüstert. Himmel, das ist alles gar nicht romantisch, dachte sie. So habe ich mir das überhaupt nicht vorgestellt.

Alle waren ziemlich wortkarg und hatten die Hände in den Taschen vergraben. Dann fuhr der Zug ein – der ebenso gefürchtete wie ersehnte Moment. Und auf einmal ging alles ganz schnell: herzliche Umarmungen der Eltern, gute Wünsche und wohlgemeinte Ratschläge, ein letztes „Und ruf bitte sofort an, wenn du angekommen bist!", dann das Einsteigen und schier endlose Winken aus dem geöffneten Abteilfenster. Als ihre Eltern nicht einmal mehr als winziger Punkt in der Ferne auszumachen waren, schloss Susanne das Fenster, ließ sich auf ihren Platz fallen und atmete tief durch. Geschafft. Sie ließ die Landschaft an sich vorüberziehen und lehnte sich zurück. Ein bisschen kühl ist es hier, dachte sie, und kramte in ihrem Reiserucksack nach der neuen Strickjacke. Sie war aus kornblumenblauem Acrylgarn handgestrickt, die Schultern zierten große weiße Norwegersterne. Dazu passend hatte Susanne noch eine Pudelmütze im Gepäck. Eigentlich waren die Sachen nicht ihr Geschmack, aber sie waren das Abschiedsgeschenk von Frau Michalke - „Als Andenken und damit Sie es immer schön warm haben." Der Abschiedsbesuch bei ihr war ziemlich traurig gewesen. Sie hatten Kaffee getrunken und Frau Michalkes leckeren Streuselkuchen gegessen, aber beide hatten nicht gewusst, was sie hätten sagen sollen. „Dann machen Sie es mal gut in Schweden", hatte Frau Michalke am Ende zu ihr gesagt, „und vergessen Sie mich nicht."

Susanne deckte sich mit der Strickjacke zu und döste ein. Es war nur ein leichter, unruhiger Schlaf. In ihrem wirren Traum ging alles durcheinander, und obwohl sie sich nicht konkret an ihn erinnern konnte, als sie wieder aufwachte, hinterließ er doch ein ungutes Gefühl in der Magengrube. Träge öffnete Susanne ihre Augen und stellte fest, dass sie nur kurze Zeit geschlafen hatte. Sie kramte nach ihrem Rucksack und ihrer braunen Tasche. Alles noch da. Gott sei Dank. „Ich möchte gerne einen Kaffee trinken gehen. Könnten Sie vielleicht auf meine Koffer aufpassen? Ich bleibe auch nicht lange weg." Die ältere Dame ihr gegenüber blickte kurz von ihrem Strickzeug auf und nickte freundlich. „Lassen Sie sich ruhig Zeit. Ich bleibe hier."

Susanne fand sofort einen Platz im Speisewagen und bestellte Kaffee und ein Stück Apfelkuchen mit Schlagsahne. Sie sah sich um. Der Speisewagen war gut besucht, fast nur Geschäftsleute in dunklen Anzügen und dezenten Krawatten, manche mit streng zurückgekämmten Haaren und markanten Brillengestellen. Wahrscheinlich Unternehmensberater oder Manager, dachte sie. Ob meine Studienfreunde irgendwann auch mal so aussehen? Und plötzlich, ganz ohne Vorwarnung, tauchte zuerst Jens' Gesicht in ihrer Erinnerung auf, und danach Holgers Lächeln. Susanne schluckte. Als in diesem Augenblick der Kaffee und der Kuchen gebracht wurden, war sie sehr froh über die Ablenkung.

Mit jeder Stunde, die sie unterwegs war, wurde ihr Abschiedsschmerz kleiner. Sie begann sich auf die Überfahrt mit dem Schiff zu freuen. Das war ganz neu für sie, und der Gedanke an ein richtiges Bett auf einem riesengroßen Schiff mit allen Annehmlichkeiten kam ihr sehr luxuriös vor. Am meisten aber freute sie sich auf das Wiedersehen mit Björn. Sie hatten vereinbart, dass er sie in Göteborg am Hafen abholen würde. „Danach gibt es noch eine große Überraschung für dich", hatte er geheimnisvoll angekündigt. Was das wohl heißen sollte? Susanne hielt sich an ihrem Kaffeebecher fest und ließ in ihrem Kopf einen Film von ihrer Ankunft in Schweden ablaufen, wie er romantischer nicht hätte sein können.

Am Kieler Bahnhof hievte sie ihre beiden großen Koffer mit der Hilfe eines jungen Mannes aus dem Zug und ließ sich von einem Taxi zum Hafen bringen. Der Kai der Fährgesellschaft war weithin erkennbar, nicht zuletzt wegen des riesigen Schiffes, das bereit lag und im Vergleich zu den umliegenden Gebäuden irgendwie überdimensional wirkte. Am Abfertigungsschalter musste sie nicht lange warten. Es war keine Hauptreisezeit, jetzt im Vorfrühling, und deshalb hielt sich der Andrang in Grenzen. Die junge Frau in dem adretten dunkelblauen Kostüm der Fährgesellschaft blätterte in Susannes Unterlagen.

„Ich sehe gar keine Papiere für Ihre Rückreise", sagte sie und sah Susanne über den Rand ihrer Brille hinweg an.

„Das ist nicht nötig", sagte Susanne mit einem kleinen aber unüberhörbaren Triumph in der Stimme, „ich komme nicht mehr zurück."

„Na, dann mal alles Gute für Sie!" Die Frau lächelte kurz und händigte Susanne ihre Papiere und ihre Schlüsselkarte für die Kabine aus. Susannes Herz klopfte laut, als die Schiebetüren der Gangway sich öffneten, sie festen Boden verließ und das Schiff betrat. Jetzt bin ich auf schwedischem Hoheitsgebiet, dachte sie stolz.

Susanne brachte ihr Gepäck in die Kabine, die zu ihrer großen Freude nur von ihr allein belegt wurde. Sie klappte ein fertig bezogenes Bett auf, streifte ihre Schuhe ab und legte sich hin. Eigentlich wollte sie sich ausruhen, aber die Stille in der Kabine, die nur durch das Rauschen der Klimaanlage unterbrochen wurde, tat ihr nicht gut. Bilder aus ihrem alten Leben, dem sie doch mit so viel Nachdruck hatte entfliehen wollen, drängten sich auf wie lästige kleine Gespenster. Susanne stand auf, ging in das kleine angeschlossene Bad und sah in den Spiegel. Ihr Haar glänzte eichhörnchenbraun und fiel in wuscheligen Stufen auf die Schultern. Aber ihr Gesicht wirkte blass und etwas angespannt, erst recht bei der unvorteilhaften Neonbeleuchtung. Sie suchte ihr Schminktäschchen und machte sich ans Werk. Mit ein wenig Make-up fühlte sie sich gleich besser.

Als sie kurze Zeit später auf dem Sonnendeck stand, war von Sonne gar nichts mehr zu sehen. Es dämmerte schon, und in Kiel gingen nach und nach die Lichter an. Auch das Schiff war beleuchtet, und nach einem Blick auf die riesigen qualmenden Schornsteine fühlte sich Susanne mit einem kleinen Schaudern an die Titanic erinnert. Aber irgendwie passt das ja, dachte sie. Auf der Titanic waren auch viele Leute gewesen, die ein neues Leben hatten beginnen wollen. Aber Eisberge gab es in der Ostsee wohl nicht.

Dann kam der große Moment: das Schiff legte ab. Ganz langsam setzte sich der Riese in Bewegung. Susanne stand an der Reling und wusste nicht, ob sie zurückblicken oder lieber aufs Meer hinaussehen sollte. Fast gegen ihren Willen starrte sie gebannt auf die immer kleiner werdenden Lichter und verließ das Deck erst, als es empfindlich kalt wurde. Sie schlenderte durch die Gänge, stöberte im Shop herum und setzte sich schließlich in eines der Restaurants. Sie hatte Appetit auf ein üppiges Krabbenbrot bekommen, von denen einige verlockend in der Kühltheke auf hungrige Passagiere warteten. Als sie aber merkte, dass der Mann am Nebentisch mit ihr zu flirten anfangen wollte, stand sie wieder auf und ging. Darauf hatte sie jetzt wirklich keine Lust. Nicht, dass er irgendwie abstoßend gewesen wäre oder Susanne plötzlich zur Heiligen geworden wäre – sie hatte einfach keine Lust zu irgendeiner Konversation, war vielmehr froh darüber, dass sich ihr innerer Sturm allmählich legte.

Schließlich landete sie beim skandinavischen Buffet, das Holger immer die Zweitausend-Kalorien-Schlacht nannte. Der Speisesaal war etwa zur Hälfte gefüllt, vor allem mit Rentnern, die mit dem Reisebus unterwegs waren. Dazwischen gab es Leute in teurer Outdoor-Kleidung, die sich betont erfahren gaben und sich nur zu gern als Skandinavien-Experten ungefragt in Gespräche an den Nachbartischen einmischten. Ein etwas heruntergekommener Reiseleiter aus Köln hatte besonderen Gefallen an Susanne gefunden. In epischer Breite erzählte er von seinen unzähligen Reisen. Anfangs gab Susanne sich Mühe beim Zuhören, heuchelte Interesse und hoffte, er würde sich spätestens nach dem nächsten Gang zum Buffet ein neues Opfer suchen. Als er aber nach dem Hauptgericht wieder an ihren Tisch kam und ihr weise Ratschläge für ihren Aufenthalt in Schweden geben wollte, hielt sie es nicht mehr aus. „Ach, wissen Sie", sagte sie mit zuckersüßem Lächeln, „ich werde das schon lernen. Ich wohne nämlich in Schweden." Dann stand sie auf, nickte ihm freundlich zu und holte sich ein riesiges Stück Schokoladentorte.

Danach ging sie nicht sofort in ihre Kabine, denn sie scheute vor dem Alleinsein zurück. Jetzt bloß nicht mehr viel nachdenken. Sie bestellte sich einen Schlummercocktail an der Bar, dessen verheißungsvoller Name „Sex on the Beach" Susannes Fantasie auf Reisen gehen ließ. Während sie ihn genüsslich schlürfte, fiel ihr Blick auf ein fröhliches Grüppchen Freunde, die alle das gleiche schauerlich gelbe T-Shirt mit dem Aufdruck „Schweden wir kommen" trugen. Sie schwatzten und lachten, freuten sich auf eine schöne Zeit. Und wenn ihr schon längst wieder zu Hause seid und von eurem Urlaub nur noch träumen könnt, bin ich immer noch in Schweden, dachte sie stolz. Daraufhin trank sie ihr Glas leer, ging in ihre Kabine und ließ sich von ihrem Auswanderergefühl und einem wohligen kleinen Schwips in den Schlaf tragen.

Der Himmel über den Schären vor Göteborg war grau, als das Schiff langsam auf den Hafen zusteuerte. Susanne stand auf dem Sonnendeck, hatte die Kapuze ihres Anoraks unter dem Kinn fest zusammengebunden, um sich gegen den Wind und den feinen Regen zu schützen. Sie hatte sich eine der kleinen silberfarbenen Thermoskannen mit dem Werbeaufdruck der Fährgesellschaft gekauft, die, mit frischem Kaffee gefüllt, im Frühstückssaal verkauft wurden. Sie hatte nicht richtig frühstücken wollen, denn die Schmetterlinge in ihrem Bauch ließen sie keinen Bissen hinunter bekommen. Langsam trank sie ihren Kaffee. Er war für ihren Geschmack zu stark, aber die Wärme und der Duft gaben ihr ein vertrautes Gefühl, an dem sie sich festhalten konnte.

Monatelang hatte sie diese Fahrt nach Schweden vorbereitet und herbeigesehnt. In allen möglichen Varianten hatte sie sie als Film in ihrem Kopf ablaufen lassen – und nun war sie in der Wirklichkeit angekommen - und die glich keiner der geträumten Versionen. Susannes Herz klopfte bis zum Hals.

Als sie mit ihrem Gepäck in die Empfangshalle am Hafen hinaustrat, sah sie ihn nicht sofort. Wie schade, dachte sie. Gerade diesen Moment hatte sie sich immer besonders romantisch vorgestellt, und jetzt war Björn nicht zu sehen. Sie stellte ihre Koffer ab und sah sich um. Ein junger Mann kam mit schnellen Schritten in die Halle gelaufen. Er hatte seinen blauen Anorak nicht geschlossen und seinen Schal lose und nachlässig umgehängt. In der rechten Hand hielt er einen Schlüsselbund. Er sah sich suchend um und entdeckte Susanne einen Sekundenbruchteil früher als sie ihn.

„Susanne!", rief er und winkte ihr zu.

Susanne zuckte zusammen, als sie plötzlich ihren Namen hörte. Mit einem kleinen Jubelschrei winkte sie ihm lebhaft zu, ließ ihre Koffer einfach stehen und rannte ihm entgegen. Wenige Augenblicke später flog sie ihm um den Hals, hielt ihn ganz fest und vergaß alles um sich herum.

Björn fand als erster seine Sprache wieder. „Ich wollte eher hier sein, aber ich konnte nirgendwo gut parken."

Er nahm ihr Gesicht in seine Hände, sah ihr tief in die Augen und küsste sie sanft auf die Nasenspitze. „Komm, ich fahre mit dir an einen schöneren Ort als den hier. Und vor allem an einen einsameren..."

Susanne lachte und erwiderte seinen Kuss hingebungsvoll.

„Wie gut, dass mein altes Auto nicht so langsam ist", raunte Björn in ihr Ohr.

Als sie auf den belebten Hauptstraßen stadtauswärts fuhren, nahm Susanne die Umgebung gar nicht richtig wahr. Sie saß, ihm halb zugewandt, auf dem Beifahrersitz und genoss seine Nähe. Dass er so greifbar war, nicht mehr nur ein Brief oder ein Foto, konnte sie kaum fassen. Sie redeten beide nicht viel, waren befangen, aber wann immer sie eine rote Ampel zum Anhalten zwang, küssten sie sich. Die schwedischen Autofahrer haben ja wirklich die Ruhe weg, dachte Susanne, als sie deshalb eine ganze grüne Ampelphase verbummelten und die Autos hinter ihnen nicht einmal hupten.

„Schwedische Lebensart", sagte Björn mit frechem Grinsen,

„bei uns gehen Küsse vor."

Susanne konnte im Göteborger Stadtgebiet eigentlich nur an den Autokennzeichen und den Verkehrsschildern erkennen, dass sie in einem fremden Land war. Als sie aber in ländlichere Vororte kamen, fielen ihr die vielen schönen Holzhäuser auf, von denen ihr die gelben eigentlich noch besser gefielen als die roten. Vor vielen Häusern flatterte die schwedische Flagge oder ein gelb-blauer Wimpel. Schwedischer Nationalstolz, völlig unbefangen. Wie schön das ist, dachte die junge Frau aus Deutschland traurig und auch ein wenig neidisch.

„Du hast ja noch gar nicht nach meiner Überraschung gefragt."

Björn unterbrach ihre Gedanken.

Susanne wurde sofort munter. „Ja, genau! Daran habe ich in der ganzen Aufregung gar nicht mehr gedacht!" Und dann, nach einer kleinen Pause, mit einem neugierigen Unterton: „Was ist es denn?"

Björn lachte. „Du musst noch eine knappe Stunde warten."

Susanne hob fragend die Augenbrauen.

„Ich habe das Jagdhaus von meinem Onkel geliehen. Ich muss erst am Mittwoch wieder in Göteborg sein. Wir haben also ein ganz langes Wochenende nur für uns."

Susanne strahlte und küsste ihn so stürmisch, dass er Mühe hatte, das Auto zu lenken und es deshalb einen kleinen Schlenker machte.

„Vorsicht!" Björn lachte. „Wenn wir gut ankommen sollen, darfst du mich jetzt nicht mehr küssen."

Susanne sah die Landschaft am Fenster vorbeiziehen. Zuerst war alles noch sehr flach, viele weite Felder säumten ihren Weg. Susanne war ein bisschen enttäuscht, hatte doch Holger immer in höchsten Tönen von der schwedischen Landschaft geschwärmt. Und jetzt sah es hier nicht aufregender aus als am Niederrhein. Aber dann wurde die Gegend waldreicher und hügeliger. Immer wieder schimmerte das Blau kleinerer oder größerer Seen durch die Bäume. Die Häuser mit ihren freundlichen Farben und heiteren, einladenden Gardinen standen in lockeren Gruppen zusammen, und manchmal bildeten eine Kirche, eine Schule oder ein kleiner Supermarkt den Ortskern.

Susanne fühlte sich an die Bilder erinnert, die sie als kleines Mädchen gemalt hatte. In häufig wiederkehrendes Motiv waren kleine Städte gewesen. Mit viel Liebe zum Detail hatte sie ganze Nachmittage lang Städte gemalt: Häuser, Straßen, Plätze, Straßencafés und immer auch eine Kirche (mit Brautpaar und Hochzeitskutsche). Und nun fühlte sie sich, als habe jemand einem solchen Bild Leben eingehaucht.

„Gleich sind wir da." Björn bog in einen holperigen Wirtschaftsweg ab, der in einen kleinen Birkenwald führte. In einer weiten Kurve führte der Weg auf ein großes gelbes Haus zu, das ganz allein auf einer großen Lichtung stand. Es war schon ziemlich alt und wirkte etwas ungepflegt, aber dennoch strahlte es Würde und Behaglichkeit aus. Björn stellte das Auto ab. Susanne folgte ihm in kurzem Abstand, als er auf das Haus zu ging. Er kramte in einem der Blumenkästen vor den Fenstern und hielt wenige Augenblicke später einen großen alten Schlüssel in der Hand.

Sie hatten kaum die Tür aufgeschlossen, als ihre Küsse leidenschaftlicher wurden.

„Soll ich dir das ganze Haus zeigen, oder reicht erstmal das Schlafzimmer?", fragte Björn atemlos. Sein Lächeln zeigte, dass er die Antwort sowieso schon wusste. Während er sie küsste, glitten seine Hände unter ihren Pullover, und er war einen Moment erstaunt darüber, dass sie keinen Büstenhalter trug. Sie zog ihren Pullover aus und zeigte ihm selbstbewusst ihre Brüste. Er umschloss sie mit beiden Händen, betrachtete sie einen Moment lang anerkennend, und beugte sich dann zu ihnen herab. Susanne stöhnte leise auf und schloss die Augen, als er ihre Brustspitzen langsam mit der Zunge umkreiste. So lange hatte sie sich danach gesehnt.

Sie dehnten das Vorspiel aus, bis es einfach nicht mehr ging. Als Björn dann mit einer einzigen Bewegung tief in sie eindrang, war es wie eine Erlösung. Die ganze lange Zeit des Wartens und der Sehnsucht, der Abschied, die Unsicherheit – alles verglühte in einer gewaltigen Explosion.

Danach waren sie ganz still. Susanne hatte sich in Björns Arm geschmiegt und sich zusammengerollt wie eine Katze. Als er sich zu ihr drehte, um zu sehen, ob sie eingeschlafen war, bemerkte er Tränen auf ihren Wangen. Er sah sie an, wollte etwas sagen, aber dann küsste er ihr nur die Tränen fort, nahm sie in die Arme und angelte mit dem Fuß nach der warmen, weichen Bettdecke.

Als Susanne wach wurde, roch es nach Kaffee. Björn balancierte ein Tablett mit halsbrecherischer Eleganz ins Schlafzimmer und stellte es auf den Nachttisch. Da erst bemerkte Susanne, dass es nicht nur nach Kaffee roch, sondern auch nach Zimt. Natürlich, Zimtschnecken. Susanne schloss genüsslich die Augen und sog den Duft ein. Zimt – der Duft ihrer Sehnsucht. Sie konnte kaum glauben, dass sie endlich am Ziel war.

Kapitel 5

Einige Monate später

Der Anruf kam am späten Nachmittag; Elke trank gerade eine Tasse Tee.

„Ich glaube, Susanne will nicht mehr nach Hause kommen", sagte ihre Mutter mit tränenerstickter Stimme.

„Jetzt mal ganz langsam, Mama. Was ist denn eigentlich los?"

„Susanne hat geschrieben, dass sie ihren Aufenthalt verlängern kann, weil sie einen Job in der Touristeninformation angeboten bekommen hat. Und außerdem will sie sich mit diesem Björn eine Wohnung suchen." Ihre Mutter putzte sich geräuschvoll am Telefon die Nase, was so laut war, dass Elke den Hörer ein Stückchen vom Ohr weg halten musste.

„Jetzt beruhige dich erstmal. Von immer und ewig in Schweden hat sie doch gar nichts gesagt."

„Ach", antworte die Mutter etwas ungehalten über so viel Naivität, „du kennst doch Susanne. Du glaubst doch wohl selbst nicht, dass sie sich mit einem Mann ein Nest baut und ein paar Monate später einfach wieder nach Hause fährt.

Darauf konnte Elke nichts entgegnen, weil ihre Mutter schlicht und einfach Recht hatte.

„Dann ladet diesen Björn doch zu Weihnachten mit ein. Bei der Gelegenheit können wir uns den Jungen doch genauer ansehen."

Ihre Mutter klang zuerst nicht begeistert von der Idee, aber dann hatte sie das Telefongespräch mit dem Satz „Hoffentlich mag er Sauerbraten." beendet. Damit war die Sache beschlossen.

Der 22. Dezember im selben Jahr

Endlich war der große Tag da.

Anneliese Sperling hatte mindestens drei Stunden in der Küche verbracht, das Haus auf Hochglanz poliert und sich mehrfach umgezogen.

Ihr Mann beobachtete sie über den Rand seiner Brille hinweg und legte irgendwann die Zeitung zur Seite.

„Anneliese, wenn du jetzt weiter so einen Heckmeck veranstaltest, ziehe ich mir aus Protest meinen alten Trainingsanzug an."

Daraufhin ließ sich seine Frau in einen der gemütlichen Ohrensessel fallen. „Gut, dann ruhe ich mich eben noch ein bisschen aus."

Keine fünf Minuten später war sie eingenickt und hätte den ersehnten Moment der Ankunft von Björn und Susanne beinahe verpasst, wenn Martin sie nicht sanft wachgerüttelt hätte.

Es hatte leicht zu schneien angefangen, als das schwedische Auto vor dem Haus zum Stehen kam. Die Schneeflocken glitzerten in Susannes Haar, und ihre Augen glänzten feucht – vor allem als Milka mit wedelnder Rute und unter lautem Freudengebell aus dem Haus gelaufen kam. Susanne ging in die Hocke und nahm ihren Hund in die Arme. „Na, mein Mädchen, geht's dir gut?" Sie lachte, als Milka ihr mit ihrer kalten feuchten Nase einen kleinen Stups gab, weil sie hinter den Ohren gekrault werden wollte. „Du alte Schmusebacke!"

Als Björn aus dem Auto stieg, hielt Elke für einem Moment gespannt den Atem an. Das war er also: groß und schlank und sehr gut aussehend, soweit man das im ersten Augenblick beurteilen konnte. Und er hatte ein perfektes Auftreten – ein kameradschaftlich-fester Händedruck für die Männer, ein charmantes Lächeln für die Frauen und ein freundliches Streicheln für Milka. Elke hätte kotzen können.

Die Weihnachtstage vergingen mit freundlichen Plaudereien bei opulenten Festessen, aber Elke kam es damals vor, als würden alle wie Katzen um den heißen Brei herumschleichen. Erst am 27. Dezember, als habe er so etwas wie eine Weihnachtsruhe einhalten wollen, sprach Walter Sperling das Thema, das allen im Magen lag, an. Sie hatten gerade zu Abend gegessen und saßen noch am Tisch. Draußen regnete es Bindfäden, und die altmodische Lampe über dem Esstisch und der Weihnachtsbaum mit seinen elektrischen Kerzen spendeten gemütliches Licht.

Walter Sperling räusperte sich, bevor er sprach.

„Also", er nahm seine Brille ab und putzte sie an seiner Strickjacke, „ich weiß nicht richtig, wie ich das sagen soll, ohne gleich mit der Tür ins Haus zu fallen, deshalb rede ich lieber gar nicht erst drumherum: Susanne, deine Mutter und ich machen uns Gedanken darüber, wie du dir deine Zukunft nun eigentlich vorstellst."

Susanne fühlte sich sichtlich unwohl in ihrer Haut und suchte Björns Blick, als erwartete sie Hilfe von ihm, aber er blieb stumm und sein Gesichtsausdruck verriet ihr nichts. Susanne schluckte. Die Stille, die rund um den Tisch entstanden war, wurde unangenehm, und das gleichmäßige Ticken der alten Wanduhr verstärkte die Spannung.

„Björn und ich ... ich meine, wir ... also, ich bleib erstmal da."

Jetzt war es heraus. Susanne schloss die Augen und wartete auf die Reaktion. Die Uhr tickte, und der stärker gewordene Regen prasselte gegen das Fenster.

Als sie ihre Augen wieder öffnete, blickte sie in ernste Gesichter. Ihre Mutter fand als Erste ihre Sprache wieder.

„Hast du dir das auch wirklich gut überlegt? Am Anfang fühlt es sich vielleicht noch an wie ein langer Urlaub, aber irgendwann kommt auch der Alltag. Bist du sicher, dass du damit ganz alleine fertig wirst?"

„Ich bin doch nicht allein", antwortete Susanne und sah Björn dabei liebevoll an.

Die Wanduhr tickte weiter.

Etwa dreieinhalb Jahre später

„Wie lange wohnt deine Schwester jetzt eigentlich schon in Schweden?"

Elke antwortete nicht, denn sie war gerade dabei, aus den letzten verbliebenen Salattellern den mit den schönsten Tomatenscheiben herauszusuchen. Es war kurz vor zwei, und in der Mensa des großen Schulzentrums war der größte Ansturm vorüber. Die meisten Tische waren leer, aber vereinzelt saßen Schüler in kleinen Grüppchen schwatzend und lachend zusammen. Andere blieben ganz für sich und spielten geistesabwesend an ihrem Walkman herum. Elke war froh gewesen, als sie direkt nach der Referendarzeit eine Stelle bekommen hatte.

„Ihnen ist aber schon klar, dass unsere Schülerschaft oftmals aus schwierigen Verhältnissen kommt, nicht wahr?", hatte ihr Schulleiter sie beim Einstellungsgespräch gefragt. Elke hatte eifrig genickt und etwas von Chancengleichheit und individueller Förderung geantwortet, mit rosigen Wangen und glänzenden Augen. Ihr Chef hatte leise gelächelt und ihr alles Gute gewünscht.

Die Arbeit war manchmal wirklich nicht leicht, und im Laufe der Zeit war ihr Idealismus einer Art positivem Realismus gewichen. Den Glanz in ihren Augen hatte sie dennoch nicht verloren. Elke war gerne Lehrerin, noch immer und trotz allem.

„Hast du was gesagt, Mona?", fragte sie und drehte sich mit dem Teller in der Hand zu ihrer Freundin um.

„Wie lange wohnt deine Schwester schon in Schweden?", fragte Mona noch einmal.

Elke überlegte kurz. „Etwa vier Jahre. Ich hätte nicht gedacht, dass sie so lange bleiben würde."

„Was haben eigentlich eure Eltern dazu gesagt? Ich meine, so leicht ist das für die ja auch nicht."

„Da sagst du was", sagte Elke nur.

„Na, aber sie ist ja Gott sei Dank glücklich geworden", sagte Mona.

„Das stimmt. Mittlerweile haben sich eigentlich auch alle daran gewöhnt, dass Susanne weit weg ist, sogar Milka. Susanne ruft meine Eltern jede Woche an und schreibt nette kleine Briefe. Meine Eltern rufen sie nur ganz selten an – wahrscheinlich, weil meine Mutter es anfangs so übertrieben hat." Sie lächelte. „Wir sehen uns auch jedes Jahr, normalerweise jedenfalls. Aber letztes Jahr hat das irgendwie nicht geklappt." Elke zuckte mit den Schultern.

„Wann seht ihr euch denn das nächste Mal?"

„Wenn unser Vater sechzig wird, das ist Anfang Juli – kurz vor den Sommerferien."

Sie suchten sich einen schönen Platz am Fenster, von dem aus sie das halbe Schulgelände übersehen konnten und begannen zu essen.

„Fährst du eigentlich übernächste Woche zu der Fortbildung?", fragte Mona.

Susanne zuckte mit den Achseln. „Ich weiß nicht. Schulrecht ist nicht so mein Ding."

Mona grinste. „Na ja, die Veranstaltung wird doch vom sagenhaften Bredemann geleitet. Sollen wir da wirklich nicht hinfahren?"

Joachim Bredemann war kein Unbekannter. Als anerkannter Experte für Schulrecht leitete er regelmäßig Fortbildungen für Lehrer, die immer ausgebucht waren. Das lag aber sicher nur zum Teil an seinen herausragenden verwaltungsrechtlichen Kenntnissen, sondern eher an seiner attraktiven Erscheinung und daran, dass man so gut wie nichts über sein Privatleben wusste. Er wohnte angeblich irgendwo in Düsseldorf – in einer schicken Wohnung in einem angesagten Viertel, wie alle vermuteten – und wurde hin und wieder in attraktiver Damenbegleitung gesehen, wenn man den gängigen Klatschgeschichten Glauben schenken wollte. Elke hatte sich immer aus dem Gerede herausgehalten. „Habt ihr keine anderen Hobbys?", hatte sie manchmal geknurrt, wenn die Kolleginnen in der Kaffeepause Vermutungen über Bredemanns Liebesleben anstellten. Sie hatte ihn nur einmal kurz von Ferne bei einer Bildungsmesse gesehen und ihn nicht ganz so sensationell gefunden.

„Na gut", sagte sie, „wenn du da auch hinfährst, wird es sicher ganz nett. Ich sehe mal zu, dass der Chef meinen Antrag noch genehmigt." Und dann, mit einem bedeutungsvollen Blick zu Mona und ziemlich leise: „Da kommt er übrigens gerade – mit Simone und dem Semmler. Wehe, du drehst dich jetzt neugierig um!"

Christoph Semmler gehörte zur erweiterten Schulleitung. Er war vor drei Jahren an die Schule gekommen und war dabei, die Karriereleiter hinaufzusteigen. Er war ein interessanter Mann – groß, schlank, charmant – und genoss die Aufmerksamkeit der weiblichen Mitglieder des Kollegiums. Insbesondere ihrer Kollegin Simone hatte er es angetan, und auch Semmler hegte besondere Sympathien für die aparte Simone. Niemand hatte sich weiter etwas dabei gedacht, aber als Elke und Mona gemeinsam vom letztjährigen Kollegiumsfest in einem abgelegenen Ausflugslokal nach Hause gefahren waren, wollte es der Zufall, dass Simone und Semmler nur wenige Augenblicke vor ihnen das Fest verließen und auf der Landstraße im gemeinsamen Auto vor ihnen her fuhren. „Ich wusste gar nicht, dass die beiden so nah beieinander wohnen, dass sich eine Fahrgemeinschaft lohnt", hatte Mona gerade gesagt, als der Wagen vor ihnen plötzlich in einen einsamen Forstwirtschaftsweg einbog.

Elke und Mona waren einen Moment lang völlig perplex gewesen.

„Ich glaube, das ist nicht nur eine Fahrgemeinschaft", hatte Elke trocken gesagt.

„Aber sie sind doch beide vergeben!", hatte Mona entrüstet ausgerufen. Elke hatte nur mit den Schultern gezuckt. „Ist nicht mein Bier."

Danach hatten sie die beiden im Alltag genauer beobachtet: tiefe Blicke bei Konferenzen, ein kurzes Streicheln im Vorübergehen und manchmal sogar gemeinsame Klassenausflüge.

Die Drei gingen an Elkes und Monas Tisch vorbei, nickten ihnen freundlich zu und holten sich Kaffee. Semmler und Simone gingen eng nebeneinander her, so dass sie sich beim Gehen wie zufällig berührten.

„Also, ich würde so was nie machen."

„Ich auch nicht", antwortete Elke und griff zu ihrem Dessertschälchen.

„Also wirklich, das käme nie in Frage."

„Nö." Elke rührte in ihrem Pudding.

„Keinesfalls." Mona wirkte sehr entschlossen und rührte energisch in ihrer Quarkspeise. „Und außerdem: Simone ist bestimmt nicht hübscher als du oder ich."

Du scheinheiliges Weib, dachte Elke und grinste. „Nö", sagte sie nur.

Am Tag der Fortbildung gab sich Elke besonders viel Mühe mit ihrem Aussehen. Wenn ich schon zwischen Dutzenden von aufgebrezelten Weibern sitze, möchte ich wenigstens auch gut aussehen, dachte sie. Es war ein warmer Tag, und sie trug eine weiße Kombination aus dünnem Baumwollstoff: eine taillierte Bluse und eine dazu passende Hose. Als sie sich prüfend vor dem Spiegel betrachtete, fiel ihr auf, dass die Hose um den Po herum etwas enger geworden war. Sie hatte ihr rundes Hinterteil noch nie gemocht und fand diese Entdeckung sehr beunruhigend. Außerdem spannte der Stoff und ließ die kleinen rosa Punkte auf ihrem Slip durchschimmern. Na toll, dachte sie, wühlte in ihrem Schrank nach dem winzigsten String, den sie finden konnte, und zog sich um. Ganz zufrieden war sie danach auch nicht. Eigentlich kann ich gleich mit nacktem Hintern losziehen, dachte sie, viel versteckt die Hose ja nicht. Wie gut, dass ich die meiste Zeit sitzen kann.

Die Fortbildung fand in einer Schule statt. Sie fand nicht sofort einen Parkplatz und kam deshalb beinahe zu spät. Der Raum war fast bis auf den letzten Platz besetzt und Elke war froh, dass Mona ihr einen Platz freigehalten hatte. Sie saßen ziemlich weit vorne, damit sie auch wirklich alles verstehen würden. Elke hatte gerade einen Kugelschreiber und einen Notizblock aus ihrer Tasche hervorgekramt und ihren Namen und ihre E-Mail-Adresse in die Teilnehmerliste eingetragen, als Bredemann den Raum betrat. Augenblicklich wurde es still. Er legte seine Unterlagen auf das Rednerpult und blickte freundlich in die Runde.

„Guten Morgen, meine Damen und Herren."

Elke horchte auf. Was für eine Stimme, dachte sie, ziemlich tief und vor allem angenehm rau. Obwohl der Einleitungsvortrag durchaus interessant war, konnte Elke sich nicht wirklich konzentrieren. Beinahe atemlos beobachtete sie jede Bewegung des Referenten – wenn er eine Seite in seinem Manuskript umblätterte oder seine elegante Lesebrille aufsetzte. Er war schätzungsweise Mitte vierzig, wirkte intellektuell und kultiviert. Aber wenn er lächelte oder sich bewegte oder eine attraktive Frau im Raum mit seinen warmen grünen Augen etwas länger ansah, strahlte er durch seine kultivierte Erscheinung hindurch eine gewisse Wildheit aus. Er ist ein Tiger, dachte Elke, und konnte ihren Blick nicht abwenden.

Es entging Joachim Bredemann nicht, dass die eigenwillige schwarzhaarige Schönheit in der zweiten Reihe ihn musterte. Das war ihm nicht fremd, aber im Unterschied zu anderen Frauen war sie kein bisschen kokett, versuchte nicht einmal zu flirten. Sie sah ihn nur an. Ein Königreich für ihre Gedanken, dachte er.

Die Mittagspause verbrachten Elke und Mona in einem Straßencafé. Es war ein sehr warmer Tag, und sie hatten einfach keinen Hunger.

„Wie findest du ihn?", fragte Mona.

„Gar nicht übel." Elke hoffte, Mona würde nicht bemerken, dass sie ein wenig rot geworden war.

Gegen Ende der Pause, als sie sich eigentlich schon wieder auf ihre Plätze gesetzt hatten, ging Elke noch einmal kurz zur Toilette. Es war gar nicht nötig, aber sie wollte noch ein paar Minuten für sich haben und ihre Gedanken in Ordnung bringen. Es kann ja wohl nicht sein, dass ich mich von dem Typen aus der Ruhe bringen lasse, dachte sie.

Auf dem Weg zurück in den Raum ließ sie sich Zeit. Sie lockerte ihre langen Haare mit beiden Händen auf und zupfte kurz ihren Slip zurecht – nicht ahnend, dass Bredemann nur wenige Meter hinter ihr ging.

Im zweiten Teil der Veranstaltung wirkte der Referent ein wenig unkonzentriert, fanden die Fortbildungsteilnehmer.

Man schob es auf die Wärme.

„Hätten Sie Interesse an weiteren Unterlagen?" Elke schrak zusammen, als er sie nach dem Ende der Veranstaltung beim Hinausgehen ansprach.

„Ja, gerne", sagte sie, „Sie können sie mir gerne als Mail schicken. Meine Adresse ist hier", sagte sie und deutete mit dem Finger auf ihren Eintrag in der Anwesenheitsliste. „Sehr schön", sagte Joachim Bredemann lächelnd und ließ offen, ob das eine freundliche Floskel oder ein Kommentar zu Elkes Aussehen sein sollte. Sie war ein wenig verwirrt, und zwischen ihren Augenbrauen bildete sich für einen Sekundenbruchteil eine kleine steile Falte. Dann aber lächelte sie. „Ja, dann erstmal vielen Dank und Auf Wiedersehen."

Als Elke nach Hause kam, war Martin nicht da. Er hatte in der letzten Zeit viel zu tun und kam erst spät nach Hause. Manchmal schlief er sogar im Labor. Bin ich froh, dass ich kein Chemiker bin, dachte Elke oft.

Jetzt gehe ich noch eine halbe Stunde an den Schreibtisch, und dann mache ich mir einen schönen Abend. Sie hatte gerade angefangen, ein paar Unterlagen für die nächste Fachkonferenz zusammenzustellen, als eine neue Mail in ihrem Postfach auftauchte:

Ich möchte Sie unbedingt wiedersehen. Wenn Sie das auch wollen, rufen Sie mich einfach in meinem Büro an.

Joachim Bredemann

In dieser Nacht schlief Elke unruhig.

Sie hatten sich in einem kleinen französischen Restaurant in der Düsseldorfer Altstadt verabredet. Obwohl Elke ganz pünktlich war, saß er schon bei einem Kaffee an einem Tisch in einer der kleinen Nischen. Elkes Herz klopfte bis zum Hals. So muss es sein, wenn ein Bankräuber die Bank betritt, ging es ihr durch den Kopf. Es ist noch nichts Verbotenes passiert, und dennoch ist der Gang der Dinge eigentlich nicht mehr zu ändern. Natürlich wusste sie, warum sie sich trafen – sicher nicht, um über dienstliche Angelegenheiten zu reden. Und sie wollte auch, dass es passierte. Das irritierte Elke am meisten.

Natürlich redeten sie doch über Dienstliches. Womit hätten sie sonst anfangen sollen? Aber ihre Körpersprache und ihre Gesprächsthemen passten überhaupt nicht zueinander. Schließlich waren sie beim Dessert angekommen. Elke bestellte eine Mousse au Chocolat, denn sie liebte Schokolade. Bredemann nahm nur einen Calvados und sah ihr zu, wie sie genussvoll ihr Dessert löffelte. Als sie schließlich mit einem kleinen zufriedenen Seufzer den Löffel ablegte und das Geschirr von sich weg schob, beugte er sich über den Tisch zu ihr hinüber und küsste sie auf den rechten Mundwinkel. Für einen kurzen Moment fühlte sie seine Zungenspitze.

„Da war noch etwas Schokolade", sagte er und sah ihr tief in die Augen. Er ist so nah, ich kann sogar seinen Atem spüren, dachte sie. „Wir sollten keine Zeit mehr verlieren", hörte sie ihn leise sagen, „ich bin verrückt nach dir, und ich weiß, dass es dir nicht anders geht. Also lass uns tun, was wir fühlen."

Elke erwiderte seinen Blick. Ich könnte jetzt einfach aufstehen und gehen, dachte sie, aber das leise Ziehen in ihrem Unterleib siegte bei ihrem inneren Kampf.

Er wohnte in einer Altbauwohnung unweit der Altstadt. Es war eine schöne Wohnung in einer hübschen Straße, aber sie war nicht so spektakulär wie man im allgemeinen vermutete. Außerdem war Elke die Wohnung gerade sowieso herzlich egal. Nachdem sie das Restaurant fast hastig verlassen und schnellen Schrittes zu ihm gegangen waren, schloss er endlich die Wohnungstür hinter ihnen. Er konnte wunderbar küssen, und Elke schmolz sofort dahin. Natürlich war ihr klar, dass er solche Geschichten häufiger erlebte und sie sicher nicht seine einzige Herzdame war. Aber das war ihr gleich, sie wollte ihn. Ihre Küsse wurden wilder. Seine Hände wühlten in ihrem Haar, dann glitten sie ihren Rücken herab. Als er ihren Po mit beiden Händen festhielt und sie an sich drückte, stöhnte Elke leise auf. „Du bist wahnsinnig sexy", flüsterte er.

Er war ein raffinierter, temperamentvoller Liebhaber – und in welche Richtung seine erotischen Vorlieben gingen, hatte Elke schnell heraus. Sie war neugierig und genoss seine ungewohnten Berührungen, aber es war auch ein gewisses Kalkül dabei: Das mögen sicher nicht alle Frauen, und genau darin liegt meine Chance. Er wird sich keine bessere Geliebte vorstellen können als mich. Doch es war kein Opfer für Elke, im Gegenteil: Sie war überrascht darüber, wie sehr es sie erregte. Er spürte das und wagte sich weiter vor. Waren seine Berührungen zunächst vorsichtig und sondierend gewesen, wurden sie jetzt, als er ihre wachsende Erregung spürte, gewagter und direkter. Als Elke lustvoll aufstöhnte, flüsterte er erregt: "Erlaubst du mir alles?" Einen Augenblick lang hielt er den Atem an. Das war der entscheidende Moment. Meistens kühlte die Atmosphäre jetzt merklich ab und er hörte ein leises „Das mag ich nicht so gerne" oder ein leicht genervtes „Lass mal lieber", aber nichts dergleichen geschah. Stattdessen drehte sich Elke in einer geschmeidigen, erotischen Bewegung auf den Bauch und sah ihn über die Schulter hinweg lockend an. „Alles, was du willst, Tiger..."

"Möchtest du das öfter erleben?" flüsterte er ihr zärtlich zu, als sie später aneinandergeschmiegt im Bett lagen.

Es war die Ruhe nach dem Sturm, und die Erinnerung an die vergangene Lust ließ in Elke erneut Erregung aufkommen. Sie räkelte sich und machte nur „Hmmm".

Joachim lächelte und begann ihren ganzen Körper mit kleinen Küssen zu bedecken.

„Weißt du, was ich mir wünsche?", murmelte er.

„Sag's mir", flüsterte sie und wand sich unter seinen Berührungen.

„Ich wünsche mir, dass du heute bei mir bleibst."

„Aber ich möchte nicht viel schlafen", murmelte sie, „zeig mir lieber, was du sonst noch alles kannst..."

Wie gut, dass ich Martin den Zettel auf den Küchentisch gelegt habe, ging es ihr kurz durch den Kopf.

Als Martin nach Hause kam, wurde es schon dunkel. Er sah kein Licht in der Wohnung und wunderte sich etwas. Er konnte sich nicht daran erinnern, dass sie heute ausgehen wollte. Andererseits war er ein wenig erleichtert, denn er war erschöpft und wollte sich einfach nur ausruhen.

Er stellte seine Aktenmappe im Flur ab und ging in die Küche. Als er sich eine Flasche Bier aus dem Kühlschrank geholt hatte, sah er den kleinen Zettel auf dem Tisch, auf den Elke mit ihrer akkuraten Handschrift „Bin zu einer Fortbildung. Elke" geschrieben hatte. Auch gut, dachte Martin. Er öffnete die Flasche, setzte sich an den Küchentisch und nahm einen kräftigen Schluck. Es ging ihm nicht gut in diesen Tagen. Er arbeitete zu viel und konnte sich nicht entspannen. Und dann war da auch noch diese Sache. Ich muss unbedingt mit Elke reden, dachte er, sonst wird alles nur noch schlimmer. Er machte sich zwei Schinkenbrote, legte sie auf ein Holzbrett und trug es zusammen mit seinem Bier ins Wohnzimmer. Als er durch den Flur ging, sah er sich im Garderobenspiegel: blass und abgespannt. Mann, seh ich fertig aus, dachte er und seufzte.

Er ließ sich auf das schwarze Ledersofa fallen und schaltete den Fernseher ein. Nachdem er mehrere Programme durchprobiert hatte, landete er schließlich bei einem mittelmäßigen Serienkrimi. Martin lehnte sich zurück und ließ sich einfach nur berieseln.

Elkes Rechnung war nur halb aufgegangen: Joachim war verrückt nach ihr, aber ihre Beziehung beschränkte sich ausschließlich auf Sex. Keine Pläne, keine gemeinsamen Unternehmungen – nichts. Sie trafen sich mindestens einmal in der Woche, meistens in seiner Wohnung. Die Wochenenden verbrachten sie getrennt. Natürlich war es wegen Martin nicht anders möglich, Aber Elke hatte sich oftmals gewünscht, Joachim würde sie vielleicht doch um ein Treffen am Wochenende bitten. Irgendwie hätte sie da schon was drehen können. Aber Joachim machte gar keine Anstalten, sie am Wochenende zu sehen. Das irritierte Elke und sie vermied es, allzu oft darüber nachzudenken.

Heute hatten sie viel Zeit füreinander, weil Elke schon am frühen Nachmittag frei hatte und zu ihm fahren konnte. Schon die Vorfreude auf die Stunden mit ihm hatte sie in Erregung versetzt, so dass sie sich bereits am Vormittag nicht mehr richtig konzentrieren konnte. „Mensch, du bist ja ganz schön durch den Wind heute", sagte Mona, als Elke die Kaffeemaschine zum zweiten Mal befüllt, aber nicht eingeschaltet hatte. „Entschuldigung", murmelte Elke, „bin halt etwas durcheinander heute." Mona sah sie forschend an. So hatte sie Elke noch nie erlebt. Sie wirkte oft geistesabwesend, war aber gleichzeitig aufgekratzt. Wenn ich nicht wüsste, dass du in festen Händen bist, würde ich glauben, du hättest dich verliebt, dachte Mona.

Elke kannte sich selbst kaum wieder, jedes Klischee über das Verliebtsein traf auf sie zu: Sehnsucht, Tagträume, emotionale Höhenflüge und manchmal auch Verzweiflung. Sie wusste nicht, woran sie bei Joachim war. Sicher, die Stunden mit ihm waren aufregend, aber Elke wusste, dass sie auf Dauer darunter leiden würde, dass es für ihn nicht mehr als eine Bettgeschichte war. Vor allem aber quälte sie ihr schlechtes Gewissen. Als Martin sie vor ein paar Tagen abends im Wohnzimmer nachdenklich von der Seite angesehen hatte, hätte sie am liebsten reinen Tisch gemacht. Aber was hätte sie ihm sagen sollen? Lieber Martin, ich habe seit ein paar Wochen fantastischen Sex mit einem Mann, über den ich eigentlich gar nichts weiß und für den ich nur ein Betthase bin – na toll. Das hätte Martin nicht verdient. Elke war zum ersten Mal in ihrem Leben wirklich ratlos.

Dazu kam dann noch ein ganz neues Gefühl für sie: Schuldgefühle gegenüber Susanne. Wie oft hatte sie deren gefühlsbetonte Weltsicht belächelt und naiv gefunden, wie oft sich erwachsen gegeben und mit fester Stimme „Pass bloß auf, dass du dir keine blaue Nase holst, Susanne." gesagt.

Und jetzt? Pass bloß auf, dass du dir keine blaue Nase holst, Elke.

Elke dachte oft an Susanne in diesen Tagen. Ich sollte sie einfach mal anrufen, dachte sie, und vielleicht auch mal wieder besuchen. Bisher war Elke nur zweimal in Schweden zu Besuch gewesen. Zwar hatte Susanne sie öfters eingeladen, aber Elke hatte immer nach Ausflüchten gesucht.

"Es tut mir Leid, aber ich habe Wichtigeres zu tun", hatte sie einmal zu Susanne gesagt. Es war vorletztes Jahr zu Ostern gewesen. Sie hatten im Wohnzimmer ihrer Eltern gestanden und in den Garten hinaus gesehen. Susanne hatte zunächst nicht geantwortet. Sie hatte den Kopf gesenkt. „Was habe ich dir eigentlich getan, Elke?", hatte sie schließlich leise gesagt. „Gar nichts. Ich habe wirklich keine Zeit, Susanne."

Dann hatte sie Susannes Arm gestreichelt, was für ihre Verhältnisse fast schon ein Gefühlsausbruch gewesen war.

Ich würde Susanne jetzt gerne was Liebes sagen, dachte sie. Zum Beispiel, dass ich sie vermisse und sie eigentlich gar nichts wirklich falsch gemacht hat. Vielleicht war alles überstürzt gewesen, aber sie hatte eben einfach Mut bewiesen. Elke spürte, dass sie sich verändert hatte.

Gegen halb vier schloss Elke die Wohnungstür auf. Es war fast dunkel in der Wohnung, nur die Stehlampe im Wohnzimmer war wohl noch an, denn durch die halb geöffnete Tür schien mildes Licht in den Flur. Elke zog die Schuhe aus und stellte sie ordentlich nebeneinander ab – fast so, als wollte sie Zeit gewinnen. Martins Wagen stand vor dem Haus, also war er da. Sie hatte nicht damit gerechnet und suchte jetzt in rasender Geschwindigkeit nach Gründen für ihr spätes Heimkommen. „Wir waren alle noch was trinken. Es war ja so lustig" oder lieber „Wir mussten noch was besprechen und sind danach noch was trinken gegangen" oder noch besser „Ich war bei dem Mann, von dem ich Tag und Nacht träume, und habe jede Sekunde genossen". Vielleicht wäre die letzte Erklärung tatsächlich die beste Taktik, dachte Elke. Die ganze Lügerei macht mich noch krank.

Martin saß in T-Shirt und karierten Boxershorts auf dem Sofa, einen Kaffeebecher in der Hand. Er sieht gut aus, dachte Elke, und sein freundliches Gesicht ist mir fast so vertraut wie mein eigenes. Ich will ihn nicht verlieren, ging es ihr plötzlich durch den Kopf, ich liebe ihn doch. Und auf einmal bekam Elke Angst.

„Hallo Martin", sagte sie und bemühte sich um einen lockeren Tonfall, „so spät noch auf? Ich bin leider ein bisschen mit Kollegen ... "

„Elke, wir müssen reden", unterbrach er sie.

Langsam setzte Elke sich auf die vordere Kante eines der schwarzen Ledersessel. „Ja, Martin?"

Auf ihrem Hals bildeten sich rosa Flecken, und ihre Hände waren plötzlich eiskalt. Was habe ich bloß gemacht, dachte sie. Ich hätte das alles nicht tun dürfen. Er hat es nicht verdient. Aber andererseits ... Sie dachte an Joachim und konnte noch immer kaum fassen, dass sie einen so aufregenden Mann hatte für sich gewinnen können. Was sollte sie jetzt bloß tun? Für wen sich entscheiden? Herrje, was für ein Chaos.

„Also", Martin begann zögerlich zu sprechen und drehte dabei die Kaffeetasse in seinen Händen langsam hin und her, „Ich weiß gar nicht, wo ich anfangen soll ... "

„Raus mit der Sprache, Martin." Elkes Nerven waren zum Zerreißen gespannt. Sie wollte es einfach nur noch hinter sich haben.

„Elke, ich habe mich in eine Andere verliebt." Martin atmete heftig aus, als habe er soeben eine schwere Last fallen gelassen.

„Was hast du?" Elke war kreidebleich, die Welt um sie herum begann sich zu drehen – erst langsam, dann immer schneller. Ihr wurde übel, und sie schaffte es gerade noch rechtzeitig ins Badezimmer.

Ich muss das jetzt irgendwie durchstehen, dachte sie wenig später, als sie sich gewaschen und die Zähne geputzt hatte, und sah ihrem Spiegelbild ins Gesicht. Mein Leben ohne Martin. Wohin geht die Reise jetzt bloß?

Als sie ins Wohnzimmer zurückkehrte, hatte sie sich zumindest äußerlich etwas gefangen. Martin sah sie an. „Geht's wieder?"

„Gar nichts geht!" Ganz plötzlich fing Elke heftig an zu weinen. Sie konnte gar nicht mehr aufhören. So fühlt es sich also an, wenn einem der Boden unter den Füßen weggezogen wird, dachte sie. Mit Martin und mir war doch alles so sicher, so vertraut, so selbstverständlich. Aber war nicht vielleicht doch der Wurm in ihrer Beziehung gewesen? Immerhin hatte sie einen Liebhaber. Da konnte sie Martin jetzt unmöglich einen Vorwurf daraus machen, dass er sich in eine andere Frau verliebt hatte. Er war wenigstens ehrlich. Elke kam sich feige und schäbig vor. Martin stand hilflos dabei und brachte aber keinen vernünftigen Satz hervor. Was hätte er Elke auch sagen sollen?

Er hatte Christine vor etwa zwei Monaten kennengelernt, als er – wie so oft – auf der Suche nach ein wenig Bauchkribbeln und Lust gewesen war. Meistens war es so, dass er mit einigen Kumpels um die Häuser zog und sich dann irgendwann von der Gruppe absetzte, wenn er eine Eroberung gemacht hatte. Die Anderen hatten sich mittlerweile daran gewöhnt. Sie belächelten ihn deshalb, denn sie nahmen an, er würde mit den Mädels ein paar Gläschen trinken, vielleicht ein wenig knutschen und am Ende der Nacht brav nach Hause fahren. Aber da hatten sie sich geirrt: Fast immer ging es tief in der Nacht zu ihm ins Labor. Vor einiger Zeit hatte er sogar ein Sofa in sein Büro gestellt - „Damit ich ein bisschen schlafen kann, wenn ich nachts arbeite.". Die Kollegen hatten sich gewundert, waren aber nicht wirklich misstrauisch geworden, bis zu dem Tag, als eine Kollegin unter dem Sofa eine aufgerissene Kondomverpackung fand. Man war mild entrüstet, schob es aber letztlich auf Martins sonderbare Freundin, die zwar hübsch war, aber immer ernst und schroff wirkte, wenn sie Martin gelegentlich im Büro oder im Labor besuchte.

Eines Abends hatte Martin Christine in einem Jazzclub getroffen und seitdem war alles anders geworden. Keine nächtlichen Abenteuer mehr, nur noch schmerzhafte Sehnsucht, die ihn brennend von innen aufzufressen schien. Sehr schnell wurde ihm klar, dass er Christine nicht mehr einfach so ins Labor mitnehmen würde. Er würde überhaupt keine Frau mehr mit ins Labor nehmen. Er wollte mit Christine einschlafen und mit

ihr aufwachen. Was für ein Dilemma. Ihm wurde ganz schlecht, wenn er an Elke dachte – seine Elke, die er so lange Jahre geliebt hatte. Aber irgendwie war seine Liebe verdorrt. Da saß er jetzt
zwischen den Stühlen und würde, wenn er sich nicht endlich entschied, enden wie Buridans Esel. Der war zwischen zwei Heuhaufen verhungert, weil er sich nicht für einen von beiden hatte entscheiden können. Und nun stand Martin neben Elke, hatte sich endlich entschieden und fühlte sich erst recht wie ein Esel.

„Guten Morgen, Elke!" Mona lächelte freundlich, stutzte dann aber und sah Elke genauer an. „Was ist denn los? Du siehst ja aus wie ein Gespenst."
„Martin ist am Wochenende ausgezogen."
„Ach du lieber Himmel!" Mona war ehrlich erschrocken, denn sie wusste, dass Martin und Elke sich schon eine Ewigkeit kannten. „Was ist denn passiert?"
„Er hat eine andere Frau kennengelernt."
Noch bevor Mona etwas sagen konnte, griff Elke nach ihrer Aktenmappe und verließ das Lehrerzimmer, denn es hatte gerade gegongt.
Mona sah ihr fassungslos nach.

Kapitel 6

Elke hatte gerade einen Teller Spaghetti mit Tomatensoße zum Aufwärmen in die Mikrowelle gestellt, als das Telefon klingelte. Mit einem stummen kleinen Fluch eilte sie zum Telefon und nahm den Hörer ab.

„Sperling."

„Hier Friedhelm. Friedhelm Schwertfeger. Grüß dich, Elke."

Elke erschrak. War etwas mit ihren Eltern?

Als habe Friedhelm geahnt, dass er sie erschreckt hatte, fügte er schnell hinzu: „Keine Angst, nichts Schlimmes."

„Gott sei Dank", Elke atmete auf, „Kann ich irgendwas für dich tun?"

„Ja, es geht um den Geburtstag deines Vaters. Ich bin gerade dabei, eine Rede für die Feier zu entwerfen, und könnte ein bisschen Hilfe gebrauchen. Du hättest sicher ein paar gute Ideen."

„Im Prinzip gerne, aber warum hast du nicht Mama gefragt?"

„Na, für die soll es doch auch eine kleine Überraschung sein."

Elke lachte. „Gut, okay. Ich könnte nächstes Wochenende kommen. Hast du Samstag Zeit?"

„Ja, das wäre prima. Aber tu mir bitte einen Gefallen: Binde deinen Eltern den Besuch nicht auf die Nase. Sonst ist die Überraschung weg."

Sie verabredeten sich für den darauffolgenden Samstag.

Elke lächelte, als sie den Hörer auflegte. Geburtstage waren in der Nachbarschaft und im Freundeskreis ihrer Eltern eine große Sache. Wochenlang wurde geplant und vorbereitet, und manchmal waren die Zusammenkünfte zur Vorbereitung, zum Beispiel beim Umkränzen der Haustür des Geburtstagskindes, lockerer und lustiger als später die Geburtstagsfeier selbst. Dass Friedhelm eine Rede vorbereitete, wunderte sie allerdings. Viel eher hätte sie ihm zugetraut, mit einem seiner Tiere eine kleine Dressurnummer einzustudieren. Ein Mann der großen Worte war er nämlich nicht.

Friedhelm Schwertfeger war zufrieden mit sich. Er hatte kein schauspielerisches Talent, deshalb war er heilfroh, dass Elke ihm die Geschichte offenbar abgekauft hatte. Nachdenklich stopfte er seine Pfeife und ging in den Garten.

Als Elke in die Einfahrt der Schwertfegers einbog, wurde ihr plötzlich ganz mulmig. Ihr fiel mit einem Mal ein, dass sich ihre und Martins Trennung in ihrem kleinen Heimatort sicher schon herumgesprochen hatte. Hoffentlich musste sie jetzt nichts erzählen oder erklären. Die Reaktion ihrer Freunde und Kollegen hatte ihr schon gereicht. Elke sprach nicht gern über ihre Gefühle – schon gar nicht, wenn es ihr schlecht ging.

Die Schwertfegers bewohnten einen alten Bauernhof, den sie von Inges Eltern geerbt hatten. Hier hatte sich im Laufe der Jahre nicht viel verändert. Die Haustür war sicher schon fast hundert Jahre alt, aber Inge und Friedhelm wären nie auf die Idee gekommen, eine neue zu kaufen. Stattdessen wurde die verschnörkelte alte Holztür liebevoll gepflegt. „Warum denn was Neues, wenn das Alte noch schön ist?", hatte Friedhelm oft geantwortet, wenn Freunde oder Nachbarn ihm ans Herz legen wollten, sein Haus doch einmal auf den neuesten Stand zu bringen. „Nur weil etwas neu ist, muss es noch lange nicht besser sein. Außerdem hätte es die gute alte Tür nicht verdient, einfach ausgemustert zu werden." Friedhelms liebevoller Blick auf Gegenstände, Tiere und Menschen hatte Elke schon als Kind beeindruckt. Sie hatte sich oft – manchmal auch unter irgendeinem Vorwand – zu Friedhelm geflüchtet, wenn sie als Kind unglücklich gewesen war. Er hatte nie viel mit ihr geredet, ihr aber kleine Aufgaben in der Tierarztpraxis oder in seinem kleinen Zoo übertragen. Und immer war es ihm gelungen, dass sie sich nachher wieder besser gefühlt hatte. Der heutige Besuch kam Elke deshalb ganz recht, denn Balsam für ihre Seele konnte sie gebrauchen.

Mann, ist das Mädchen blass, dachte Schwertfeger, als er Elke aus dem Auto steigen sah. Freundlich lächelnd ging er ihr entgegen.

„Schön, dass du da bist!"

„Ich freu mich auch", Elke umarmte den kräftigen grauhaarigen Mann herzlich, „Schön, mal wieder hier zu sein."

„Ich hoffe, du hast Appetit mitgebracht. Inge wäre sonst tödlich beleidigt." Er lachte.

Nachdem sie auf der schattigen Terrasse Kaffee getrunken und fast einen ganzen Käsekuchen aufgegessen hatten, zog sich Inge zu einem Nickerchen in die Hängematte unter dem alten Kirschbaum zurück.

Friedhelm sah Elke nachdenklich an. „Elke, ich muss dir was sagen. Ich schreibe gar keine Rede."

Elke blickte ziemlich verständnislos drein und runzelte die Stirn, sagte aber nichts.

„Also, ich wollte einfach mal in Ruhe mit dir reden."

Elke wurde unruhig. „Was ist denn los?"

„Na ja, ich mache mir Sorgen. Vielleicht ist das ja auch normal, aber irgendwie kommt mir das komisch vor."

Elke wurde etwas ungeduldig. „Friedhelm, ich verstehe kein Wort. Erzähl doch mal der Reihe nach."

Friedhelm schenkte sich noch einen Kaffee ein, tat zwei Löffel Zucker hinein und rührte langsam um. Dann nahm er die Tasse in beide Hände, lehnte sich zurück und begann zu erzählen.

Er kannte Walter Sperling schon ewig. Schon als Jungen hatten sie nebeneinander auf der Schulbank gesessen, und auch später verloren sie sich nicht aus den Augen. Friedhelm hatte Veterinärmedizin in Hannover studiert, und Walter war Realschullehrer geworden – aber an vielen Wochenenden und in den Semesterferien verbrachten sie viel Zeit miteinander. Die räumliche Entfernung hatte ihrer Freundschaft nie geschadet. Nur einmal gab es eine Bewährungsprobe: als Walter Anneliese traf. Friedhelm verliebte sich sofort in das hübsche, fröhliche Mädchen und zog sich von Walter zurück. Er konnte es damals nicht ertragen, den Beiden bei ihrem Glück zuzusehen, aber er wollte seinem besten Freund auch nicht sein Mädchen ausspannen. Es war eine schwere Zeit für Friedhelm. An dem Tag, als Walter und Anneliese in der alten Dorfkirche heirateten – ganz in Weiß mit allem Drum und Dran – nahm er seinen Schäferhund an die Leine und ging mit ihm in den Wald. Bloß weg hier, dachte er, bloß weg von den Kirchenglocken. Nie wieder war er so unglücklich. Und auch heute noch, ein halbes, insgesamt glückliches Leben später, machte ihn der Glockenklang der kleinen Dorfkirche traurig. Walter und er sprachen nie darüber - jahrzehntelang. Nur einmal, als sie vor zwei Jahren beim Sommerfest des Fußballvereins ein paar Biere zu viel erwischt hatten, legte Walter ihm kurz den Arm auf die Schulter und sagte: „Ich hab mich noch nie bei dir bedankt, Friedhelm. Du warst immer mein Freund, und zwar der allerbeste."

Das war er tatsächlich, und im Laufe der Zeit konnte er Walter dessen Gemütsverfassung schon an der Nasenspitze ansehen. Vor ein paar Tagen schaute Walter auf ein Glas Bier bei ihm hinein. Friedhelm sah sofort, dass etwas nicht stimmte.

„Was ist, Walter?"

„Susanne hat angerufen. Sie kommt nicht zu meinem Geburtstag."

„Hat sie gesagt warum?", fragte Friedhelm verwundert.

Walter zuckte mit den Schultern und nahm einen Schluck Bier, bevor er sprach.

„Sie hat was von beruflichen Verpflichtungen gefaselt." Er schüttelte leicht den Kopf und drehte das Bierglas in der Hand. „Aber ich nehme ihr das nicht ab. Sie hat zu viel und zu schnell geredet. Daran habe ich schon früher immer gemerkt, wenn sie mich beschwindeln wollte."

Er lächelte bei der Erinnerung, und auch Friedhelm dachte an das niedliche kleine Mädchen. Susanne hatte es immer leichter als Elke. Ihr flogen die Herzen zu, ohne dass sie sich besonders dafür anstrengen musste. Aber er, Friedhelm, mochte Elke schon immer besonders gern – das spröde, manchmal kantige Mädchen mit dem großen Herzen. Das war auch heute noch so.

„Warum sollte dich Susanne denn beschwindeln, damit sie nicht zu deiner Geburtstagsfeier kommen muss?", hatte er gefragt.

„Vielleicht steckt sie in irgendeinem Schlamassel. Ich weiß es nicht, aber ich mache mir Sorgen. Anneliese gegenüber habe ich die Sache übrigens heruntergespielt, sonst hätte sie keine ruhige Minute mehr. Du weißt ja, wie sie ist."

„Jetzt warte erstmal ab", hatte er seinen Freund zu beruhigen versucht, „Wenn sie Hilfe bräuchte, würde sie sich bestimmt melden."

Aber auch als Walter einige Zeit später etwas beruhigt wieder nach Hause gegangen war, ließ die ganze Sache Friedhelm einfach keine Ruhe. In einer schlaflosen Nacht fasste er einen Plan, in dem Elke eine wichtige Rolle spielte. Als sie aber jetzt vor ihm saß und ihn ernst und etwas verständnislos ansah, war er sich gar nicht mehr sicher, ob sein Plan wirklich so gut war. Als er noch mit sich rang, ob er Elke seine Idee tatsächlich vortragen konnte, nahm sie ihm die Entscheidung ab.

„Sag mal, Friedhelm, willst du mir etwa sagen, dass ich bei Susanne mal nach dem Rechten sehen soll?", fragte sie in etwas ungläubigem Tonfall.

Er nickte und stellte seine Kaffeetasse auf den Tisch.

„Ja, aber wie stellst du dir das denn vor? Ich kann doch nicht einfach nach Schweden fahren und bei Susanne ins Haus fallen."

„Warum denn nicht?" Friedhelm wirkte ehrlich erstaunt, „Was spricht dagegen, dass du in den Sommerferien mal deine Schwester besuchst? Dazu braucht es doch keine förmliche Einladung."

Es entstand eine kleine Pause. Friedhelm räusperte sich und sagte dann leise: „Außerdem kannst du doch sicher eine Luftveränderung vertragen – nach allem, was in der letzten Zeit so passiert ist."

Elke senkte den Kopf. Es war ihr klar gewesen, dass das Ende der Beziehung zwischen ihr und Martin in Ginderich kein Geheimnis geblieben war. Dennoch war ihr der Gedanke an das Gerede und Getuschel unangenehm. Wahrscheinlich waren sowieso alle auf Martins Seite, weil er ja so ein netter Junge ist, dachte sie finster.

Friedhelm legte kurz seine raue Hand auf ihren Arm.

„Nun nimm das alles mal nicht ganz so tragisch. Ich weiß, es ist nicht leicht nach so langer Zeit, aber vielleicht triffst du ja bald einen Mann, der dich ein bisschen mehr fesselt als diese Sandkastenliebe."

Elke erschrak darüber, wie nah Friedhelm der Wahrheit gekommen war, und versuchte ihre Gefühle zu verbergen.

Um Zeit zu gewinnen sagte sie: „Ich kann das nicht heute entscheiden, da muss ich erstmal drüber schlafen. Ich ruf dich in ein paar Tagen an."

„Gut. Ich kann ja verstehen, dass du nicht mehr so gerne den Aufpasser für deine kleine Schwester spielen möchtest. Aber ich glaube, diesmal ist es wichtig."

Irgendetwas hatte Elke in die linke Wade gezwickt. Sie rieb sich die schmerzende Stelle und sagte nachdenklich: „Du tust ja gerade so, als müsste ich sie retten."

„Na ja", sagte Friedhelm mit einem feinen Lächeln, „es wäre ja nicht das erste Mal."

Elke ignorierte, dass sie schon wieder etwas in die Wade zwickte, und sah Friedhelm entgeistert an.

„Willst du damit sagen ... Ich meine, weißt du etwa ... ?"

„Wir wissen es alle, Elke, und wir hätten dich auch gerne dafür gelobt. Aber du und Susanne habt es als euer Geheimnis bewahrt. Also konnten wir dich ja wohl schlecht darauf ansprechen."

„Aber es war doch mitten in der Nacht, als ich mich zu dem Zirkuswagen geschlichen habe, und ich war doch ganz leise."

„Schon, aber nicht leise genug für deinen Vater. Er ist dir gefolgt. Danach war er unglaublich stolz auf dich."

Friedhelm lächelte. „Du bist ja auch ein tolles Mädchen."

Elke war gerührt, aber sie wollte sich auf dieses Gefühl nicht einlassen. Fast dankbar für die Ablenkung registrierte sie wieder ein Zwicken an der Wade. Diesmal sah sie an ihrem Bein herab und konnte nicht glauben, was sie sah.

„Friedhelm, das gibt's ja wohl nicht. Das freche kleine Vieh zwickt mich immer ins Bein."

Friedhelm beugte sich hinunter und hob das Zwerghuhn zu sich auf den Schoß. „Ach", sagte er warm, „das ist bloß Wilma. Sie macht das immer, wenn sie schmusen möchte." Daraufhin begann er sanft das Huhn zu kraulen. Es machte es sich in Friedhelms Armen gemütlich und schloss die Augen. Wenn es jetzt noch anfängt zu schnurren, dachte Elke, falle ich hier sofort in Ohnmacht.

Als Elke einige Zeit später in ihrem Auto saß und durch den ruhigen Sommerabend nach Hause fuhr, war sie ziemlich ratlos. Sollte sie wirklich einfach so nach Schweden fahren? Sie schreckte davor zurück, weil sie nicht so recht wusste, wie sie auf Susanne zugehen sollte – nach allem, was sich auch in ihrem eigenen Leben verändert hatte - und sie – was bei Licht besehen vielleicht noch wichtiger war – Angst davor hatte, irgendetwas herauszufinden, was sie vielleicht gar nicht herausfinden wollte. Was, wenn Susanne sich mittlerweile so von ihrer Familie distanziert hatte, dass ihr an dem Kontakt nicht mehr so viel lag? Elke nahm das nicht wirklich an, aber sie hielt es immerhin nicht für ausgeschlossen – nach der langen Zeit, die Susanne mittlerweile in Schweden verbracht hatte. Abgesehen davon, dass sie selbst traurig darüber wäre: Wie um alles in der Welt würde sie das ihren Eltern beibringen können? Schon bei dem Gedanken war Elke ganz mulmig zumute.

Sie schaltete das Radio ein. Irgendein nichtssagendes, gitarrenlastiges Musikstück dudelte über den Sender. Elke drehte die Lautstärke etwas herunter. Sie war aufgewühlt nach dem Besuch bei Schwertfegers und wollte jetzt eigentlich noch nicht in ihre leere Wohnung fahren. Sie öffnete das Seitenfenster und genoss die laue Luft des Sommerabends. Ich werde nach Düsseldorf fahren und sehen, ob Joachim da ist. Mach das besser nicht, warnte eine leise Stimme in ihr, solche Überraschungen kann er bestimmt nicht leiden. Und vielleicht platzt du da auch in eine verfängliche Situation hinein. Aber Elke schob die Bedenken beiseite. Er wird schon nicht mit einer Tussi im Bett liegen, wenn ich da aufkreuze. Sowas kommt doch nur in zweitklassigen Filmen vor.

Sie legte eine Cassette mit sanftem Bossanova ein und fuhr zügig auf die Autobahn auf.

Als sie in Joachims Straße ankam, war es schon ziemlich spät. Was für eine Schnapsidee, dachte sie, um diese Zeit hier aufzutauchen. Aber in Joachims Wohnzimmerfenster war noch Licht, und so atmete sie kurz durch und drückte dann entschlossen auf den Klingelknopf.

„Ja bitte?" Joachims Stimme ertönte etwas kratzig aus der Gegensprechanlage.

„Ich bin's. Elke. Tut mir leid, dass ich dich so überfalle, aber ich -"

„Schon gut", unterbrach er sie, „Komm rein."

Er öffnete in dem Moment die Wohnungstür, als Elke gerade die Treppe hochgelaufen war und etwas atemlos mit einer Hand durch ihre Haare fuhr.

Joachim trug Jeans, ein weißes Leinenhemd, dessen Ärmel er aufgerollt hatte, und war barfuß. Sein Haar war ein wenig zerzaust. Er sah Elke fragend an.

Sie umarmte ihn. „Ich hatte solche Sehnsucht nach dir."

„Dann bleib doch einfach hier", sagte er sanft.

Als Elke sicher war, dass er wirklich allein war, atmete sie erleichtert aus. Einen Moment lang war sie nämlich doch unsicher geworden, als er so zerzaust und mit bloßen Füßen an die Tür gekommen war.

Im Wohnzimmer lagen der Karton und die Gebrauchsanweisung irgendeines Elektrogerätes herum.

„Ich habe mir einen Anrufbeantworter gekauft und versuche schon den ganzen Abend, ihn vernünftig einzustellen. Irgendwie macht er immer nur, was er will." Joachim lachte. „Möchtest du was trinken?"

Sie verbrachten den Rest des Abends in zärtlicher Zweisamkeit auf dem Sofa, ohne sich weiter um den Anrufbeantworter zu kümmern. „Soll er doch meinetwegen alle Anrufer abwimmeln", sagte Joachim und öffnete eine Flasche Wein, „für heute ist mir das Ding schnuppe."

Sie saßen gerade beim Frühstück, als das Telefon klingelte. „Willst du nicht rangehen?", fragte Elke und biss in ein Brötchen mit Erdbeermarmelade.

„Ich habe keine Lust. Immerhin ist heute Sonntag."

Plötzlich sprang der Anrufbeantworter mit einem klickenden Geräusch an. „Hier ist der Anschluss von Joachim Bredemann. Wenn Sie möchten, können Sie mir nach dem Signalton eine Nachricht hinterlassen. Vielen Dank."

Joachim stutzte. „Ich dachte, ich hätte das Ding auf Lautlos gestellt. Komisch ... " Er wollte gerade aufstehen und sich das Gerät noch einmal ansehen, als es piepte und gleich darauf eine Frauenstimme zu hören war.

„Ja, ich bin's. Bitte denke doch an Mineralwasser, wenn du nächstes Wochenende nach Hause kommst. Schade, dass du dieses Wochenende in Düsseldorf bleiben musstest. Ich habe dich vermisst."

Ein paar Augenblicke lang war es ganz still.

Elkes Gedanken und Gefühle gingen wild durcheinander: Trauer und Eifersucht, Wut und, wie sie fast zu ihrem Entsetzen feststellte, Liebe. Sie, die immer an tiefe Freundschaft als tragfähigste Grundlage einer Beziehung geglaubt und die große Liebe für einen verlogenen Mythos, fast ein Irrlicht, gehalten hatte, erkannte plötzlich, dass sie sich verliebt hatte. Ihr nüchterner Verstand versuchte sofort dieses Gefühl zu relativieren, Distanz zu gewinnen – aber es gelang ihr nur halb.

„Hör mal zu", sagte sie nach einer gefühlten Ewigkeit ganz leise, „Ich weiß, dass du kein Heiliger bist. Das habe ich auch nie von dir verlangt. Aber ... "

„Aber was?", fragte Joachim fast flüsternd.

„Aber ich kann das nicht. Ich will dich nicht teilen." Sie schluckte. „Ich ... "

Joachim wollte etwas sagen, aber sie stand ziemlich abrupt auf. „Erzähl mir jetzt bitte keine Geschichten. Ich glaube, ich fahre jetzt besser."

Sie stand auf und fing an, ihre Sachen zusammenzupacken.

Zuerst wollte Joachim sie irgendwie aufhalten, aber dann blieb er doch sitzen und drehte die Kaffeetasse in seinen Händen hin und her. Was sollte er jetzt bloß tun? Erwartete sie jetzt vielleicht eine filmreife Szene? Falls ja, würde er sie enttäuschen müssen. So etwas konnte er nicht.

Wenig später stand Elke im Türrahmen, sichtlich um Fassung bemüht. „Ruf mich an, wenn du dich für mich entscheiden kannst. Aber nur dann."

Sie zögerte und ihre klaren Bernsteinaugen wirkten gleichzeitig kühl und verletzt. „Mach's gut." Joachim wollte sie festhalten, aber sie löste sich sanft und ging ohne noch etwas zu sagen oder sich noch einmal umzusehen.

Leise fiel die Wohnungstür ins Schloss.

Zuerst war er wie erstarrt, aber dann stand er in einer jähen Bewegung auf, riss den Anrufbeantworter aus der Steckdose und warf ihn wütend aufs Sofa. „Blödes Ding!"

Dann ließ er sich in einen Sessel fallen und fuhr sich mit beiden Händen durch sein Haar.

Während er hin und her überlegte, wie es mit ihm und Elke weitergehen sollte, saß diese mit wild klopfendem Herzen in ihrem Auto und starrte zu seinem Wohnzimmerfenster hinauf. Was sollte sie jetzt bloß machen? Wieder zu ihm zu gehen kam gar nicht in Frage, obwohl sie es am liebsten getan hätte. Warum bin ich bloß so kompliziert? Warum klingle ich nicht einfach bei ihm und sage ihm, dass ich ihn liebe? Elke legte die Stirn aufs Lenkrad und schloss die Augen. Warum bin ich nur so stolz, dachte sie. Als sie den Kopf wieder hob, sah sie noch einmal zu Joachims Wohnung hinauf. Genau in diesem Augenblick öffnete er sein Wohnzimmerfenster, warf den Anrufbeantworter mit Schwung hinaus und schloss das Fenster wieder. Krachbummm. Tausend Scherben auf dem Bürgersteig. Elke war zuerst furchtbar erschrocken, aber dann musste sie gegen ihren Willen lachen. Was für ein Idiot, dachte sie, als ob der Anrufbeantworter was dafür kann.

Sie ließ den Motor an und fuhr schnell davon. Zuerst lenkte sie den Wagen geistesabwesend und fast mechanisch, aber dann wurde sie ruhiger. Sie fuhr nach Hause, stellte die Klingel ab und zog das Telefon aus der Steckdose. Dann zog sie sich aus und legte sich ins Bett. Trotz der Wärme zog sie die Decke bis ans Kinn und starrte in die Dunkelheit. Irgendwann fiel sie in einen leichten Schlaf voller wirrer Träume. Als der Wecker klingelte, fühlte sie sich müde und ihre Augen waren trüb. Ihre Entscheidung jedoch stand glasklar fest: Sie würde direkt zu Beginn der Sommerferien nach Schweden fahren. Bis dahin hatte sie noch anderthalb Wochen Zeit. Gleich morgen sage ich Friedhelm Bescheid und rufe Susanne an, dachte sie.

Als der Mann vom Partyservice klingelte, war Elke fast erleichtert. So musste sie sich Hermann Schusters Vortrag zu Ehren ihres Vaters nicht mehr länger anhören. Hermann war seit Jahrzehnten mit ihrem Vater befreundet. Früher hatten sie in einer Mannschaft zusammen Fußball gespielt – Hermann als Stürmer und Walter als linker Verteidiger. Seit sie selbst nicht mehr aktiv waren, betreuten sie gemeinsam die Jugendmannschaften des Vereins. Hermann war ein netter Kerl, aber er hatte einen Hang zu launigen Festvorträgen, die unglücklicherweise nur er wirklich lustig fand. Heute hatte er sich zu Walter Sperlings 60. Geburtstag wieder selbst übertroffen. Er hatte dessen Lebensgeschichte in Reimform zusammengetragen. Ein schauerlicher Reim jagte den nächsten. Bei „Wie das Wetter sah auch immer aus, wir gingen mit dem Fußball raus." hatte es Gott sei Dank geklingelt. Bereitwillig ging Elke zur Tür und nahm die Buffetlieferung in Empfang. Ihre Eltern hatten sich nicht lumpen lassen: Zwiebelrostbraten, Kasseler, warmer Kartoffelsalat und jede Menge andere ländlich-deftige Lieblingsspeisen. Beim Anblick des Essens lief Elke das Wasser im Mund zusammen und ihr wurde plötzlich klar, dass sie in der letzten Zeit eigentlich nie etwas Vernünftiges gegessen hatte. Als sie gerade dabei war, ein kleines Stückchen von der Kasselerkruste abzuknibbeln, kam jemand in die Küche. Elke zuckte zusammen, denn ganz salonfähig war ihr Benehmen in dem Moment ja nicht gerade. Als sie aber sah, dass es Friedhelm Schwertfeger war, grinste sie spitzbübisch und sagte: „Willst du auch was? Wenn ich es von der Unterseite wegnehme, merkt es kein Mensch."

„Nee, lass mal. Ich brauche eher einen Schnaps."

„Herrmanns Rede?", Elke lächelte verschwörerich und deutete mit dem Kinn in Richtung Garten, wo die Geburtstagsgesellschaft gerade einen besonders gelungenen Scherz mit Applaus belohnte. „An welcher Stelle bist Du denn ausgestiegen?"

Friedhelm seufzte und sah Elke mit gespielter Verzweiflung an. „Du warst ein Student, der nur die Arbeit kennt, doch dann siegten die Triebe und du fandest deine große Liebe."

Elke öffnete den Kühlschrank, nahm eine Flasche roten Likör heraus und schenkte zwei Gläser ein.

„Ach du Schande. Na, dann mal Prost."

Dann wurden beide ernst.

„Wann fährst du?"

„Am liebsten nächste Woche, aber ich muss vorher noch ein paar Dinge klären."

Friedhelm sah sie fragend an, sagte aber nichts.

„Na ja, für die Schule.", sagte Elke schnell.

Sie wollte Friedhelm und ihre Eltern nicht beunruhigen, hatte allen einfach nur gesagt, dass sie Susanne in den Sommerferien besuchen würde. Man hatte sich gefreut und war erleichtert gewesen – fast so, als würde schon ihre bloße Anwesenheit dafür sorgen, dass sich Susannes eventuelle Schwierigkeiten in Luft auflösen würden. Sie überschätzen mich grandios, dachte Susanne.

In Wirklichkeit lag die ganze Sache nicht so einfach, und auch Elke war mittlerweile beunruhigt. Sie behielt ihre Gedanken für sich, wollte sie doch die dünne Kruste, die sich über der Besorgnis ihrer Eltern gebildet hatte, nicht wieder aufreißen. Aber Tatsache war, dass Elke ihre Schwester in Schweden nicht erreichen konnte. Unter ihrer alten Telefonnummer meldete sich niemand, und ein Brief kam mit dem Vermerk zurück, dass der Empfänger nicht ausfindig gemacht werden konnte. Elke war mit ihrem Latein am Ende. Jetzt wollte sie der Sache auf den Grund gehen und in Schweden nach ihrer Schwester suchen. Aber sie hatte große Angst vor dem, was sie möglicherweise herausfinden würde. Vielleicht hatte das alles Dimensionen, die sie sich jetzt noch gar nicht vorzustellen wagte. Schlaflos lag sie im Bett und spielte mit angstvoll geweiteten Augen alle schauerlichen Möglichkeiten in Gedanken durch. Bald war ihr klar, dass sie sich nicht traute, das alles allein durchzuziehen. Aber wen könnte sie für diese sonderbare Reise als Begleitung gewinnen? Joachim ja wohl kaum, und Martin erst recht nicht. Aber einen Mann hätte sie gerne dabei gehabt – um sich sicherer zu fühlen, wie sie sich zähneknirschend eingestand.

Erst am letzten Schultag, als sie gerade dabei war, bunte Fähnchen und freundliche Willkommensschilder für den ersten Schultag nach den Ferien im Eingangsbereich ihrer Schule aufzuhängen, hatte sie plötzlich eine Idee: Holger.

Sie hatte Susannes alten Studienfreund bei mehreren Gelegenheiten getroffen und sehr sympathisch gefunden. Ihre letzte Begegnung war auf einer Silvesterparty, als Susanne und Björn das strahlende Paar im Mittelpunkt waren. Elke konnte sich noch gut daran erinnern, dass Holger und sie – als hätten sie sich abgesprochen – dem ganzen Trara um das aufregende internationale Pärchen demonstrativ den Rücken gekehrt hatten. Sie saßen in dicken Anoraks auf dem Balkon, teilten sich eine Flasche Sekt, indem sie abwechselnd aus der Flasche tranken, und wünschten sich mit der gewissen Traurigkeit der Leer-Ausgegangenen ein frohes neues Jahr.

Elke war richtig aufgeregt, nachdem ihr die Idee mit Holger gekommen war. Es passte einfach perfekt: Holger war nett, er kannte Schweden wie seine Westentasche und er sprach Schwedisch, was ja vielleicht wichtig werden könnte. Es gab nur ein kleines Problem: Wo konnte sie ihn finden?

Der weiße Tischventilator surrte tapfer vor sich hin, aber in dem engen Büro war es unerträglich heiß. Das kleine Fenster war ganz geöffnet, aber es war eher wie eine geöffnete Backofentür. Holger Reskowsky hatte sich einen Kugelschreiber hinter das rechte Ohr gesteckt und sortierte Belege. Es war wirklich zum Heulen, dass der blöde Ruchmeyer immer dann krank war, wenn am meisten zu tun war. Heute hatte er sich angeblich den Magen verdorben. Hat er wieder Aua Bauch, dachte Holger böse. Dass sein Onkel den Kerl nicht längst an die Luft gesetzt hatte, konnte Holger nicht verstehen. Sicher, sein Onkel und Ruchmeyer kannten sich schon ewig, aber trotzdem ... Holger schüttelte den Kopf. Gleichzeitig ging ihm aber – wie ein kleiner kühler Luftzug – durch den

Kopf, dass auch er von der Gutherzigkeit seines Onkels profitierte. Als er damals nach dem sechsten Semester zum zweiten Mal die Vordiplomsprüfung in Statistik nicht bestanden und auch die mündliche Nachprüfung vermasselt hatte, war sein geliebtes Studentenleben abrupt zu Ende. Natürlich war ihm damals schon klar, dass er nicht der Fleißigste war, doch insgeheim hatte er damit gerechnet, dass man ihn letztlich bestehen lassen würde. Aber der Unibetrieb war hart und kalt – und Holger konnte sich noch sehr gut daran erinnern, wie Professor Dressler seine ganze Welt mit dem lapidaren Satz „Sie können ja immer noch eine Kneipe aufmachen" zum Einsturz brachte. Böse hatte das geklungen - und sehr arrogant. Holger hatte nichts dazu gesagt, sondern den Kopf gesenkt, und war nach einem kurzen Gruß wie ein geprügelter Hund aus dem Prüfungsbüro geschlichen. Sein Onkel stellte ihn ohne viele Fragen in seinem Getränkehandel ein und Holger hatte sich alle Mühe gegeben. Aber der Stachel, den Professor Dressler gesetzt hatte, saß tief. Er hatte das Wort Kneipe als Beleidigung gebraucht, es mit verächtlich heruntergezogenen Mundwinkeln ausgesprochen. Holger wusste, dass viele Leute das so sahen, und es tat ihm weh. Kneipe war für ihn gleichbedeutend mit Wärme und Zuhause. Nachdem sein Vater damals, als er vier oder fünf Jahre alt gewesen war, mit einer jüngeren Cousine seiner Mutter abgehauen war, war er praktisch in der Kneipe seiner Großeltern aufgewachsen. Er hatte an dem großen Stammtisch in der Ecke seine Hausaufgaben gemacht und war von den Stammgästen immer sehr freundlich behandelt worden. Wenn seine Mutter, die Krankenschwester war, im Krankenhaus Nachtdienst hatte, durfte er sogar manchmal einen warmen Kakao an der Theke trinken, bevor seine Großmutter ihn ins Bett brachte. Bis zur Sperrstunde schlief er dann im gemütlichen Zimmer hinter dem Tresen. Dort lag er dann unter der dicken Daunendecke, deren Füllung immer ganz ungleichmäßig verteilt war, und lauschte dem Stimmengewirr und dem Gelächter aus dem Schankraum wie andere Kinder einer Gutenachtgeschichte. Wenn seine Großeltern die Kneipe abschlossen, nahm ihn sein Großvater auf den Arm und trug ihn zwei Häuser weiter nach Hause. Holger war glücklich als Kneipenkind und er war seinen Großeltern auch später noch dankbar dafür, dass sie ihm und seiner Mutter so geholfen hatten. Das alles hätte er Dressler am Tag seiner Prüfung am liebsten erzählt, aber was hätte das gebracht? Leute wie

Dressler sahen in kleinen Kneipen mit Tresen und Mobiliar in Eiche rustikal nur Versammlungsorte für ganz kleine Leute. Holger hasste Dressler. Es gab seiner Abneigung weitere Nahrung, dass Dressler – ohne es zu wollen – einen wunden Punkt in Holgers Seele getroffen hatte. Holger träumte schon immer davon, eines Tages ein eigenes Lokal zu haben. Seine Mutter hatte versucht es ihm ausreden, aber erst als seine Großeltern ihm davon abrieten - „Junge, du musst jeden Abend bis in die Puppen hinter der Theke stehen, und reich wirst du dabei bestimmt nicht." - nahm er davon Abstand. Stattdessen fing er an, Betriebswirtschaft zu studieren, weil er insgeheim hoffte, eines Tages über diesen Umweg doch zur Gastronomie zu gelangen. Am Ende kam alles ganz anders. Toll, dachte er manchmal, jetzt verkaufe ich immerhin gekühlte Bierfässchen für Partys. Hin und wieder träumte er noch immer von seinem eigenen Lokal: originell und ungezwungen, mit nettem Publikum und gelegentlicher Live-Musik. Und er mittendrin. Einen Namen hatte er auch schon: Holgers Küche (als Anspielung auf seine große Partyküche im Studentenwohnheim).

Aber es war eben nur ein Traum, wie so vieles in Holgers Leben. Auch mit dem Traum von der Liebe tat er sich schwer. Er kannte viele Frauen, kam schnell mit ihnen ins Gespräch. Sie redeten und lachten mit ihm, aber wenn dann irgendein Smartie auftauchte, wie er sie nannte, waren die Frauen normalerweise ganz schnell weg. Sie lächelten ihn beim Gehen freundlich an - ganz ohne schlechtes Gewissen im Blick. Es wurde Holger schmerzhaft bewusst, dass sie ihn nicht einmal als richtigen Mann registriert hatten. Na klasse, hatte er schon öfters gedacht, Bräutigam werde ich wohl nie, aber dafür darf ich dann das Brautkleid mit aussuchen gehen. Trotzdem träumte Holger weiter und versuchte aus allem das Beste zu machen. „Wenn schon alles schiefgeht, muss man wenigstens was draus machen", hatte er vor einiger Zeit mit einem etwas schiefen Lächeln zu seinen Freunden gesagt – und dann mit den Planungen für ein großes Sommerfest auf dem Parkplatz neben dem Getränkeladen begonnen. Holger war eben Holger. Gott sei Dank, fanden seine Freunde.

Als Holger die Belege gerade zu ordentlichen Stapeln auf seinem Schreibtisch zusammengelegt hatte, wurde die Tür zu seinem Büro schwungvoll von außen geöffnet. Nur mit massivem Körpereinsatz konnte Holger die Ordnung einigermaßen retten.

„Ja, seid ihr denn verrückt geworden?", schimpfte er und schloss mit einer Hand schnell das Fenster.

„Tut mir Leid, Chef, aber draußen wartet eine Frau auf Sie."

Der junge Mitarbeiter in dem dunkelroten Arbeitskittel hob entschuldigend die Hände.

„Schon gut, Ferhat.", Holger lächelte ihn an, „Sie kann ruhig reinkommen." Wer sollte ihn hier besuchen kommen? Holger konnte sich keinen Reim darauf machen. In Gedanken ging er alle Frauen durch, die er in der letzten Zeit kennengelernt hatte. Keine von ihnen würde einfach so bei ihm auftauchen. „Ach, Ferhat, warte mal kurz. Wie sieht sie denn aus?", rief er seinem Mitarbeiter nach, der sich schon zum Gehen gewandt hatte. „Ich weiß nicht, Chef. Ganz nett eigentlich, aber ziemlich ernst." Ziemlich ernst, dachte Holger, komisch.

Als Elke eintrat, erkannte er sie nicht sofort. Sie blieb im Türrahmen stehen und lächelte Holger etwas verlegen an. „Entschuldigung, dass ich hier so hereinplatze."

„Ja bitte? Was kann ich für Sie tun?"

Holgers Gesicht war kantiger geworden, und um seine klaren blauen Augen herum zeigten sich ein paar Lachfältchen. Außerdem trug er einen dichten, sorgfältig gestutzten Vollbart. Er ist erwachsen geworden, dachte Elke. Als Holger sie erwartungsvoll ansah, atmete sie tief durch und gab sich einen Ruck.

„Ja, Sie sind ... du bist doch ... also, ich suche Holger Reskowsky." Elke war sehr unbehaglich zumute. Was war das eigentlich für eine Schnapsidee?

„Jaaa?", antwortete Holger gedehnt. Die Frau kam ihm irgendwie bekannt vor, aber er wusste beim besten Willen nicht, woher er sie kannte. Wie peinlich. Normalerweise passierte ihm so etwas nie, war er doch auch stolz auf sein gutes Gedächtnis. Aber dann, nachdem er in Elkes Augen gesehen hatte, dämmerte es ihm plötzlich: irgendwas mit seiner Studentenzeit, irgendeine Fete, und irgendwie ging es ihm nicht gut an dem Abend. Es hatte irgendwas mit Schweden zu tun. Verdammte Hacke, woher kannte er die Frau mit den Bernsteinaugen bloß? Doch dann fiel es ihm wieder ein, und er sagte lebhaft – vor allem aus Erleichterung darüber, dass sein Gedächtnis doch noch funktionierte: „Das gibt's ja gar nicht! Mensch, wie lange ist das jetzt her. Du bist Susanne Sperlings Schwester! Wir haben doch mal Silvester zusammen auf dem Balkon gesessen. Dein Freund hat die ganze Zeit den Prinz aus Schweden bewundert, glaube ich." Holger lachte. „Was führt dich zu mir? Möchtest du eine Party organisieren? Frag mich ruhig, darin bin ich Experte." Er lachte wieder, aber als Elke ernst blieb, stutzte er und runzelte die Stirn.

„Setz dich.", sagte er leise, „Möchtest du was trinken? Ich habe eigentlich alles im Haus ... "

Elke lächelte jetzt doch. „Ja, ganz viel Wasser bitte."

Dann wurde sie ernst und sah Holger direkt ins Gesicht. „Also, ich weiß gar nicht richtig, wie ich anfangen soll ... Holger, ich bin nicht hier, weil ich mit dir über alte Zeiten reden möchte, ich brauche deine Hilfe. Es geht um Susanne."

„Sie ist doch nach Schweden gegangen, oder?" Und dann, nach einer kleinen Pause und einem scharfen Blick: „Aber du bist doch jetzt sicher nicht gekommen, um über deine Schwester zu plaudern. Also heraus mit der Sprache: Was willst du eigentlich von mir?"

Elke trank einen Schluck Wasser. „ Also ... Es ist gar nicht so leicht zu erklären ... Na ja, Susanne ist irgendwie verschollen. Sie meldet sich nicht bei uns, und ich konnte sie in Schweden nirgendwo erreichen. Jetzt möchte ich gerne hinfahren und sehen, was da eigentlich los ist. Und ich möchte das nicht alleine tun, weil ich vielleicht Hilfe brauche. Na ja, da bist du mir eingefallen. Ich meine ... Ich weiß ja nicht, ob du überhaupt mitkommen möchtest und ob du hier überhaupt so einfach weg kannst ... " Jetzt war es heraus, und Elke war erstmal erleichtert.

„Also, Moment mal, Susanne ist weg?"

„Ich weiß nicht. Es ist alles so seltsam. Ich muss da einfach hin."

„Hm. Dein Vertrauen ehrt mich ja, aber wieso soll ausgerechnet ich dir helfen? Susanne und ich haben uns nach ihrer Auswanderung nicht mehr gesehen, und das ist schon ziemlich lange her."

„Du kennst dich gut in Schweden aus. Du sprichst die Sprache. Wer weiß, was wir da alles regeln müssen." Und dann, ganz leise, fügte sie hinzu: „Ich habe sonst niemanden, den ich fragen möchte."

Holger stützte die Ellenbogen auf den Schreibtisch und legte den Kopf in die Hände. Heiliger Strohsack, dachte er, was soll ich jetzt bloß machen?

„Ich kann das nicht sofort entscheiden. Wann willst du überhaupt fahren – und wie lange soll deine geheime Mission eigentlich dauern?"

„Am liebsten würde ich so schnell wie möglich hinfahren und zurückkommen, sobald es geht. Wenn ich Susanne schnell finde und alles in Ordnung ist, ist das ganz schnell vorbei. Na ja, ich rechne so mit einer guten Woche."

„Also, pass auf, Elke. Ich kann das nicht sofort entscheiden. Gib mir doch mal deine Telefonnummer. Ich ruf dich an."

Zwischen Elkes Augenbrauen bildete sich die kleine steile Falte – wie immer, wenn sie irritiert oder besonders wachsam war. „Wann würdest du dich denn melden? Ich kann nicht lange warten, weißt du."

„Das verstehe ich ja, aber ich kann das jetzt auch nicht so hopplahopp entscheiden. Ist doch klar, oder?"

Elke nickte, kramte dann in ihrer Handtasche und gab ihm eine Visitenkarte. Sie sah irgendwie kindlich aus, weil der Rand aus winzigen Blümchen in rosa und hellblau bestand. Elke schluckte, denn in dem Moment fiel ihr ein, dass die Visitenkarten Susannes letztjähriges Weihnachtsgeschenk an sie gewesen waren.

„Gut, danke.", Holger lächelte freundlich und stand dann auf, um sie noch zur Tür zu bringen, „Mach dir mal nicht so viele Sorgen. Es wird schon nichts Schlimmes passiert sein. Ich ruf dich morgen an."

Als Elke fast schon gegangen war, fiel ihm plötzlich ein, was er sie noch fragen wollte.

„Woher wusstest du eigentlich, dass ich hier arbeite?"

„Das hat mir Jens Miltenberg erzählt, Susannes Exfreund. Er steht im Telefonbuch. Als ich ihm erzählt habe, dass ich dich wegen Susanne sprechen möchte, hat er deine Telefonnummer rausgerückt. Aber ich wollte nicht einfach anrufen und auch nicht bis heute Abend warten. Also habe ich dich hier überfallen." Elke lächelte entschuldigend.

„Macht nichts", Holger gab ihr die Hand, „Ich ruf dich an."

Die Tür fiel ins Schloss. Elke hatte das Gefühl, dass er sie schnell loswerden wollte und kam sich ein bisschen aufdringlich vor. Papperlapapp, dachte sie. Besondere Situationen erfordern besondere Maßnahmen. Basta.

Elke hatte den Getränkeladen kaum verlassen, als Holger schon telefonierte.

Kapitel 7

Jens Miltenberg hatte schon den ganzen Tag auf Miriams Anruf gewartet. Vergeblich hatte er versucht, sich auf die Steuerunterlagen auf seinem Schreibtisch zu konzentrieren. Das bedeutete wohl wieder Arbeit am Wochenende, denn sein Chef hatte mit ihm vereinbart, die Sachen am Montag abschließend noch einmal mit ihm durchzugehen. Jens war vor drei Jahren in die Steuerberaterkanzlei eines Freundes seines Vaters eingestiegen. Zuerst hatte er sich gesträubt, wollte er doch etwas Aufregenderes auf die Beine stellen, aber dann hatte er sich doch von der Aussicht locken lassen, das Ganze in ein paar Jahren übernehmen zu können. Er verdiente gutes Geld und war der Tätigkeit gegenüber eigentlich nicht abgeneigt, aber es war so ein ernüchterndes Gefühl für ihn, dass die berufliche Realität seine ehrgeizigen Pläne so schnell eingeholt hatte. Topmanager hatte er werden wollen – in einem multinationalen Unternehmen. Er hatte sich ein aufregendes Leben in Bewegung vorgestellt, mit internationalen Meetings, First-Class-Flügen und einem schicken Büro hoch über den Dächern einer Metropole. Und natürlich schöne Frauen, die ihn bewunderten und es ihm leicht machten, sie in seiner durchgestylten Wohnung zu verführen. Natürlich waren das alles Klischees, das war sogar Jens klar. Und dennoch … . Jens seufzte und sah zum Telefon. Wenn sie doch endlich anrufen würde. Aber der ungeklärte Streit mit Miriam war nicht der einzige Grund für seine innere Unruhe. Am Tag zuvor hatte er einen merkwürdigen Anruf erhalten. Elke Sperling hatte ihn nach Holgers Nummer gefragt. Sie wollte ihn unbedingt etwas fragen, was mit ihrer Schwester Susanne zu tun hatte. Jens war aus ihrer Geschichte nicht so richtig schlau geworden, und jetzt spukte ihm schon seit gestern Abend – wie ein Gespenst aus der Vergangenheit – Susanne im Kopf herum. In seinem Traum hatten sich ihre Gesichtszüge mit Miriams vermischt, und irgendwann war er schweißgebadet wach geworden, als ein merkwürdiges Mischwesen ihn schallend auslachte. Die Weiber können einen glatt verrückt machen, dachte Jens, öffnete seinen obersten Hemdknopf und lockerte die Krawatte.

Als das Telefon klingelte, war er fest davon überzeugt, gleich Miriams Stimme zu hören. Aber er irrte sich.

„Hallo Jens. Hier ist Holger."

„Hallo. Na, wie geht's dir? Wir haben ja schon lange nichts mehr voneinander gehört."

Ihre letzte Begegnung war tatsächlich schon einige Monate her. Sie hatten sich mit einigen Leuten aus der alten Studentenclique im „Onkel Willi" getroffen und um der alten Zeiten willen ein paar Gläser zusammen getrunken. Der konkrete Anlass war, dass Michael mit seinen alten Freunden darauf anstoßen wollte, dass er und Andrea - „nach jahrelangem lustvollen Üben", wie er betonte – ein Baby bekommen hatten. Jens hatte eigentlich gar nicht hingehen wollen, und auch Holger hatte ausgesehen, als würden ihn die Babyfotos und stolzen kleinen Papageschichten eher frustrieren als unterhalten. Die Zeit ist kurz, dachte Jens, in der man die Weichen im Leben stellen kann. Wenn ich nicht aufpasse, hocke ich irgendwann auf einem Nebengleis und kann dem Zug nur noch beim Vorbeifahren zusehen. Ziemlich nachdenklich waren Holger und er an dem Abend gemeinsam ein Stück zu Fuß gelaufen.

„Ich glaube, ich habe alles falsch gemacht", hatte Jens düster gesagt.

„Wieso denn du?" Holger war ehrlich erstaunt. „Du hast es doch wohl geschafft, verdienst jede Menge Kohle, trägst teure Anzüge und hast sicher reihenweise tolle Frauen."

„Ach ... ", hatte Jens nur achselzuckend entgegnet. Wie um alles in der Welt hätte er Holger auch begreiflich machen sollen, was in ihm vorging? Die Kluft zwischen ihnen, die ansatzweise schon während des Studiums bestanden hatte, war im Laufe der Zeit größer geworden. Sie lebten nicht in der selben Welt, und trotz aller Sympathie füreinander verstanden sie die Probleme des Anderen nicht so recht. Schade eigentlich.

„Was kann ich für dich tun, Holger?"

„Eigentlich nichts, aber ich brauche deinen Rat."

„Na, dann schieß mal los."

Während Holger ihm erzählte, was er am Vormittag von Elke erfahren hatte, unterbrach er ihn nur gelegentlich mit kleinen Verständnisfragen. Seltsame Geschichte, dachte er. Als Holger ihn am Ende fragte, was er nun tun solle, war seine Antwort glasklar: „Na, hinfahren. Warum fragst du mich eigentlich?"

Holger druckste herum. „Na ja, Urlaub werde ich wohl kriegen, wenn ich meinem Onkel erzähle, was los ist, aber..."

„Was aber?"

„Meinst du, das könnte irgendwie gefährlich werden?"

„Glaub ich nicht. Oder hast du etwa Angst vor Elke?" Jens lachte. Er fand sie tatsächlich ein wenig zum Fürchten, wenn sie einen wortlos mit ihren merkwürdigen Augen ansah.

Holger blieb ernst und sagte dann: „Wahrscheinlich hast du Recht." Es entstand eine kleine Pause. Dann sagte Holger in einem wesentlich froher klingenden Tonfall: „Und außerdem war ich ja schon ewig nicht mehr in Schweden. Ist ja auch nur eine Woche oder so."

„Na, dann schreib doch mal 'ne hübsche Karte. Wenn sonst noch was ist – ruf mich einfach an."

Nachdem er aufgelegt hatte, ließ ihn der Gedanke an Susanne nicht los. Er konzentrierte sich auf seine Erinnerung, und mit einem Male sah er sie glasklar vor sich: ihr rotbraunes Wuschelhaar, ihr schönes Gesicht und ihr aufregender Körper, der ihn so wild hatte machen können. Noch heute wurde ihm heiß, wenn er daran dachte, wie schnell Susanne sich von der eher harmlos wirkenden jungen Frau in eine heißblütige Liebhaberin hatte verwandeln können. Ob sie heute noch immer so sexy war?

Beim Gedanken an Sex fiel ihm wieder Miriam ein. Er hatte sie vor etwa einem halben Jahr in einer Firma kennengelernt, mit der er beruflich zu tun hatte. Sie saß im Vorzimmer des Geschäftsführers eines Blumengroßhandels unweit der niederländischen Grenze. Schon bei ihrer ersten Begegnung war sie ihm aufgefallen. Sie hatte langes rotes Haar und war nur wenige Zentimeter kleiner als er. Das war er nicht gewohnt, denn normalerweise überragte er die Frauen. Sie war dezent geschminkt und hatte eine auffallend schöne Stimme, die besonders reizvoll war, weil sie mit einem leichten Akzent sprach. Miriam war Niederländerin. Bei ihrer ersten Begegnung unterhielten sie sich eine Viertelstunde über dies und das, und Jens versuchte besonders charmant zu sein. Er lächelte und streichelte sie mit seinen schönen grauen Augen, aber Miriam ließ ihn nicht spüren, ob er ihr Interesse geweckt hatte. Jens hingegen konnte den nächsten Termin bei dem Blumenhändler kaum erwarten. Als er schon wenige Tage später wieder ihr Büro betrat, bemerkte er die Veränderung sofort. Miriams perfekt frisiertes Haar fiel locker über die Schultern. Sie trug ein weißes Kleid aus hauchdünnem Stoff, das jede der üppigen Kurven ihres Körpers betonte. Als sie von ihrem Schreibtisch aufstand, um ihn zu begrüßen, stellten sich ihre Brustwarzen auf und zeichneten sich deutlich unter dem Kleid ab. Jens schluckte. Miriam registrierte seine Blicke. Sie sah im tief in die Augen, straffte ihre Schultern und signalisierte ihm wortlos, dass sie seine Aufmerksamkeit genoss. Dass sie die Einladung zum Abendessen annehmen würde, war von Anfang an klar. Und es war auch von Anfang an klar, dass sie miteinander schlafen würden. Miriam ließ gar keinen Zweifel daran aufkommen. Als Jens sie an dem Abend zu Hause abholte, staunte er nicht schlecht: Sie trug eine fast durchsichtige Bluse und nichts darunter. „Das Auge isst doch auch mit", raunte sie ihm leise ins Ohr. Jens konnte sich nicht auf sein Essen konzentrieren und war froh, als sie das Lokal endlich verließen. Nicht, dass Miriam keine interessante Gesprächspartnerin gewesen wäre, aber Jens hatte keine Lust auf kluge Gespräche. Seit Monaten hatte er mit keiner Frau mehr geschlafen – abgesehen von einem One-Night-Stand mit einer Freundin seiner Schwester. Als er Miriam nach Hause gefahren hatte, lud sie ihn erwartungsgemäß noch zu sich ein. Sie füllte zwei Gläser mit Whiskey und kam aufreizend langsam auf Jens zu, der auf dem großen Sofa mit den vielen bunten Kissen Platz genommen hatte. Als sie ihm das Glas gab, zog er sie sanft zu sich hinunter und küsste sie. Ihr Kuss schmeckte nach Whiskey. Während ihre Zungen miteinander spielten, knöpfte er ihre Bluse auf. Miriam reagierte sehr intensiv auf seine Berührungen, und nur Minuten später waren sie nackt. Was für ein herrliches Spiel, dachte Jens, als er tief und lustvoll in sie glitt – immer und immer wieder – was für ein herrliches Spiel …

Seither waren sie ein Paar, wenn man das überhaupt so nennen konnte. Miriam ließ sich nicht so recht in die Karten gucken, so dass Jens noch immer nicht wusste, woran er bei ihr war. Er war verrückt nach ihr, genoss jede Sekunde mit ihr – und zu seinem eigenen Erstaunen dachte er immer öfter über eine Zukunft mit ihr nach. Er wollte mit ihr zusammenleben. Aber als er das Thema vor ein paar Tagen angeschnitten hatte, war Miriam plötzlich merkwürdig reserviert gewesen. Das hatte ihn gekränkt, und irgendwann hatte er zornig gerufen: „Ja, glaubst du denn, das ist alles nur ein Spiel hier?" Und Miriam hatte knochentrocken geantwortet: „Aber sicher. Was glaubst du denn?" Daraufhin war er aus der Wohnung gestürmt und hoffte nun auf einen Anruf von ihr. Alles nur ein Spiel – dass ich nicht lache, hatte er gedacht. Aber dann meldete sich eine leise Stimme in seinem Kopf: Was ist das doch für ein herrliches Spiel, hast du selbst gedacht. Und jetzt bekommst du zu spüren, dass es eben kein Spiel ist. Dass ausgerechnet in dieser Situation die Erinnerung an Susanne gekommen war, war Ironie des Schicksals: Hatte sie sich nicht damals genau darüber bei ihm beklagt, worüber er sich jetzt bei Miriam beklagte? Manchmal war das Leben ein schlechter Scherz.

Am späten Nachmittag hatte ihn die ganze Warterei auf Miriam mürbe gemacht. Jetzt ist mir egal, ob ich mich zum Affen mache, dachte er, ich fahre jetzt einfach zu ihr.

Als er in die kleine Seitenstraße einbog, in der sie wohnte, fiel ihm sofort der dunkelblaue Porsche auf, der in der Einfahrt stand. Er erkannte ihn sofort: Es war das Auto des Geschäftsführers. Vielleicht hätte er sofort wenden und wieder nach Hause fahren sollen, aber er wollte es genau wissen. Er stellte sein Auto ein Stück weiter die Straße entlang ab, damit sie es nicht von ihrer Wohnung aus sehen konnte, und ging zu ihrer Haustür. Zum Glück verließ ein Nachbar gerade das Haus, so dass er nicht klingeln musste. Er stieg die Stufen zu ihrer Wohnung hinauf und lauschte an der Tür. Meine Güte, auf was für ein unterirdisches Niveau begebe ich mich hier eigentlich, dachte er. Er konnte nur Stimmengemurmel hören, verstand aber kein Wort. Wahrscheinlich ist es sowieso harmlos, dachte er. Ich bin echt ein Blödmann. Dann klingelte er und musste einen Moment warten, bis er Schritte hinter der Wohnungstür hörte. Als Miriam öffnete, verfinsterte sich seine Miene augenblicklich: Sie war zerzaust, hatte gerötete Wangen und trug nichts weiter als einen flüchtig zugebundenen Bademantel. „Ich wollte nur wissen, ob es dir gut geht.", sagte er mit versteinertem Gesicht, „Und wie ich sehe, geht es dir ja wohl ziemlich gut. Das war's dann ja wohl." Noch bevor Miriam etwas sagen konnte, drehte er sich um und ging.

Blöde Ziege, ihn so zu verarschen - und dann noch mit dem schleimigen Geschäftsführer mit der ekelhaften Gelfrisur. Jens wollte einfach nur noch weg und fuhr auf dem Heimweg anfangs viel zu schnell. Als sein

Herz wieder etwas ruhiger schlug, hatte er eine Idee. Das wär's doch, dachte er.

Elke stellte ihr Auto am „Onkel Willi" ab. Es war noch immer sehr warm. Schon seit Tagen hielt sich die Hitze, die sich wie eine riesige Backhaube über das Ruhrgebiet senkte. Obwohl Elke eine leichte Sommerbluse und Bermudashorts trug, fühlte sie, wie der Schweiß einen dünnen klebrigen Film auf ihrem Körper bildete. Hoffentlich ist meine Wimperntusche nicht verlaufen, dachte sie und strich kurz mit ihrem rechten Mittelfinger unter ihren Augen entlang, als könnte sie so ihr Make-up retten.

Heute war der letzte Schultag vor den Sommerferien gewesen. Elke hatte bis in den Nachmittag in der Schule gesessen, um die letzten Verwaltungsarbeiten zum Schuljahresende zu erledigen. Außerdem hatten sie mit einigen Kollegen noch eine ganze Weile mit Werner Hoffmann zusammen gesessen, der heute den letzten Arbeitstag seines Lebens gehabt hatte. Werner war ein guter Lehrer gewesen: gescheit, warmherzig und humorvoll. Generationen von Schülern hatten ihn respektiert und gemocht. Als seine Frau ihn dann heute abholte und die beiden – beladen mit Blumen und Geschenken – über den Schulhof zum Lehrerparkplatz gingen, sah Elke ihnen nachdenklich vom Fenster aus nach. So ist das, dachte sie, irgendwann ist es aus mit der Schule. Und ob du damit klarkommst, hängt davon ab, was es in deinem Leben sonst noch gibt. Werner ging es gut: Er freute sich auf Reisen mit seiner Frau und mehr Zeit für seine Enkelkinder – Zwillingsmädchen, in die er hoffnungslos vernarrt war. Aber was wird wohl eines Tages mit mir, fragte Elke sich. Sie atmete tief durch. Ach Quatsch, das wird schon. Bis dahin ist ja noch genug Zeit. Beim Gedanken an die Zeit sah sie unwillkürlich auf ihre Armbanduhr und bekam einen kleinen Schrecken. Es war schon kurz vor vier, und sie hatte sich um sechs mit Holger im „Onkel Willi" verabredet. Er hatte die Kneipe vorgeschlagen. Elke konnte das nicht ganz verstehen, denn ihrer Meinung nach war das Lokal eher etwas für Studenten. Aber sie war froh, dass Holger sich bereit erklärt hatte, mit ihr nach Schweden zu fahren. Ihretwegen hätte er sogar irgendeine Pommesbude vorschlagen können, es wäre ihr auch recht gewesen. Dennoch war sie nicht ganz entspannt, denn Holger hatte am Telefon irgendwie geheimnisvoll geklungen – dass da noch etwas zu besprechen wäre und er da noch eine Idee gehabt hätte. Elke konnte nicht viel mit den Andeutungen anfangen, hatte sich aber gehütet, danach schon am Telefon zu fragen. Sie wollte Holger unbedingt bei Laune halten, damit er nicht am Ende einen Rückzieher machte.

Eigentlich hatte sie noch kurz nach Hause fahren und duschen wollen, aber dazu war die Zeit zu knapp gewesen. Stattdessen blieb sie noch ein wenig in der Schule, entrümpelte den Kühlschrank und machte sich in der Damentoilette ein wenig frisch. Mona hatte eine Dose Deospray stehen gelassen, und Elke bediente sich großzügig.

Dann ging sie langsam zum Parkplatz, winkte kurz dem Hausmeister zu, der gerade einen Kontrollgang machte, und fuhr los. Sechs Wochen keine Schule, dachte sie, als sie den Zündschlüssel drehte. Aber das Glücksgefühl blieb aus.

Sie entdeckte Holger im hinteren Teil des Biergartens, neben einem hölzernen Piratenschiff. Er war nicht allein.

Neben ihm saß ein gepflegter, dunkelhaariger Mann, etwa in ihrem Alter. Als Elke genauer hinsah, erkannte sie ihn. Jens Miltenberg. Meine Güte, hat der sich aber verändert, dachte sie erstaunt. Als sie wenige Tage zuvor mit ihm telefoniert hatte, hatte sie noch ein ganz anderes Bild von ihm vor Augen gehabt. War er früher ein wenig zauselig gewesen, strahlte er heute gepflegte Lässigkeit aus. Er trug ein weißes Hemd, das seine leicht gebräunte Haut betonte. Der sieht ja klasse aus, dachte Elke, aber was will er hier?

Sie hatte Jens nur kurz kennengelernt, als er noch mit Susanne zusammen war. Damals war sie irritiert darüber, dass Susanne aus ihrer Beziehung zu Jens so ein Geheimnis machte, und nötigte sie förmlich, ihn ihr vorzustellen. Also waren sie zusammen Pizza essen gegangen. Susanne plapperte nervös, Jens gab den überlegenen Intellektuellen und sie trat – im Nachhinein betrachtet – auf wie ein Inquisitor. Wie lange kennt ihr euch schon? Wollt ihr zusammenziehen? Dass sie nicht nach den erotischen Vorlieben gefragt hatte, war eigentlich alles. Wie peinlich, dachte sie heute. Er muss mich ja für eine grässliche Person halten.

Als sie sich dem Tisch näherte, an dem Jens und Holger saßen, bemerkten sie Elke und unterbrachen ihre Unterhaltung. Holger lächelte sie an.

„Hallo Elke, schön, dass du da bist." Er nickte kurz in Jens' Richtung, „Ihr kennt euch ja."

Elke und Jens begrüßten sich kurz. Dann setzte Elke sich auf einen der etwas wackligen Stühle und bestellte sich ein Mineralwasser. Sie sah Holger an, als erwartete sie von ihm eine Erklärung für Jens' Anwesenheit. Holger räusperte sich.

„Also, Elke, es ist so: Ich habe mit Jens gesprochen, und wir finden, es wäre eine gute Idee, dass er auch mitkommt."

Auf Elkes Stirn bildete sich eine kleine steile Falte.

„Wie jetzt ... - soll Jens auch mit nach Schweden?"

Holger nickte, Jens trank einen Schluck aus seinem Bierglas.

Es entstand eine etwas unbehagliche Pause.

„Also, ich weiß nicht ... ", sagte Elke, „wir können doch da nicht mit einer Reisegruppe bei meiner Schwester auflaufen. Was stellt ihr euch denn vor? Außerdem ist das alles doch sehr persönlich, da will ich nicht jeden dabei haben."

„Moment mal.", schaltete sich Jens ein, „Mein Verhältnis zu Susanne war ganz schön persönlich. Ich bin da nicht irgendwer."

„Schon. Aber ich weiß nicht, ob ihr das recht wäre."

„Das weißt du sowieso nicht", sagte Jens.

Plötzlich schlug Holger lebhaft auf den Tisch, so dass Elke und Jens etwas erschraken. „Mensch Leute, ich hab da eine ganz tolle Idee! Ein Kumpel von mir hat ein Wohnmobil. Das kann ich bestimmt für einen Kasten Bier mieten. Er fliegt nämlich dieses Jahr nach Mallorca. Also, wenn wir mit dem Wohnmobil fahren, wird es erstens billiger und zweitens haben wir nicht mehr das Problem mit der Unterbringung. Jens und ich können ja im Wohnmobil wohnen, während du deine Schwester besuchst."

Jens und Elke sahen sich verblüfft an.

„Tja, beweglicher sind wir damit natürlich auch", sagte Jens.

Elke antwortete nichts. Ihr Gesicht drückte Unbehagen aus. Die ganze Sache war ihr irgendwie zu groß geworden. Aus dem Nach-dem-Rechten-Sehen bei Susanne war jetzt eine richtige Reise mit zwei mehr oder weniger flüchtigen Bekannten geworden. Und das alles dann möglicherweise noch in einem Wohnmobil, also auf sehr engem Raum.

„Na ja ... ", sagte sie unbestimmt.

Jens nahm sein Bierglas in die Hand und lehnte sich zurück. Er sah die Anderen einige Augenblicke lang ruhig und ernst an. Dann sagte er: „Ich will mich hier nicht aufdrängen, und will euch auch nichts vormachen. Also sage ich euch einfach ohne Schnickschnack, warum ich gerne mitfahren möchte."

Die Anderen sahen ihn gespannt an.

„Mir geht es im Moment nicht gut. Ich habe gerade eine ziemlich hässliche Trennung hinter mir und brauche einfach mal ein bisschen Abstand. Tja, und irgendwie habe ich gehofft, die Tour mit euch würde mir ein Stückchen Studentenzeit wieder zurückbringen. Aber – wie gesagt – ich will mich nicht aufdrängen."

Elke und Holger waren ganz still.

„Na ja", sagte Holger schließlich, „wir haben ja wohl alle unser Päckchen zu tragen."

Plötzlich lächelte Elke. Was es genau war, das ihre Bedenken hatte schwinden lassen, konnte sie gar nicht genau sagen. Vielleicht war es Jens' ehrliches Geständnis und die daraus resultierende Erkenntnis, dass nicht nur sie mit einer verkorksten Beziehung fertig werden musste.

Als Holger und Jens ihr Lächeln bemerkten, stutzten sie. Wenn sie lächelt, dachte Jens, sieht sie fast ein bisschen aus wie Susanne. Und auf einmal fühlte er die Erinnerung wie einen Stich.

„Was ist?", fragte Holger und sah etwas irritiert aus.

„Wie es aussieht, haben wir ja wohl gerade eine Selbsthilfegruppe gegründet", sagte sie und lachte, „ Also gut, wir fahren! Aber jetzt brauche ich erstmal einen Schnaps, bevor ich es mir anders überlege."

Frau Schmittke hatte sich wie immer freundlich dazu bereit erklärt, während Elkes Abwesenheit die Pflanzen zu versorgen und den Briefkasten zu leeren. „Viel Spaß in Schweden!", hatte sie gesagt, „Aber hoffentlich werden Sie nicht von den Mücken aufgefressen. Mein Schwager hat erzählt, dass er an irgendeinem schwedischen See seine Hand vor Augen nicht mehr sehen konnte." Sie schüttelte sich. „Brrr, wie ekelig. Stellen Sie sich mal vor, man kriegt die beim Sprechen in den Mund!" Sie schüttelte sich noch einmal und verzog das Gesicht theatralisch. Elke schmunzelte. Na ja, dachte sie, da muss man dann halt mal ein bisschen die Klappe halten. Für Frau Schmittke sicher ein unvorstellbarer Gedanke.

„Erstmal vielen Dank, Frau Schmittke. Bis bald."

„Ja, schönen Urlaub, Frau Sperling!"

Wenn du wüsstest, dachte Elke, dass das eigentlich gar kein Urlaub ist. Ich habe eine Heidenangst vor dem, was da vielleicht auf mich zukommt.

Am Abend zuvor hatte sie noch mit ihren Eltern telefoniert und sich bemüht, positive Stimmung zu verbreiten. „Ja, Mama, ich freu' mich auch, dass Susanne und ich uns bald mal wieder sehen", hatte sie gegen Ende des Gespräches gesagt. Wenn sie ihrer Mutter erzählt hätte, dass sie Susanne überhaupt nicht hatte erreichen können und sie wie vom Erdboden verschluckt war, wäre ihre Mutter wahrscheinlich in Panik geraten.

Auch Friedhelm, den sie vor zwei Tagen noch angerufen hatte, um sich zu verabschieden, hatte sie keinen reinen Wein eingeschenkt. Sie hatte ihn nicht beunruhigen wollen, denn schließlich hatte er den Anstoß zu dieser Reise gegeben. Bei dem bloßen Anstoß war es übrigens nicht geblieben. Friedhelm hatte die Reise mit einem großzügigen Geldbetrag gesponsert. „Ich bin, ehrlich gesagt, auch froh darüber, dass du als Frau da nicht ganz allein unterwegs bist. Man weiß ja nie, auch nicht in Schweden ... ", hatte er zu ihr gesagt. Na prima, hatte Elke gedacht, das beruhigt mich ungemein – vor allem, wenn ich an Susannes Verschwinden denke.

Nun stand sie mit ihrer großen Reisetasche und einem Rucksack auf dem Bürgersteig vor ihrer Haustür. Es war noch früh am Morgen, nur wenige Menschen waren unterwegs. Der Brötchenbote radelte fröhlich pfeifend an ihr vorbei, und ein Frühaufsteher ging mit seinem Hund spazieren. Was Joachim jetzt wohl macht, ging es ihr durch den Kopf. Sie hatte oft an ihn gedacht, den Telefonhörer auch mehrmals in die Hand genommen, sich dann aber doch nicht zu einem Anruf durchgerungen. Eigentlich ist er am Zug, hatte sie gedacht. Schließlich hatte sie eine Abmachung mit sich getroffen: Wenn ich aus Schweden wiederkomme und mit Susanne alles in Ordnung ist, rufe ich ihn einfach an. Vielleicht.

Wo blieben nur Jens und Holger? Sie wollten sie doch um kurz nach sechs abholen. Sie sah auf ihre Uhr. Es war erst viertel vor. Elke nagte an ihrer Unterlippe.

Noch bevor sie das Wohnmobil kommen sah, konnte sie es hören. Mit ohrenbetäubendem Lärm bahnte sich das Gefährt seinen Weg durch die beschauliche Wohnstraße. Ach du liebe Zeit, dachte Elke und sah sich verstohlen um, ob vielleicht ein Nachbar diese Szene beobachtete. Als das Fahrzeug näher kam, konnte sie schon durch die Windschutzscheibe sehen, dass Holger bester Laune war. Er winkte ihr fröhlich zu und signalisierte ihr dann mit dem Daumen, dass alles in Ordnung war. Wahrscheinlich meint er das Wohnmobil, dachte Elke und winkte zurück. Jens und sie hatten Holger gebeten, das Wohnmobil unbedingt noch einmal in der Autowerkstatt durchsehen zu lassen. Schließlich wollten sie nicht bereits irgendwo in Niedersachsen am Straßenrand sitzen und auf die Pannenhilfe warten. Im schlimmsten Fall würden sie dann nämlich ihre Fähre von Kiel nach Göteborg verpassen.

Jens und Elke war das Entsetzen anzusehen gewesen, als sie beide einige Tage zuvor mit Holger vor der alten Industriehalle standen, in der das Gefährt untergestellt war. Holger entging nicht, dass die Anderen nicht gerade vor Begeisterung aus dem Häuschen waren. „Also, das Ding hat schon viel hinter sich. Das gebe ich ja zu. Aber es hat wirklich noch nie schlapp gemacht." Und dann, als er ihre skeptischen Blicke sah: „Echt nicht! Letztes Jahr war mein Kumpel mit dem bis nach Griechenland."

„Aha", machte Jens.

Das Wohnmobil war wirklich kein Schmuckstück mehr. Es war wirklich
quietschorange - stellenweise schon angerostet und notdürftig überlackiert - und hatte ein Dach, das aussah, als hätte jemand eine große weiße Badewanne umgekehrt auf das Auto gelegt. Auf einer Seite hatte es eine Schiebetür, bei der man aber „Sesam öffne dich sagen" musste, wie Holger es ausdrückte. Am Heck des Fahrzeugs waren eine kleine Leiter, die hinauf aufs Dach führte, und ein Ersatzreifen angebracht. Im Inneren des Wohnmobils gab es zwei Sitzecken, die sich zu schmalen Doppelbetten umbauen ließen, eine winzige Küchenzeile und ein paar kleine

Wandschränke. Als Jens auf die braunkarierten Polster in den Sitzecken klopfte, stob eine Staubwolke heraus. Wenn das man so gesund ist, dachte er und musste husten.

Überall auf dem Fahrzeug hatte man Aufkleber von Reisezielen angebracht, einige waren schon ganz verblichen. Jens betrachtete die Trophäen eingehend und schien dann nach weiteren Aufklebern zu suchen. „Was machst du denn da?", fragte Holger etwas misstrauisch. „Ach, nichts. Ich suche nur den Original-Woodstock-Aufkleber ..."

„Also, mit dem Ding fahre ich nicht den ganzen Weg!", erklärte Elke mit Bestimmtheit und verschränkte ihre Arme vor der Brust. „Wir nehmen die Fähre ab Kiel."

„Und wer soll das bezahlen? Hast du eigentlich eine Ahnung, wie teuer das ist? Mit Kabine und allem Drum und Dran kostet das jede Menge Holz. Da könnten wir ja gleich fliegen!" Holger war entsetzt.

„Wir müssen vor Ort beweglich sein, deshalb kommt Fliegen schon gar nicht in Frage. Außerdem kann dir das Geld egal sein, weil ich die Fähre bezahle. Punktum." Holger war einen Moment lang sprachlos.

„Na gut", sagte er schließlich, „dann gönnen wir uns halt den Luxus."

Jens öffnete den Mund, als wollte er etwas sagen, blieb dann aber stumm, als Elke ihn mit gerunzelter Stirn ansah.

Elke war sicher, dass die Fährpassage eine gute Verwendung für Friedhelms Reisebeihilfe war. Trotz der laufenden Hochsaison bekamen sie noch einen Platz, denn sie fuhren an einem Wochentag. Außerdem war das sogar noch etwas günstiger.

„Dann können wir die Ersparnis ja mit heißen Frauen und kalten Getränken verprassen", war Jens' Kommentar dazu. Elke wollte zuerst etwas dazu sagen, ließ es dann aber und rollte nur mit den Augen.

Als sie nun einstieg, bemerkte sie mit einem Blick, dass Holger das alte Schätzchen in der knappen Zeit fast auf Hochglanz gebracht hatte. Es roch angenehm frisch, er hatte kleine Tischdecken auf die Tische gelegt und sogar die Küchenzeile mit Küchenkrepp und Geschirrtüchern ausgestattet.

„Toll, Holger! Du hast es uns ja wirklich gemütlich gemacht", lobte sie ihn.

„Das ist ja noch gar nicht alles: Guck doch mal in die Schränke."

Elke kramte herum und fand jede Menge Konserven,eine Taschenlampe, einen Grill, Klappstühle und ein Moskitonetz zum Aufhängen.

„Ach ja, Klopapier ist übrigens unter dem Beifahrersitz", sagte Holger und fuhr langsam los. „Und Getränke sind in dem Schrank neben der Schiebetür."

Die kleinen Schwedenwimpel, die er am oberen Rand der Windschutzscheibe befestigt hatte, flatterten leicht im Wind der Lüftung.

Als sie weiter in Richtung Norden fuhren, zog schlechtes Wetter auf. Der prasselnde Regen, das monotone Geräusch der Scheibenwischer und die leise Musik aus dem Radio vermischten sich zu einem Klangteppich, der Elke müde machte. Sie lehnte ihre Stirn an die Scheibe und schloss die Augen. Wenn das bloß alles gutgeht, dachte sie, und zu der Müdigkeit und den leisen Kopfschmerzen hämmerte laut ihr Herz.

Auch Holger und Jens waren in Gedanken versunken. Holger sah Jens verstohlen von der Seite an. Er hatte ihn immer beneidet – wegen seines guten Aussehens, seines Erfolgs bei Frauen und nicht zuletzt auch wegen seiner scheinbar so mühelos erzielten Studienerfolge. Er wusste ja nichts von den Nachtschichten und den Abgabeaktionen in letzter Minute. Alles, was er gesehen hatte, war ein Student, der in den Vorlesungen Fragen gestellt hatte, dafür von den Professoren geschätzt und – was fast die noch größere Kunst gewesen war – von den Mitstudenten nicht etwa als schleimiger Streber verachtet, sondern als heller Kopf bewundert worden war. Holger konnte sich noch gut an den Tag erinnern, an dem er Jens nach dessen letzter Diplomprüfung auf dem Campus getroffen hatte. Es war ein Donnerstag Vormittag gewesen, und er hatte sich gerade auf den Weg zum Pommes-Eckchen gemacht. In der Nähe der Bibliothek war ihm Jens über den Weg gelaufen. Holger hatte ihn beinahe nicht erkannt, denn er kannte Jens eigentlich nur in Jeans und ungebügelten Hemden.

„Hallo Holger", sagte die große schlanke Gestalt in dem gepflegten grauen Anzug.

„Ach, hallo Jens", Holger tat erfreut, „Du siehst ja so anders aus. Ist es das, was ich denke?"

Jens lachte. „Ja, alles erledigt. Ich kann es selbst kaum glauben. Wagner war unheimlich fair, vor dem musst du wirklich keine Angst haben."

Holger hatte möglichst gleichgültig dreingeblickt, wollte er Jens doch nicht wissen lassen, dass er vor knapp zwei Monaten aus dem Studium geflogen war - „ausgeprüft", wie es im Uni-Jargon hieß.

„Ja, dann feier noch schön. Ich muss jetzt zur Arbeit."

„Ach, feiern kommt noch – und dann bist du doch sicher auch dabei, Holger!" Jens hatte unbefangen gelacht. Holger hatte geschluckt und etwas schief gelächelt. „Na, dann mach's mal gut."

Erst später war ihm aufgefallen, dass Jens ganz allein gewesen war – keine Freunde, kein Sekt und auch kein Triumph. Seitdem Susanne weg ist, ist mit ihm nicht mehr viel los, hatte Holger damals gedacht und einen Hauch von Schadenfreude empfunden. Und heute? Beruflich hat er es ja ganz geschickt angestellt, dachte Holger. Aber privat? Er hatte gerade eine Trennung hinter sich. Na ja. Holger nahm an, dass Jens' Bett nicht lange kalt blieb. Aber das Bett war die eine Kiste – und das Herz die andere. Oder war am Ende etwa alles eine einzige große Kiste? Glücklich sah Jens jedenfalls nicht aus. Aber das bin ich ja auch nicht, dachte Holger und seufzte. Holger wünschte sich nichts Besonderes, wie er fand: eine Frau zum Pferdestehlen (und fürs Bett natürlich auch), ein unbeschwertes Leben und vielleicht sogar Kinder. Aber bisher war er fast immer nur der gute Kumpel gewesen. Ach ja.

„Sag mal, Holger", sagte Jens plötzlich und drehte sich halb zu ihm um, „Warum bist du eigentlich noch solo? Ich meine, du bist doch ganz nett und so."

Holger zuckte mit den Schultern. „Weiß nicht. Wahrscheinlich, weil ich so dumm und hässlich bin ... "

Irgendwie musste Jens gespürt haben, dass es sich dabei nur um einen halben Scherz handelte, und wurde auf einmal ganz ernst.

„Das meinst du doch jetzt wohl nicht wirklich, oder?"

„Na ja", sagte Holger, „ein bisschen dumm und ein bisschen hässlich bin ich schon."

„Du spinnst doch", sagte Jens leise, aus seiner Stimme sprach echtes Entsetzen, „Also, wenn ich ein Weib wäre, würde ich dich sofort schnappen und in meine Höhle zerren", fügte er hinzu und bemühte sich dabei um einen lockeren Ton.

Holger lächelte. „Na klar, schon allein deshalb, weil ich die bessere Hausfrau bin als du."

Trotz mehrerer ausgiebiger Kaffeepausen kamen sie viel zu früh in Kiel an. Der Schwedenkai wirkte noch verlassen. Bis auf ein paar Lastwagen hatten sich noch keine Autos in der Wartezone eingefunden. Holger stellte das Wohnmobil an das vordere Ende einer Fahrspur und machte den Motor aus.

„So, jetzt können wir es uns erstmal gemütlich machen. Wir kommen bestimmt erst in ein paar Stunden aufs Schiff." Holger angelte unter seinem Sitz nach einem Buch und einem kleinen Kuschelkissen mit einem aufgedruckten Elefanten.

„Ich weiß ja nicht, was ihr so machen wollt. Ich lege mich jetzt nach hinten und lese." Holger verschwand im hinteren Teil des Wohnmobils. Sie hörten ihn an einer Sitzecke hantieren, leise fluchen - „Klemmst du wohl nicht, du blödes Ding!" - und dann mit einem wohligen Seufzer in die Polster sinken. Wenige Minuten später vernahmen sie ein leises, gleichmäßiges Schnarchen.

Elke lachte. „Scheint ja ein spannendes Buch zu sein. Sollen wir einen kleinen Spaziergang am Kai machen und dabei einen Blick auf das Schiff werfen?" Jens hatte eigentlich gar keine Lust dazu, aber ihm fiel auch kein vernünftiger Gegenvorschlag ein. Außerdem wollte er nicht unhöflich sein.

Elke und Jens wussten nicht, wie sie miteinander umgehen sollten. Sie vermieden allzu persönliche Themen – als hätten sie sich wortlos darauf geeinigt – und sprachen erst recht nicht über Susanne. Elke fühlte sich noch immer unwohl bei der Erinnerung an ihr blamables Auftreten gegenüber Jens, obwohl das wirklich schon eine halbe Ewigkeit her war. Und Jens? Er wusste nicht, was er von der seltsamen Frau halten sollte, die ihn mit ihren sonderbaren Augen manchmal so forschend ansah. Welches Geheimnis trägst du eigentlich mit dir herum, schien sie ihn zu fragen. In diesen Momenten zog Jens die Schultern hoch und wandte sich ab.

Als sie am Nachmittag über die Rampe in den riesigen Bauch der Ostseefähre fuhren und von einer jungen Frau in einer neongelben Weste in ihren Stellplatz eingewunken wurden, wusste Jens nicht, ob er sich freuen sollte. Vom Kai aus hatte er stundenlang das riesige Schiff beäugt und sich immer gefühlt wie ein Titanic-Reisender vor der Abfahrt. Wer weiß, ob es untergeht, war es ihm düster durch den Kopf gegangen. Als er auf dem Schiff war, hatte er nicht viel weniger Angst, aber zumindest musste er es sich nicht dauernd ansehen. Jens hatte Angst vor Schiffen, seitdem er einmal bei einer Rundfahrt auf dem Biggesee mit der Schulklasse in einen Sturm geraten war. Er war im dritten Schuljahr gewesen und fand das schaukelnde Schiff von vornherein furchteinflößend. Als die leichte Brise dann in kürzester Zeit zu einem Sturm angewachsen war, war er in Panik geraten. Seine Lehrerin, Frau Lindenthal, hatte nachher richtige Druckstellen an den Armen, weil er sich so verzweifelt an ihr festgeklammert hatte. Das Schlimmste war damals das böse Gelächter von Ralf Meier gewesen, als er Frau Lindenthal auf die schöne neue Lederjacke gekotzt hatte.

Und nun stand er auf einem riesigen Pott und hatte zwei Leute neben sich, die nicht die geringste Ahnung davon hatten, wie es in ihm aussah. Er selbst hatte ja nicht geglaubt, dass diese alte Geschichte ihm noch so in den Knochen sitzen würde. Da habe ich mich ja ganz schön überschätzt, dachte er.

„Sollen wir uns kurz in der Kabine frisch machen und danach auf dem Sonnendeck ein Bier trinken?" Holger rieb sich unternehmungslustig die Hände.

Elke nickte erfreut, aber Jens sagte lieber gar nichts dazu. Hoffentlich kann ich mir bald die Decke über den Kopf ziehen – und wenn ich aufwache, ist der Spuk schon fast vorbei, dachte er.

Wider Erwarten fand er dann doch Gefallen an der unbeschwerten Urlaubsatmosphäre auf dem Sonnendeck. Das frische kühle Bier beruhigte ihn etwas, und die Musik, das bunte Treiben und vor allem das mittlerweile wieder freundliche Wetter hellten seine Stimmung auf. Sein Blick fiel auf eine Gruppe von Freunden, die alle das gleiche knallgelbe T-Shirt trugen. Sie waren offenbar große Schwedenfans, denn auf den Rückseiten ihrer T-Shirts waren alle Jahreszahlen und Zielorte ihrer bisherigen – wahrscheinlich gemeinsamen - Schwedenreisen aufgedruckt.

Die erste Reise hatten sie in dem Jahr gemacht, als Susanne nach Schweden gegangen war. Das ist ja nun schon lange her, dachte Jens.

Als sie ziemlich satt und leicht angesäuselt vom Abendessen kamen, kramte Elke in ihrer Tasche herum.

„Suchst du was Bestimmtes?", fragte Holger.

„Nein, aber ich muss noch meine Reisetablette nehmen. Ich habe nämlich eigentlich ein bisschen Angst auf Schiffen, und mir wird leicht übel." Sie lachte ein wenig verlegen.

„Hm, sag mal ... ", Jens druckste herum. Elke sah ihn an, holte die Tablettenschachtel noch einmal aus ihrer Tasche und drückte Jens wortlos mit einem leisen Lächeln eine kleine giftgrüne Tablette in die Hand. Sie sieht nicht so aus, dachte Jens dankbar, aber ich glaube, sie ist in Wirklichkeit ein Schatz.

Am nächsten Morgen war das Schiff tatsächlich nicht untergegangen. Während die Anderen an Deck die Aussicht auf die Göteborg vorgelagerten Schären genossen und dabei mit hochgeschlagenem Kragen einen dampfenden Kaffee schlürften, streifte Jens im Shop umher. Ohne lange zu überlegen, kaufte er für Elke einen kleinen Plüschelch und für Holger einen Sonnenhut mit aufgedruckten Schwedenflaggen. Warum, wusste er nicht. Eigentlich machte er nicht gerne Geschenke außer der Reihe. Genau genommen machte er überhaupt ungern Geschenke. Er war auf diesem Sektor auch nicht besonders begabt. Eine Fahrrad-Luftpumpe für seine erste Freundin (die fast immer mit der Straßenbahn fuhr)und ein Dreierpack Staubtücher für seine Mutter waren nur zwei Beispiele in einer langen Reihe von Fehlgriffen. Aber bei den heutigen Geschenken war es anders: die Empfänger freuten sich wirklich. Am meisten erstaunte ihn Elkes Reaktion. Ihre Züge wurden weich, als sie ihn anlächelte, und ihre Augen glänzten feucht. Du lieber Himmel, dachte Jens. Hoffentlich denkt die jetzt nicht, ich will was von ihr.

Kapitel 8

Kaum hatten sie das Schiff verlassen, als die Urlaubsstimmung, von der sie sich auf dem Schiff hatten anstecken lassen, einer gewissen Ernüchterung wich. Jedem von ihnen war auf einmal klar, dass es nun ernst wurde. Was war mit Susanne? Sie hatten zu Hause hin und her überlegt, was passiert sein könnte, aber letztlich waren es nur Vermutungen gewesen. Und nun näherte sich der Moment der Wahrheit. Auch wenn es keiner von ihnen aussprach: Sie alle hatten Angst davor, dass sie vielleicht schlechte Nachrichten wieder mit nach Deutschland nehmen müssten.

Jens sah aus dem Fenster und ließ die Landschaft an sich vorbeiziehen. Es war seine erste Schwedenreise. Ihn hatte es nie Richtung Norden gezogen, nach Schweden schon gar nicht. Meistens war er nach Spanien oder Griechenland geflogen, hatte dort Sonne, Sand und Meer – vor allem aber das Nachtleben - genossen. Und jetzt hatte er sich auf diese sonderbare Schwedenmission eingelassen. Mann, das war bestimmt ein Fehler, ging es Jens durch den Kopf, als sie sich durch die durch Baustellen zerklüftete Stadtlandschaft Göteborgs schlängelten. Die Landschaft taugt ja gar nichts, dachte er. Was haben mir die ganzen Schwedenfreaks bloß erzählt? Jens seufzte.

„Ich würde vorschlagen", unterbrach Holger die nachdenkliche und etwas gespannte Stille, „wir fahren erstmal raus aus der Stadt. Dann kaufen wir in einem Supermarkt jede Menge Leckerchen für ein Frühstück und suchen uns einen schönen Platz für ein Picknick."

Der Vorschlag wurde mit leisem zustimmenden Murmeln angenommen. Sie fanden einen kleinen Supermarkt in einem langweiligen Vorort, der außer einer Autowerkstatt und einer einfachen Pizzeria nichts weiter zu bieten hatte.

„Ich möchte gerne mit in den Laden", sagte Jens, weil er Einfluss darauf nehmen wollte, was für das Frühstück eingekauft wurde. Er mochte beispielsweise kein Müesli und schon gar kein Obst am Morgen. Elkes Geschmack misstraute er in diesem Zusammenhang: Frustrierte, strenge Lehrerinnen waren ja angeblich häufiger Gesundheitsapostel – und sicher auch Sexmuffel, dachte er boshaft. Holger kam auch mit, denn er sprach als Einziger Schwedisch. Vor allem aber liebte er Supermärkte, und im Ausland fand er sie besonders spannend. Er glaubte, dass ein Supermarkt mehr über ein Volk aussagen konnte als so manches Museum: Vorlieben, Interessen, Lebensschwerpunkte. Was isst und trinkt man? Gibt es ausländische Produkte – und wenn ja: woher? Wie groß ist die Auswahl an Produkten für Kinder oder Haustiere? Und wie sehen die Frauen auf den Titelseiten der Zeitschriften aus? Seine letzte Schwedenreise war schon einige Jahre her, also konnte sich ja manches verändert haben. Das hatte es auch, wie er feststellte, denn das Angebot an ungesüßtem Brot und ungesüßter Wurst war wesentlich größer geworden. Mit Schaudern erinnerte er sich an seine erste Schwedenreise, bei der er unsägliche süßliche Salami auf süßem, merkwürdig gewürztem Brot hatte essen müssen.

Der schwedische Supermarkt war gemütlich. Es gab ein überschaubares Angebot an frischem Obst und Gemüse, eine verhältnismäßig große Molkereiabteilung, unter anderem mit riesigen Käseklötzen. Wie lange braucht man wohl für so ein Riesending, fragte sich Jens kopfschüttelnd.

Auch die Eispackungen in der Gefriertheke waren überdimensional. Eis scheint hier ja ein echter Knüller zu sein, dachte Jens. Noch während er überlegte, ob Schweden vielleicht die größere Eisnation als Italien sein könnte, hörte er Elke seinen Namen rufen.

„Jens, da bist du ja! Holger und ich haben schon alles im Einkaufswagen."

„Entschuldigung! Ich habe mich umgesehen und dabei die Zeit vergessen." Er trat an den Einkaufswagen heran und warf einen Blick auf den Inhalt. Er hatte Elke völlig falsch eingeschätzt – kein Müesli, kein Obst oder sonstiges Zickenfutter. „Sieht gut aus", sagte er und lächelte Elke an, „ihr habt ja an alles gedacht."

„Ja, aber das Wichtigste fehlt noch." Elke ging zu dem Schrank mit den frischen Backwaren. Sie nahm eine der Papiertüten, öffnete die Glastür, holte mit einer Zange, drei Gebäckstücke heraus und legte sie in die raschelnde Tüte. Jens stand hinter ihr und war überrascht von dem intensiven Duft, der ihnen entgegenschlug. Er schnupperte genießerisch. Hmmm, was war das bloß für ein Gewürz? Elke drehte sich zu ihm um. „Duftet herrlich, nicht? Das sind Zimtschnecken."

Nachdem sie Göteborg und seine Vororte endlich hinter sich gelassen hatten, gefiel Jens die Landschaft schon etwas besser. Ausgedehnte Mischwälder – vornehmlich aus Birken und Fichten - lagen links und rechts der Straße, die sich in sanften Bögen durch die Landschaft schlängelte wie ein blassrotes Band mit weißen Streifen. Als kleine Farbtupfer säumten wilde Lupinen den Straßenrand. Dafür, dass es ein ganz normaler Werktag war, waren erstaunlich wenige Autos auf der Straße. Jens dachte mit Unbehagen an seinen täglichen Weg zur Arbeit, der ihn durch viele halbherzig vorangetriebene Baustellen hindurch von Stau zu Stau führte. Das ging ihm zunehmend auf die Nerven, und nicht einmal ein Sekundenflirt mit einer schönen Frau in einem Auto auf der benachbarten Fahrspur konnte seine Laune nachhaltig verbessern. Stattdessen versuchte der Radiomoderater auch noch Witze in seine Staumeldungen zu packen, die natürlich allesamt misslangen. Blödmann, dachte Jens dann, du fährst wahrscheinlich mit dem Fahrrad ins Studio.

Mittlerweile waren sie im eigentlichen Västergötland angekommen. Noch immer säumten Horste von wilden Lupinen den Straßenrand, aber die Landschaft dahinter hatte sich verändert. Dunkelgrüne Wälder, saftige Wiesen und vereinzelte Felder bedeckten sanfte Hügel. Kleine Ortschaften lagen dazwischen, ohne die Schönheit zu stören, und blinzelten freundlich und verschlafen in den sommerlichen Vormittag. Jens, der etwas gelangweilt vor sich hin geträumt hatte, setzte sich aufrecht hin und wurde aufmerksam, als er den ersten See durch die Bäume eines lichten, sonnendurchfluteten Hains hindurch blau aufblitzen sah. Wie im Bilderbuch, dachte er und hielt kurz den Atem an. Auch die anderen beiden hatten den See gesehen.

„Hier gibt es bestimmt ein schönes Plätzchen", sagte Holger und lenkte das Wohnmobil in einen Schotterweg hinein, der bergab in Richtung See führte.

„Das würde ich nicht tun", warf Jens etwas erschrocken ein, „Du kannst doch da nicht einfach hinfahren. Das ist sicher Privatgelände. Sonst hätte es doch bestimmt irgendeinen Wegweiser gegeben."

Holger lächelte milde, sagte aber nichts, sondern fuhr gemächlich über die unebene Schotterpiste.

„So, schon sind wir da!", sagte Holger mit einem winzigen Triumph in der Stimme. Der Weg hatte sie zu einem kleinen Rastplatz geführt. Neben einer Art Unterstand aus grob gezimmerten Holz gab es eine einfache Sitzgruppe – zwei Bänke aus längs halbierten Baumstämmen und ein großer Tisch - sowie eine Feuerstelle mit einem Rost. In einiger Entfernung war ein Gestell mit einem darin eingehängten großen schwarzen Müllsack zu sehen. Ein kleiner geschlängelter Weg führte tiefer in den Wald hinein. „Da geht's sicher zum Plumpsklo", beantwortete Holger die fragenden Blicke der Anderen. Zum See hin fiel das Ufer leicht ab, aber der Einstieg in den See war unbequem und steinig. Ein einfacher, aber stabiler Steg ragte bis an die Stelle in den See hinein, an der der Grund weich und schlickig wurde. Zwei kleine Ruderboote waren am Steg angebunden und schaukelten sanft im Rhythmus der Wellen.

„Na, das ist ja mal ein tolles Plätzchen!" Elke war begeistert.

„Und so einsam", sagte Jens, „Bei uns in Deutschland würden hier schon jede Menge Leute Krach machen."

„Ja, und die Rettungswesten in den Booten und der Grillrost wären sicher schon geklaut worden", sagte Holger., „Aber in Schweden ist sowas hier normal. Du dürftest hier sogar zelten. Einfach so. Ist das nicht toll?"

Jens staunte. Zum ersten Mal erfüllte ihn eine leise Ahnung davon, was dieses Land für viele Menschen so besonders machte.

„Wie soll es jetzt weitergehen?", fragte Holger einige Zeit später und sah Elke über den Rand seines Kaffeebechers hinweg an.

„Also, ich denke, wir fahren am besten nach Mora. Dort hat Susanne bisher gewohnt", antwortete Elke. Und einige Momente später: „Ich weiß nicht, wo ich sonst anfangen soll."

„Also gut", Holger dachte nach, „Wir sind heute am späten Nachmittag in Mora. Wenn du Glück hast, sitzt du heute Abend schon bei Susanne im Wohnzimmer."

„Vielleicht." Elke lächelte, aber sie wusste, dass Holger sie bloß aufmuntern wollte. An einen so schnellen Erfolg glaubte eigentlich niemand von ihnen.

Der Weg nach Mora in Dalarna zog sich etwas in die Länge. Sie sprachen während der Fahrt nicht viel, hörten schwedisches Radio und hingen ihren Gedanken nach.

Sie erreichten Mora mit dem letzten Rest der Nachmittagssonne. Nach der beschaulichen Fahrt über Land erschien ihnen die Betriebsamkeit in der Stadt fast großstädtisch.

„Hier gibt's ja sogar Ampeln. Ich fühl mich fast wieder wie zu Hause", knurrte Jens.

Mora war eine wichtige Stadt für die Region, vor allem aber für den Fremdenverkehr. In einem Reiseführer, den Elke einmal von Susanne geschenkt bekommen hatte, wurde Mora förmlich gefeiert wegen seines lebendigen Brauchtums und seiner wunderschönen Lage am Siljansee. Der See und die ihn umgebenden Orte wurden in dem Reiseführer als das eigentliche Herz Schwedens beschrieben. „Nirgendwo ist Schweden so schwedisch wie am Siljansee", hatte es geheißen. „Das denken die Leute in anderen Gegenden ja wohl auch von sich", war Elkes knapper Kommentar dazu gewesen.

Es war ihr erster Besuch in Schweden gewesen, nachdem Susanne und Björn nach Mora gezogen waren. Björn war mit seinem Studium fertig geworden und hatte eine vielversprechende Stelle bei einer Bank in Mora angeboten bekommen. Susanne war mit ihm nach Mora gezogen und hatte sich damit Elkes Zorn zugezogen. „Ja, bist du denn von allen guten Geistern verlassen? Willst du jetzt hier ohne richtige Ausbildung in der Pampa versauern?", hatte sie geschimpft. Susanne hatte nur mit den Schultern gezuckt. „Ist doch egal, wer von uns beiden mehr Geld verdient. Wir lieben uns, und nur darauf kommt es an." Und dann, mit einem etwas gehässigen Unterton: „Nur weil du so furchtbar vernünftig bist, musst du noch lange nicht immer Recht haben. In Wahrheit gehst du doch am Leben vorbei. Alles immer schön brav und dafür nur lauwarm ... " Elke wäre damals auf der Stelle am liebsten wieder nach Hause gefahren, aber sie hatte durchgehalten und ein, wie sie fand, freundliches Gesicht gemacht. Als sie dann aber mit Susanne und Björn eine kleine Rundfahrt um den Siljansee herum machte, war sie froh, geblieben zu sein. Die kleinen Dörfer mit ihren urigen, einladenden Holzhäusern und ihren Schwedenfahnen in den Gärten schmiegten sich förmlich an die sanften Ufer des großen, glitzernden Sees. Es war kurz nach Mittsommer, und vielerorts standen noch die geschmückten Mittsommerbäume als Erinnerung an das fröhliche Fest, mit dem ein naturverbundenes, lebensfrohes Volk den Sommer feiert. Elke kaufte damals in einer kleinen Holzpferdchenfabrik eines der roten, handbemalten Dalarnapferdchen. Susanne schenkte ihr noch ein zweites dazu. „Ist doch nicht gut, wenn man alleine ist – auch nicht als Holzpferd." Ach, Susanne. Elke schluckte.

Nachdem sie sich auf dem Campingplatz in Mora angemeldet und häuslich eingerichtet hatten, machte Elke sich auf den Weg. Susanne und Björn wohnten, wie Elke sich erinnerte, in einer hübschen Siedlung unweit des Stadtzentrums. Von ihrem Balkon aus hatten sie einen schönen Blick auf den See. Insbesondere im Sommer, wenn die flanierenden Sommergäste auf der Uferpromenade und die vielen kleinen oder auch größeren Boote für Flair sorgten, war der schöne Balkon der perfekte Ort. Susanne hatte sich viel Mühe mit der Bepflanzung der Blumenkästen gegeben, und zusammen mit einigen einzelnen Kräutertöpfen und dem Korbmobiliar hatte der Balkon fast südländisch gewirkt. Mit verschwörerischem Lächeln hatte Susanne Elke angedeutet, dass der Balkon tatsächlich über magische Kräfte in lauen Sommernächten verfügte. Elke hatte das gar nicht wissen wollen.

Und nun stand sie vor der Tür des hellgrauen Holzhauses mit den weiß gestrichenen Balkongeländern. Nur noch ein paar Augenblicke, dann waren ihre Sorgen um Susanne vielleicht schon verflogen. Ihr Herz schlug bis zum Hals, als sie das Klingelbrett des Mehrfamilienhauses nach dem richtigen Klingelknopf durchsuchte.

Hedin...Olofsson...Ericsson...Heglund. Hm. Elke ging noch einmal an den Namen entlang und folgte ihrer Leserichtung mit dem ausgestreckten rechten Zeigefinger. Das konnte doch nicht sein. Nochmal, diesmal in anderer Richtung: Heglund...Ericsson...Olofsson...Hedin. Kein Johannsson, kein Sperling. Einfach nichts. Also war es kein Fehler der Post, dass ihr Brief Susanne nicht erreichen konnte. Aber warum wohnte sie denn nicht mehr hier? Panik breitete sich aus. Elke wurde schwindelig, kleine Pünktchen tanzten vor ihren Augen. Sie setzte sich auf die Stufe vor dem Hauseingang - unfähig, einen klaren Gedanken zu fassen. Als sich ihr Atem und ihr Herzschlag nach einiger Zeit beruhigt hatten, als würden sie den Schock verdrängen und ihn damit einfach ungeschehen machen, begann ihr Gehirn auf Hochtouren zu arbeiten. Sie musste einen klaren Kopf bewahren. Sie war doch sonst immer so kühl und vernünftig. Sie durfte jetzt nicht die Nerven verlieren. Sie war doch vernünftig. Sie musste einen klaren Kopf bewahren. Unbedingt. Einen klaren Kopf bewahren. Vernünftig sein. Bloß nicht die Nerven verlieren. Einen klaren Kopf bewahren. Unbedingt ...

Jens und Holger waren gerade dabei, den Grill anzufachen, als sie Elke am Eingang des Campingplatzes auftauchen sahen. Ihre anfängliche Erleichterung über ihre schnelle Rückkehr - „Na, das hat sich ja wohl alles schnell geklärt, und jetzt werden wir auch auf ein Tässchen Bier eingeladen!" - war schnell dahin, als Elke sich ihnen näherte. Holger stand mit sorgenvollem Gesicht auf und eilte ihr entgegen. Er hatte sie kaum erreicht, als sie ihm in die Arme fiel und ihr Gesicht an seiner Schulter vergrub.

Es war ein sommerlicher Samstagvormittag mit seinen typischen Aktivitäten: Kinder spielten in den gepflegten, erst vor kurzem angelegten Gärten der neuen Einfamilienhäuser, Autotüren und Kofferraumklappen verkündeten den Aufbruch zu einem Einkaufsbummel oder waren der Auftakt zu einer Besuchsfahrt zur Großmutter auf dem Land. Vereinzelte Rasenmäher brummten wie dicke Hummeln in den Gärten, und hier und da hörte man Stimmen oder Gelächter. Die Innenstadt von Mora war nur eine Viertelstunde mit dem Auto entfernt, aber hier spürte man nicht viel davon. Es war dörflich und idyllisch. Pippi Langstrumpf und ihre kleine, kleine Stadt lassen grüßen, dachte Elke.

Als sie das Straßenschild sah, nach dem sie schon eine ganze Weile gesucht hatten, wurden ihre Knie weich. In den letzten zwei Tagen habe ich mehr Nerven gelassen als im gesamten letzten Schuljahr, dachte sie. Verflucht, hoffentlich komme ich jetzt hier weiter. Wo ist eigentlich Holger? Sie drehte sich unauffällig um. Er hatte sich auf einer Bank neben einer Bushaltestelle niedergelassen. Seinen neuen Hut hatte er Gott sei Dank zu Hause gelassen. „Du willst dich doch nicht etwa mit deinem albernen Touristenhütchen an meine Fersen heften. Auffälliger geht es ja wohl nicht!", hatte sie entsetzt ausgerufen, als Holger mit dem gelbblauen Hut aus dem Wohnmobil gestiegen war. „Schon gut, Chefin", hatte Holger geknurrt und ihn Jens aufgesetzt, der Stallwache hatte, wie er es nannte, und vor dem Wohnmobil auf einem der etwas fadenscheinigen stoffbespannten Klappstühle saß und Kaffee trank. „Tut mir Leid, Holger. Ich wollte nicht unfreundlich sein, aber meine Nerven liegen ganz schön blank." Elke sah ihn von der Seite an. Es ist wirklich ein Glück, dass er mitgefahren ist. Ohne ihn hätte ich gestern schon aufgegeben, dachte sie. Als sie völlig fertig wieder am Campingplatz angekommen war, nachdem sie Susanne vergeblich an ihrer alten Wohnung gesucht hatte, war es Holger gewesen, der sie wieder auf die Beine gestellt hatte. Zuerst hatte er sich in Ruhe angehört, was passiert war, und dann hatte er erstmal eine Flasche Schnaps aus seinem Getränkearsenal hervorgekramt. Er hatte drei Gläser eingeschenkt und die Stirn in nachdenkliche Falten gelegt. „Hm, das ist eigentlich nicht unbedingt eine schlechte Nachricht." Und, nach einem verständnislosen Blick von den Anderen: „Vielleicht hat es ja nur mit der Postnachsendung nicht geklappt, und Susanne ist in Wirklichkeit gar nicht verschwunden."

„Ich weiß nicht. Sie hat sich schon auffällig rar gemacht. Normalerweise wäre sie sicher zu Papas Geburtstag gekommen. Also, mir gefällt das alles gar nicht."

„Tja, dann haben wir jetzt zwei Möglichkeiten: Entweder wir forschen noch ein bisschen nach und kommen vielleicht hinter ihre Adresse – oder wir beißen in den sauren Apfel und gehen mit der ganzen Geschichte zur Polizei."

„Polizei?", riefen Elke und Jens wie aus einem Mund. Es war das erste Mal, dass jemand von ihnen diese Möglichkeit ernsthaft ansprach. Mit einem Schlag wurde ihnen bewusst, wie ernst die Lage möglicherweise sein konnte. Polizei. Vor Elkes geistigem Auge tauchte eine Polizeiwache mit gelangweilten Beamten auf, die mit quälender Langsamkeit die Vermisstenanzeige aufnahmen, sie halbherzig beruhigten und die Polizeimaschinerie langsam in Gang brachten. Elke stellte sich vor, wie man ihr Stapel von Fotos ermordeter Frauen zur möglichen Identifikation geben würde, oder – und der Gedanke war noch schrecklicher - sie sah sich in irgendeiner Pathologie stehen, um ihre tote und geschundene Schwester identifizieren zu müssen. Das wäre deshalb noch schrecklicher, weil es bedeuten würde, dass sie Susanne vielleicht hätte retten können, wenn sie sich früher auf die Suche nach ihr gemacht hätte. Elke war ganz schlecht geworden vor Angst.

„Ich finde, wir sollten einfach nochmal die alten Nachbarn befragen. Da weiß doch sicher jemand etwas", hatte Holger mit ruhiger Stimme in die entsetzte, atemlose Stille hinein gesagt.

Am Morgen waren Elke und Holger dann noch einmal zu Susannes alter Wohnung gegangen. Sie standen noch etwas unschlüssig vor dem Haus, weil sie nicht wussten, ob sie es wagen sollten, einfach irgendwo anzuklingeln, als ein älteres Ehepaar aus dem Haus kam. Noch ehe Elke reagierte, hatte Holger sie bereits auf Schwedisch angesprochen. Elke blieb ein wenig hinter ihm zurück und beschränkte sich aufs Zuhören. Sie verstand nicht viel, aber sie bemerkte, dass sich die zuerst etwas gespannten und misstrauischen Mienen der Schweden im Laufe des Gespräches etwas entspannten. Am liebsten hätte Elke Holger in die Rippen gestoßen, um zu erfahren, worüber sie sprachen, aber ihr war klar, dass sie das auf keinen Fall machen durfte. Also hielt sie den Mund und bemühte sich um einen freundlich-entspannten Gesichtsausdruck. Wenn sie doch bloß ein bisschen geduldiger wäre. Als die Schweden nach Ende des Gespräches in Richtung Parkplatz gingen, wartete Elke nur eine Höflichkeitssekunde, bis sie ungeduldig ausrief: „Und? Nun sag schon!" „Tja", Holger kratzte sich am Kopf, „irgendwie ist das komisch. An Björn können die Leute sich erinnern, er wohnt jetzt in einem hellblauen Haus auf dem Vasavägen. Das ist ein kleines Stückchen stadtauswärts. Aber an Susanne können sie sich komischerweise nicht erinnern." Zum ersten Mal sah Holger ernsthaft besorgt aus.

Elke war völlig perplex und sah dem Ehepaar nach, das fast an seinem Auto angelangt war. Sie diskutierten lebhaft miteinander. Als sie bemerkten, dass Elke zu ihnen hinübersah, verstummten sie, nickten ihr kurz zu und stiegen in ihr Auto ein.

Mit zügigen Schritten waren Elke und Holger stadtauswärts in den kleinen Vorort gewandert. Sie hatten nicht erst das Auto holen wollen und es auch zu aufwändig gefunden, für die paar Kilometer ein Taxi zu rufen. Außerdem wirkte die Bewegung etwas beruhigend.

„Holger, ich möchte da aber am liebsten allein hingehen.", sagte Elke etwas atemlos, als die ersten Häuser der Siedlung vor ihnen auftauchten.

„Okay, aber ich bleibe in der Nähe. Und wenn du nach einer Stunde nicht wieder draußen bist, schelle ich da an."

„Meine Güte, Holger, wir sind doch nicht in einem amerikanischen Thriller. Er wird schon nicht mit einem Messer auf mich warten."

Holger zuckte nur mit den Schultern.

Elke ging vor und stand nun vor dem blauen Haus im Vasavägen. Hier wohnte also Susanne – oder vielleicht nicht? Elke sah sich den Vorgarten und die Fassade des Hauses genauer an. Sie stutzte. Vor der kleinen Treppe, die zur Haustür führte, stand ein roter Kinderwagen. Na, vielleicht hat sie gerade ein Kind zu Besuch. Aber dann fiel ihr Blick auf eines der Fenster: kurze Gardinen mit kleinen Bärchen und ein dazu passendes Mobile aus Holz. Elke öffnete das Gartentörchen und ging langsam zur Haustür. Hatte sie sich vielleicht im Haus geirrt? Schwer vorstellbar, denn es gab nur ein einziges blaues Haus in der Straße. Nur noch ein paar Schritte bis zum Namensschild. Elke holte tief Luft, bevor sie sich leicht vorbeugte, um es besser lesen zu können.

„Johansson" stand da auf einem Holzschild. Johansson, Johansson, Johansson ... Elke wurde ganz schwindelig.

Ich muss da jetzt durch, dachte sie und nahm ihren Mut zusammen. Die Tür öffnete sich, kaum dass sie die Klingel betätigt hatte, und eine blonde junge Frau in Jeans und einer blau-weiß-gestreiften Bluse öffnete. Elkes Blick fiel in eine gemütliche holzgetäfelte, aber etwas unaufgeräumte Diele. Die Frau sah Elke fragend an und sagte etwas auf Schwedisch. Elke begrüßte sie auf Schwedisch, wechselte dann aber zu Englisch, und fragte nach Björn. Das ist bestimmt alles ein Irrtum, irgendeine dumme Verwechslung. Doch dann drehte sich die Frau um und rief ihn. Selbst in diesem Moment wollte Elke – völlig wider ihren Verstand - noch an einen Irrtum glauben, aber dann kam Björn. Groß, schlank, blond, blauäugig. Sie erkannte ihn sofort.

„Hallo Björn."

Ein fragender Blick. „Elke?"

Die junge Frau sah von einem zum Anderen, Unsicherheit und leichte Besorgnis im Blick.

„Björn, ich ... also, ich suche Susanne." Meine Güte, wie holprig. Das versteht doch kein Mensch, ging es ihr durch den Kopf.

„Komm erstmal rein. Möchtest du Kaffee?"

Elke nickte. Kaffee, dass Allheilmittel in unangenehmen Situation. Kaffee schuf Nähe, Sicherheit, förderte die Konzentration und verschaffte einem etwas Zeit zum Nachdenken. Man konnte langsam in der Tasse rühren, bevor man etwas sagte, und damit peinliche Gesprächspausen kaschieren.

Björn führte Elke ins Wohnzimmer, und kurze Zeit später brachte ihnen die junge Frau ein Tablett mit Tassen, einer Kanne Kaffee, dazu Zucker und Milch sowie eine Schale mit kleinen Zimtschnecken.

„Tack, Elin." Björn lächelte der Frau liebevoll zu. Sie erwiderte sein Lächeln, nickte Elke höflich zu und zog die Tür hinter sich ins Schloss.

„Ich nehme an, dass Susanne nicht hier ist.", sagte Elke nach einer gefühlten Ewigkeit.

„Natürlich nicht", antworte Björn leichthin und stutzte dann. Plötzlich leuchtete in seinem Gesicht Begreifen auf. „Sag mal, du bist wohl gar nicht auf dem Laufenden, oder?"

Elke schüttelte langsam den Kopf und sah ihn an.

„Du lieber Gott!" Björn war ehrlich entsetzt. „Hat Susanne euch allen nichts gesagt?"

Elke schüttelte wortlos den Kopf.

Björn wurde blass. Zum ersten Mal bemerkte Elke die Fältchen in seinen Augenwinkeln und die ersten Silberfäden in seinem dichten blonden Haar.

„Susanne hat euch wirklich nicht gesagt, dass wir uns getrennt haben?"

Elke, die gerade ihre Tasse zum Mund geführt hatte, setzte sie mit einer schnellen, fast hastigen Bewegung wieder auf dem Tisch ab, ohne einen Schluck genommen zu haben.

„Was sagst du da?"

Björn sah sie an. „Es hat einfach nicht funktioniert." Er zuckte mit den Schultern, während er seine Tasse mit beiden Händen festhielt. „Sie hat einfach zu viel von mir verlangt. Es ging mir von Anfang an eigentlich alles viel zu schnell, aber ich habe mich mitziehen lassen. Sie ist wirklich bezaubernd, und es fiel mir nicht schwer, mich von ihr mitreißen zu lassen. Aber dann, nach einiger Zeit...Sie hat meine ungeteilte Aufmerksamkeit verlangt, ich war ihre ganze Welt. Sie hatte keine eigenen Freunde, keine Familie in der Nähe – ich war ihr Ein und Alles." Er seufzte.

Elke sagte nichts.

„Na ja", sagte Björn und sah ihr in die Augen, „irgendwann hatte ich dann das Gefühl, dass sie mich förmlich erstickte mit ihrer Liebe. Aber es hat ein wenig gedauert, bis ich verstanden habe, dass es das mit Susanne und mir einfach nicht war. Nicht für das ganze Leben, weißt du?"

Elke schluckte. Wie musste sich Susanne nur gefühlt haben? Und warum hatte sie ihrer Familie nichts von der Trennung erzählt? Na gut, dachte Elke, vielleicht ist das alles ja noch ziemlich frisch, und sie muss sich erst noch fangen. Das passt aber nicht zu dem Häuschen mit Kinderzimmer und Kinderwagen vor der Tür, überlegte sie.

„Sag mal, wie lange ist das denn jetzt her?", fragte sie schließlich langsam.

„Also, wir haben uns kurz nach unserem letzten Weihnachtsbesuch bei euch getrennt", antwortete Björn, „Aber nicht, dass du jetzt was Falsches denkst: Elin habe ich erst nach ein paar Monaten kennen gelernt."

„Ich bin nicht als Moralapostel hier, ich suche Susanne. Sie hat den Kontakt zu uns praktisch abgebrochen und ist nirgendwo zu erreichen. Sie ist wie vom Erdboden verschluckt."

Björn sah sie ernst an. „Ich glaube, ich kann dir da nicht helfen. Wir haben gar keinen Kontakt mehr."

Elke versuchte sich an den letzten gemeinsamen Besuch von Susanne und Björn zu erinnern. Er lag tatsächlich schon ziemlich lange zurück. Das Bild tauchte vor ihr auf, wie sie alle bei ihren Eltern um die festlich gedeckte Weihnachtstafel saßen: ihre Eltern, Susanne und Björn, sie und Martin. Meine Güte, Martin... Wie sehr hatte sich doch alles verändert. Nach dem Dessert am zweiten Weihnachtsfeiertag war die Stimmung am Tisch irgendwie angespannt, daran konnte sie sich noch gut erinnern. Wahrscheinlich hatte man auf die Verlobung unterm Weihnachtsbaum gehofft – aber bislang war nichts geschehen. Da fragte ihre Mutter vorsichtig: „Und, ihr beiden Schweden – was habt ihr denn so für Pläne in der nächsten Zeit?" Das war für Anneliese Sperlings Verhältnisse schon ziemlich direkt. Susanne strahlte Björn an. „Was meinst du denn, Björn?", aber der lächelte etwas verlegen und erzählte, dass er möglicherweise bald eine Abteilungsleiterposition in seiner Bank bekommen könnte.

Erst jetzt begriff Elke die Tragweite der Situation.

„Wie hast du dich eigentlich gefühlt, wenn ihr in Deutschland wart?"

Er sah ihr ins Gesicht, etwas Überraschung über die Frage im Blick. Er zögerte etwas mit der Antwort.

„Ich habe mich gefühlt wie ein elender Betrüger. Aber was hätte ich denn tun sollen – zu Weihnachten ... oder zu Ostern ... oder zu irgendeinem Familienfest ... "

Elke musterte Björn wortlos mit finsterem Blick.

„Kennst du jemanden, mit dem sie vielleicht noch Kontakt hat? Ich muss sie unbedingt finden und sehen, was mit ihr ist. Wir sind alle in größter Sorge."

„Das kann ich verstehen." Björn nickte und dachte einen Moment lang nach. „Ich glaube, ich habe da eine Idee. Susanne kennt die Leute im Touristenbüro. Kann sein, dass sie da immer noch arbeitet. Ich weiß es nicht. Nach unserer Trennung bin ich ihr lieber aus dem Weg gegangen..."

Du bist schon ein echter Held, dachte Elke grimmig.

Sie hörte im Nebenzimmer ein Baby weinen und kurz danach die sanfte Stimme seiner Mutter und die Melodie einer Spieluhr. Ich störe hier nur, dachte sie, trank ihren Kaffee aus und stellte die Tasse wieder auf das Tablett.

„Tja, Björn, entschuldige, dass ich dich so überfallen habe. Ich hatte ja keine Ahnung ... "

„Kein Problem. Ich konnte dir ja leider nicht helfen."

Björn sah sie bekümmert an. „Ich wünsche mir oft, dass alles anders gekommen wäre, aber ... " Er zuckte etwas hilflos mit den Schultern.

Was will er jetzt von mir, dachte Elke, etwa eine Art Absolution? Herrgott nochmal, was für ein Waschlappen der Kerl doch war. „Ach, Björn, lass mal gut sein. Jetzt kann man sowieso nichts mehr ändern", war noch das Netteste, was ihr in diesem Moment über die Lippen kommen konnte. Am liebsten hätte sie ihm eine runtergehauen – wohl wissend, dass das weder angebracht noch gerechtfertigt gewesen wäre. Immerhin hatte Susanne ihn wohl auch mächtig unter Druck gesetzt: Er war Liebhaber, Freund, Familie und Heimat in einer fremden Welt für sie gewesen – und wer hält das schon auf Dauer aus?

„Dass du Susannes Gefühle nicht erwidern konntest, war kein Verbrechen, Björn, aber dass du ihr so lange etwas vorgemacht hast."

„Sie hat mich oft auch einfach nicht verstehen wollen", verteidigte sich Björn. Dann lächelte er zaghaft. „Susanne lebte immer in ihren Träumen."

Du kennst sie ja doch, dachte Elke und lächelte ungewollt zurück.

Er begleitete sie zur Tür. Auf ihrem Weg durch die Diele kam ihnen Elin mit dem Baby auf dem Arm entgegen. Sie hatte sich ein dünnes weißes Stofftuch als Schutz für ihre Kleidung über die Schulter gelegt. Das Baby war erst ein paar Monate alt und schmiegte sich an die Schulter seiner Mutter.

„Und hier ist Louise. Ist sie nicht süß?" Björns Augen strahlten, und sein Lächeln war warm. Elke sah ihn aufmerksam an. Du kannst wirklich hinreißend sein, dachte sie widerwillig.

Elke fühlte Tränen aufsteigen. Das hier war also sein Leben – und nicht Susanne. Sie war nur noch ein Kapitel in seiner Vergangenheit, woran sich zu erinnern ihn eher belastete als beglückte. Sie hatte sich ohne Netz und doppelten Boden in die Beziehung gestürzt und war dann ziemlich unsanft auf der Erde gelandet. Arme Susanne, dachte Elke. Arme Susanne? Sie stutzte. Noch vor kurzer Zeit hätte sie Susanne überhaupt nicht bedauert, sondern ihr etwas von einer blauen Nase und Realitätsverlust erzählt – und das mit einem Ich-hab's-dir-ja-immer-schon-gesagt-Gesichtsausdruck. Macht wahrscheinlich der ganze Stress, dass ich auf einmal so seltsam bin, dachte sie.

Elkes Abschied war kurz und kostete sie dennoch ihre ganze Kraft. Jetzt bloß nicht heulen und ihm keine Gefühle zeigen. Dem nicht.

„Ja dann ... Auf Wiedersehen."

Sie hatte das Haus fast verlassen, als Björn sie kurz zurückrief. „Melde dich, wenn ich dir helfen kann", sagte er und gab ihr eine Visitenkarte: dezentes Hellblau, edler Druck, ganz der gepflegte Bankangestellte. Elke steckte die Karte nachlässig in ihre Hosentasche, drehte sich um und beschleunigte ihren Schritt. Bloß weg hier.

Sie war erleichtert, als sie Holger noch immer an der Bushaltestelle sitzen sah.

Kapitel 9

In der Touristeninformation in Mora war momentan nicht viel los. Gott sei Dank, dachte Elke, Zuschauer kann ich hier nicht gebrauchen. Deshalb hatte sie auch Jens und Holger nicht dabei haben wollen. Diesmal fanden sie es auch nicht weiter gefährlich, dass Elke allein Nachforschungen anstellen wollte. „Wir bleiben hier und warten auf dich.", hatte Jens gesagt, als sie sich auf den Weg zur Touristeninformation gemacht hatte. Dabei war sein Blick öfters zu den hübschen jungen Frauen gewandert, die ihr Zelt direkt neben ihrem Wohnmobil aufgebaut hatten. Eine von ihnen kehrte ihnen gerade den Rücken zu und war damit beschäftigt, sich mit Sonnencreme einzureiben. Sie trug einen knappen Bikini, und als sie sich vornüberbeugte, um ihre Unterschenkel einzucremen, konnte sich Jens nicht mehr auf das Gespräch mit Elke konzentrieren. Ihr ohnehin knappes Bikinihöschen verbarg – bedingt durch die Bewegung – so gut wie gar nichts mehr. Jens' Gedanken fuhren Karussell. Männer, dachte Elke, die seinem Blick gefolgt war, spöttisch und ging. Hier werde ich heute bestimmt nicht mehr vermisst.

Einige Zeit später betrat sie das ansprechend gestaltete Touristeninformationsbüro – eine Mischung aus Reisebüro und Souvenirshop. Im Eingangsbereich fanden sich Postkarten, Kunsthandwerk, Wanderkarten und alle möglichen Broschüren. Hinter einer Beratungstheke aus dunklem Holz standen mehrere Schreibtische und Regale, in denen Ordner in vielen Farben mehr oder weniger unordentlich untergebracht waren.

Eine etwas mollige Frau in mittleren Jahren trat auf Elke zu.

„Hej." Ein freundliches Lächeln.

„Hej. Sprechen Sie Deutsch?"

„Aber ja. Was kann ich für Sie tun?"

„Mein Name ist Elke Sperling. Ich würde gerne meine Schwester Susanne besuchen. Sie arbeitet doch hier, oder?"

Das war ein bisschen forsch, aber Elke wollte nicht mit der ganzen komplizierten Geschichte anfangen und Susanne, falls sie dort wirklich arbeitete, in Verlegenheit bringen.

Das Lächeln im Gesicht der Dame erstarb. Sie rückte ihre modische Brille zurecht.

„Oh", sie klang etwas verwirrt, „Susanne arbeitet doch schon lange nicht mehr hier. Wissen Sie das denn nicht? Sie sind doch Schwestern." Der letzte Satz klang etwas vorwurfsvoll.

Ich kann deine Gedanken lesen, dachte Elke. Du hältst mich für eine Rabenschwester, die sich nicht gekümmert hat und dann plötzlich hier hereinschneit. So ganz Unrecht hast du ja auch gar nicht.

Die klaren blauen Augen der Dame vom Touristenbüro ruhten auf ihr. Elke beschloss, einfach die Wahrheit zu sagen.

„Also, ich bin vor ein paar Tagen aus Deutschland gekommen, weil wir uns zu Hause Sorgen um Susanne machen. Sie hat sich seit einer Ewigkeit nicht mehr bei uns blicken lassen. Gelegentlich lässt sie von sich hören, aber das wird immer seltener. Und seitdem wir festgestellt haben, dass wir sie nicht mehr telefonisch erreichen können und nicht einmal mehr eine gültige Adresse von ihr haben, haben wir gar keine ruhige Minute mehr."

Schweigen auf der anderen Seite der Theke. Elke wurde unsicher. Hatte sie jetzt etwas falsch gemacht?

„Kommen Sie doch einfach mit. Wir haben nebenan einen kleinen Pausenraum, da können wir in Ruhe miteinander reden."

Sie rief einen jungen Mann herbei und besprach mit ihm etwas auf Schwedisch. Dann nickte sie Elke aufmunternd zu und zeigte ihr mit einer Handbewegung, dass sie ihr folgen sollte.

Sie waren allein in dem kleinen, ziemlich nüchtern möblierten Pausenraum. Hier sieht es aus wie in der Teeküche eines Krankenhauses, dachte Elke.

„Möchten Sie Kaffee?"

„Ja, vielen Dank." Eigentlich hatte Elke gar keinen Appetit auf Kaffee. Ihr Magen rumorte sowieso ein wenig in der letzten Zeit, und der schwedische Kaffee war nicht gerade Balsam für empfindliche Magennerven, aber sie wollte nicht unhöflich sein.

„Also, ich bin Pernilla und habe einige Jahre mit deiner Schwester – ich darf doch du sagen, oder? Also, ich habe mit Susanne hier gearbeitet."

Elke sah sie aufmunternd an. „Ich würde gerne ein bisschen was über Susanne erfahren. Mir ist sie im Laufe der Zeit ziemlich fremd geworden, fürchte ich. Vor allem aber möchte ich wissen, wo sie steckt."

Das eben war nicht ganz richtig, dachte sie sofort: Mir wird erst jetzt klar, wie fremd wir uns eigentlich immer waren. Und daran trägst du eine ganze Menge Schuld, flüsterte ihr eine boshafte kleine Stimme ins Ohr.

„Tja", Pernilla dachte nach und rührte in ihrem Kaffee, „Als sie zu uns kam und ihre Arbeitskraft hier anbot, war sie gerade mit ihrem Freund nach Mora gezogen. Sie war hübsch und sehr freundlich. Ihr Schwedisch war schon wirklich gut, und wir haben nicht lange gezögert, sie für zwanzig Stunden in der Woche hier einzustellen. Ich weiß, dass ich sie damals gefragt habe, ob denn der Verdienst genug für sie wäre, aber sie hat mich nur angelächelt und gesagt, dass ihr Freund genug für beide verdienen würde. Ich habe mich etwas darüber gewundert, denn insbesondere die jungen schwedischen Frauen sind ganz gerne unabhängig. Ich fand ihre Einstellung damals etwas seltsam, habe aber nicht weiter darüber nachgedacht. Sie wirkte sehr glücklich und sog alles Schwedische auf wie ein Schwamm." Sie lachte. „Am Anfang ging es so weit, dass sie beinahe giftig wurde, wenn man mal etwas Deutsches besser fand als etwas Schwedisches."

„Ich nehme an, dass es sich dann aber irgendwann geändert hat, oder?"

Pernilla wurde ernst.

„Ja, das stimmt. Sie wurde ernster und ein bisschen stiller.

Auch ihre Begeisterung für Schweden legte sich auffällig."

„Kannst du sagen, wann das anfing?"

Pernilla überlegte. „Den genauen Zeitpunkt weiß ich nicht mehr, aber es gab da so eine kleine Begebenheit. Wir unterhielten uns über typische Weihnachtsgerichte, und jemand von uns – ich glaube, es war Marianne – fragte Susanne etwas ungläubig, ob es denn wahr sei, dass man in Deutschland zu Weihnachten tatsächlich Kartoffelsalat mit Würstchen esse. Das sei doch wohl kein feierliches Essen. Darauf reagierte Susanne ungewohnt heftig. Sie rief:'Klar, dass ihr das hier nicht verstehen könnt, denn eure Würstchen hier sind ja wohl grausig!' Dann ging sie und knallte die Tür. Wir waren alle ziemlich überrascht."

Elke lächelte leise, denn sie ahnte, woher Susannes Reaktion rührte. Kartoffelsalat und die guten Wiener Würstchen aus der Metzgerei Sengmüller waren, seit sie und Susanne denken konnten, das Heiligabendessen im Hause Sperling. Ihre Mutter hatte den leckeren selbstgemachten Kartoffelsalat immer hübsch mit Tomate, Gurke und Ei garniert und den Tisch mit dem besten Geschirr gedeckt. Und es hatte drei verschiedene Sorten Senf gegeben: extrascharfen, mittelscharfen und den süßlichen bayrischen. Den hatte Susanne immer ganz besonders geliebt. Von wegen nicht feierlich, dachte Elke, die spinnen doch. Sie hätte kein bisschen anders reagiert als Susanne, stellte sie mit einer Spur von Erstaunen fest.

„Wir sind dann etwas vorsichtiger mit ihr geworden.", fuhr Pernilla fort, „Aber irgendwie zog sie sich immer weiter von uns zurück. Am Ende hatte dann eigentlich nur noch Per engeren Kontakt zu ihr."

„Wieso sagst du: am Ende?" Elke hatte aufmerksam zugehört.

„Na, bevor sie dann Knall auf Fall gekündigt hat. Sie wollte weg aus Mora.", Pernilla zuckte mit den Schultern, „Ich war damals ziemlich sicher, dass da irgendwas Privates hintersteckte – mit dem Freund, zum Beispiel."

„Wann war das denn?"

Pernilla dachte kurz nach. „Vor einem guten halben Jahr vielleicht."

Du lieber Gott, durchfuhr es Elke, jetzt habe ich ja gar keinen Ansatzpunkt mehr. Hier verliert sich Susannes Spur. Herrje ... Sie war völlig ratlos. Susanne hat jahrelang Verstecken gespielt, immer neue Ausflüchte erfunden, warum sie nicht nach Deutschland kommen konnte. Sie hatte sogar Weihnachtsgeschenke geschickt. Rückblickend fiel Elke ein, dass Susanne immer „vom Christkind" anstelle eines Absenders geschrieben hatte. Sie hatten das alle für einen kleinen Scherz gehalten – nun aber wusste Elke, dass es schlicht und einfach ein Mittel gewesen war, um die Spur zu verwischen. Aber warum, Susanne? Wir hätten dich doch alle mit offenen Armen wieder in Deutschland empfangen. Wirklich, säuselte die kleine boshafte Stimme in ihr, du auch?

Pernilla sah sie aufmerksam und mitfühlend an. „Vielleicht solltest du mal mit Per sprechen. Es kann ja sein, dass er etwas weiß."

Elke nickte nur. Sie war den Tränen nahe. Pernilla verließ den Raum und kam einige Zeit später mit einem Mann wieder zurück. Sie nickte den Beiden freundlich zu, wandte sich um und zog die Tür leise hinter sich zu.

„Hej, ich bin Per. Per Jensen. Pernilla hat mir alles erzählt."

Elke sah ihn aufmerksam an. Sie hatte sich keine Gedanken darüber gemacht, wie der Mann, mit dem Susanne ein besonders freundschaftliches Verhältnis gehabt hatte, wohl aussehen würde. Sie war aber sicher, dass sie ihn sich ganz anders vorgestellt hätte. Per Jensen war etwa in Susannes Alter, vielleicht sogar ein wenig jünger. Er war mittelblond und trug eine markante dunkle Hornbrille, die sein etwas rundliches Gesicht womöglich männlicher wirken lassen sollte. Er war recht beleibt, so dass seine hochwertige und geschmackvoll zusammengestellte Kleidung nicht wirklich zur Geltung kam. Wahrscheinlich war er glühend in Susanne verliebt, ging es Elke durch den Kopf.

Sie lächelte Per zu.

„Hej. Es ist schön, dass Sie sich etwas Zeit für mich nehmen. Danke."

„Das ist doch klar", sagte er mit einer überraschend tiefen Stimme, „aber du kannst ruhig Du sagen. Wir Skandinavier nehmen das nicht so genau." Er lachte. „Auch wenn ich in den Augen der Schweden gar kein richtiger Skandinavier bin. Ich bin nämlich Däne."

Elke lächelte höflich, kam dann aber sofort zur Sache.

„Also, Per, Pernilla hat mir erzählt, dass du dich immer gut mit Susanne verstanden hast. Hast du noch Kontakt zu ihr?"

„Leider nicht." Er sah sie mit ehrlichem Bedauern im Blick an. „Ich finde das sehr schade, aber nachdem sie damals ins Fjäll gezogen ist, habe ich nur noch einmal eine Ansichtskarte bekommen."

„Moment mal – wohin ist sie gezogen?" Elke kannte diesen Ort Fjäll nicht.

„Na, ins Fjäll, ins Gebirge. Fjäll ist das schwedische Wort für Gebirge. Also, Susanne ist nach Sälen gegangen. Das ist ein Wintersportort im Fjäll." Er zuckte mit den Schultern und sah Elke an. „Zumindest habe ich ihre Ansichtskarte aus Sälen bekommen."

„Hm. Kannte sie dort jemanden?"

„Nicht dass ich wüsste."

„Ja, aber was macht sie denn da?" Elke sah Per irritiert an, auf ihrer Stirn erschien die kleine steile Falte.

„Ich weiß nicht. Ehrlich gesagt war ich damals auch enttäuscht darüber, dass sie gar nichts mehr mit mir zu tun haben wollte", sagte er und sah etwas beleidigt aus, auch nach der langen Zeit noch. Du warst wohl wirklich verknallt, dachte Elke.

Per wirkte so, als hätte er noch etwas auf dem Herzen.

„Was ist, Per?" Elke sah ihn aufmerksam an.

„Ich habe Susanne sehr vermisst, sie war wichtig für mich."

Ach du liebe Zeit, so ein verhinderter Romeo hat mir jetzt auch gerade noch gefehlt, dachte Elke.

„Weißt du", fuhr Per fort, „Mein Freund und ich haben sie von Anfang an sehr gemocht."

Elke war perplex. Also doch kein Romeo. Und außerdem lag Björn falsch, was ihre angeblich fehlenden eigenen Freunde betraf. Zumindest Per und sein Freund waren mit ihr befreundet gewesen. Ein tröstlicher Gedanke, fand Elke.

„Hast du denn irgendeine Idee, wo sie stecken könnte?"

Elke sah Per hilfesuchend an.

„Leider nicht", antwortete er mit Bedauern. Aber dann leuchtete sein Blick auf einmal auf, als sei ihm etwas eingefallen. „Vielleicht ja doch.", sagte er dann mit Eifer in der Stimme, „Auf der Karte stand irgendwas von einem Restaurant in Sälen oder so ... also, dass sie da einen Job hatte."

Elkes Herz schlug schneller.

„Ehrlich? Das wäre ja eine Spur, eine Möglichkeit!"

„Wenn ich du wäre, würde ich im Fjäll nach ihr suchen.", sagte Per und fügte lächelnd hinzu: „Da ist es auch sehr schön – fast wie am Siljansee."

Elke lachte. „Mal sehen. Ich danke dir jedenfalls für deine Hilfe. Bringst du mich noch zur Tür?"

Im Hinausgehen winkte sie Pernilla diskret zu, die gerade ein älteres Ehepaar in Trekkingkleidung mit Wanderkarten versorgte.

„Ja, dann mal alles Gute – und grüß Susanne von mir!"

Per hob zum Abschied noch einmal freundlich die Hand und ging wieder zurück an die Arbeit.

Netter Mensch, dachte Elke. Ich sollte Susanne wirklich von ihm grüßen, wenn ich sie wiedergefunden habe. Wenn.

Etwas unschlüssig stand sie auf dem Bürgersteig vor dem Touristenbüro. Was sollte sie mit dem Rest des Tages anfangen? Es war schon Nachmittag, und es würde wahrscheinlich keinen Sinn machen, um diese Zeit noch ins Fjäll zu fahren. Also besser morgen. Das wird Jens und Holger auch besser passen, dachte sie mit einem leichten Lächeln beim Gedanken an die attraktiven Nachbarinnen auf dem Campingplatz. Sie entschied sich für einen kleinen Bummel durch die Innenstadt von Mora: einfach mal die Schaufenster ansehen, vielleicht ein paar Klamotten in den Modegeschäften anprobieren, ein Eis essen ... All das tun, was Susanne sicher auch hundertmal gemacht hat. So ein Quatsch, dachte Elke kopfschüttelnd, als ob mir das Susanne auch nur einen Millimeter näherbringen könnte.

Es war ein warmer Sommertag. In der Innenstadt tummelten sich Einheimische und Touristen. Elke fand einen freien Platz in einem Straßencafe´. Zeit für ein Sandwich und eine Limonade, dachte sie. Bei Holger und Jens bin ich noch früh genug. Sie hielt ihr Gesicht in die Nachmittagssonne und genoss das Stimmengewirr um sich herum. Meistens hörte sie Schwedisch, aber manchmal drangen auch niederländische oder deutsche Wortfetzen an ihr Ohr. „Komma Mama, hier gibbet ganz tolle Ansichtskarten!", rief in einigen Metern Entfernung gerade ein Junge im schönsten Ruhrpottdeutsch. Elke musste unwillkürlich lächeln, denn sie dachte daran, wie sehr Susanne das Ruhrgebiet mochte. Würde Susanne bei diesen Klängen aus der Heimat möglicherweise Heimweh bekommen? Oder war sie so glücklich in ihrer neuen Welt, dass sie ihr altes Leben ganz an den Rand gedrängt hatte? Fragen über Fragen. Elke seufzte.

Als sie zum Campingplatz zurückkam, war sie etwas überrascht, Holger und Jens allein vorzufinden. Sie hatte eine kleine Party mit den hübschen Nachbarinnen erwartet.

„Na, keine Party mit den Mädels?"

Keine Antwort, nur ein leises Murren. Sie saßen auf ihren Klappstühlen und tranken Dosenbier.

„Ach", sagte Holger schließlich, „Die Damen wollten den Abend nicht so gerne mit uns Tattergreisen verbringen. Sie sind in die Stadt gefahren."

Elke lachte. „Ihr werdet es überleben, Jungs."

„Und du? Was hast du herausgefunden?"

Elke erzählte, was sie in Erfahrung gebracht hatte.

„Hm.", machte Jens, nachdem sie geendet hatte, „Ich weiß nicht, was ich davon halten soll. Wie kommt Susanne zu einem solchen Versteckspiel? Warum ist sie nicht einfach wieder nach Hause gekommen?"

„Verstehst du das wirklich nicht, Jens?" Holger sah ihn an.

„Stell dir vor, du verlässt mit wehenden Fahnen dein Land, gibst ganz schön damit an und fällst dann auf die Schnauze. Würdest du wieder zurückgehen? Stell dir doch für einen Moment das blöde Getuschel vor."

Jens zuckte mit den Schultern. „Ich bin sicher, dass es Leute gegeben hätte, die sie aufgefangen hätten." Seine grauen Augen sahen nachdenklich aus, als er das sagte. Hoppla, dachte Elke und sah ihn aufmerksam an. Habe ich da das Richtige zwischen den Zeilen herausgehört?

„Von nun an gibt es viel Natur, Leute." Holger fuhr mit dem Finger auf der Landkarte den Weg nach Sälen nach. „Im Großen und Ganzen folgen wir der Strecke des Vasalaufs in umgekehrter Richtung."

„Was ist denn der Vasalauf?" Jens und Elke sahen ihn ratlos an.

„Ach, das ist eine alte Geschichte. 1521 floh Gustav Vasa vor dem dänischen König und landete in Mora. Man misstraute ihm aber, und er floh weiter ins Fjäll. Als er dann weg war, merkte man, dass er einer von den Guten war, und schickte Moras beste Skiläufer hinter ihm her, um ihn wieder nach Mora zu holen. An diese Sache erinnert jetzt der Vasalauf, ein Langlaufspektakel."

„Also war das auch so eine Art Rettungsgeschichte", sagte Jens mit einem leichten Lächeln.

„So, dann lasst uns hier mal die Zelte abbrechen." Elke war unruhig. Sie wollte so schnell wie möglich nach Sälen fahren und dort weiter nach Susanne suchen. Angeblich arbeitete Susanne in einem Restaurant in Sälen. Schön, aber diese Information war vage und möglicherweise längst überholt. Und außerdem: Restaurants in einem Ferienort gab es sicher wie Sand am Meer. Suchten sie da nicht die Stecknadel im Heuhaufen? Sie konnte sich auch gar nicht so recht vorstellen, wie sie an die Sache herangehen sollten. Sie konnten ja wohl unmöglich in jedem Restaurant einkehren, um herauszufinden, ob Susanne dort arbeitete. Einfach nach ihr zu fragen, war sicher auch nicht die ideale Lösung, denn mittlerweile hielt Elke es sogar für möglich, dass Susanne sich verleugnen lassen könnte. Vielleicht lebte sie sogar unter einem falschen Namen oder hatte geheiratet oder weiß Gott was.

Als Holger und Jens noch immer keine Anstalten machten, ihr Frühstück zu beenden, seufzte Elke, sagte aber nichts. Trotz aller persönlichen Motive, die Jens und Holger für diese Reise haben mochten, war es dennoch nett von ihnen, ihr so hilfsbereit zur Seite zu stehen. Sie wollte da auf keinen Fall kleinlich und zickig sein.

„Warst du schon mal im Fjäll?", wollte Jens gerade von Holger wissen, als ihre Gedanken wieder in die Wirklichkeit zurückkehrten.

„Ja, allerdings." Mehr sagte Holger nicht, aber danach hob er seine Tasse und nahm gedankenverloren einen Schluck.

Die Anderen sagten nichts und sahen ihn an. Wo bist du jetzt bloß mit deinen Gedanken, dachte Elke, als Holger den Kopf abwandte und aus dem Fenster sah.

Er hatte damals gerade drei Semester studiert. Die Anforderungen im Studium waren noch nicht so hoch und der Arbeitsaufwand noch recht gut zu bewältigen. Holger genoss sein Studentenleben in vollen Zügen und hatte gerade seine Begeisterung für Schweden entdeckt. Holger und Lars, einer der ersten Austauschstudenten aus Göteborg, hatten sich während Lars' Aufenthalt angefreundet und eine lebhafte Brieffreundschaft aufgebaut. Eines Tages kam sein Brief mit der Einladung nach Schweden. „Komm doch im Sommer", hatte es in dem Brief geheißen, „Wir sind eine ganz nette Gruppe und wollen eine Wanderung durchs Fjäll machen." Und dann, in Klammern und mit einem kleinen Ausrufezeichen versehen: „Ein paar hübsche Mädchen sind auch dabei." Holger hatte sich nicht lange bitten lassen. Er kratzte jeden Pfennig zusammen und machte sich auf den Weg nach Schweden, eine zusammengeliehene Campingausrüstung im Gepäck.

Die Tage im Fjäll waren tatsächlich unvergesslich für ihn. Die Weite der Landschaft mit ihren scheinbar endlosen Wäldern, die kahlen Bergrücken oberhalb der Baumgrenze und vor allem die raue, unberührte Natur zogen ihn in ihren Bann. Die Gruppe wanderte in ziemlich anstrengenden Tagesetappen, wie Holger feststellen musste. Die Nächte verbrachten sie in Zelten oder hölzernen Schutzhütten, Lichtjahre entfernt von jeglichem Luxus. Besonders an die Abende am Lagerfeuer, eingemummelt in die warmen Schlafsäcke – die auch vor Mücken schützten - konnte er sich noch gut erinnern. Nie wieder in seinem Leben hatte er sich so frei und gleichzeitig geborgen gefühlt. Und dann war da natürlich auch Marta. Sie hatte ihm gleich gefallen. Klein und stämmig war sie, mit einem fröhlichen Gesicht, in dem das Schönste die warmen, rehbraunen Augen waren. Eine klassische Schönheit war Marta sicher nicht, aber Holger fühlte sich sehr von ihr angezogen. Sie kamen sich am zweiten Tag näher, als Holger vom Laufen große Blasen an den Fersen hatte. Marta war Sanitäterin und versorgte seine Wunden fachmännisch, während die Anderen um das Lagerfeuer herum saßen und alle möglichen Lieder sangen. Holger konnte sich noch genau an das Lied erinnern, das sie sangen, als er sie zum ersten Mal küsste. Es war 'Yesterday' – ein Lied, das fast zu einem Song über sein Leben geworden war, wie Holger nun etwas bitter dachte. Marta und er kamen sich in der Wildnis schnell näher. Und eines Nachts, er hatte sich gerade in seinem Schlafsack zurechtgerollt, kam sie in sein Zelt und flüsterte ihm ins Ohr, dass er ihr folgen sollte. Lars hatte sich, wie Holger vermutete, wahrscheinlich diskreterweise schlafend gestellt. Also gingen Holger und Marta in der mondhellen Nacht leise zu dem kleinen See, den sie mehr durch Zufall am Nachmittag entdeckt hatten. Marta zog sich aus und ging ins Wasser, und Holger, der davon ebenso überrascht wie entzückt war, folgte ihr. Das Wasser war kalt und der Grund des Sees ziemlich schlickig, aber Holger spürte es kaum in seiner Erregung. Marta fühlte sich wunderbar an. Ihr kleiner, kräftiger Körper schmiegte sich an ihn. Ihre sinnlichen Berührungen verrieten ihm, dass sie wusste, was sie wollte. Martas Sex war ebenso unkompliziert wie ihr sonstiges Wesen: Sie war leidenschaftlich und ziemlich direkt.

Aber Holger wehrte sich nicht, im Gegenteil. Er genoss jede Sekunde mit ihr, und auch heute noch erinnerte er sich an das Bild, das sich ihm geboten hatte, als Marta im Mondlicht am Ufer des Sees rittlings auf ihm saß und ihn mit ihren geschmeidigen Bewegungen wahnsinnig machte.

Trotz aller guten Vorsätze hatten sie sich schon bald nach der Tour aus den Augen verloren. Schade eigentlich, dachte Holger oft. Vielleicht würde ich ja sonst heute in Schweden leben. Und nun fuhr er wieder ins Fjäll. Daran hätte er noch vor ein paar Tagen nicht im Traum gedacht. Manchmal ist das Leben schon seltsam, dachte er.

„Alles in Ordnung, Holger?" Elkes Stimme riss ihn aus seinen Gedanken.

Er erschrak, versuchte dann ein Lächeln und trank den Rest lauwarmen Kaffee in seiner Tasse mit einem Schluck aus.

Am Mittag kamen sie in Sälen an. Elke und Holger hatten die Fahrt durch die einsamen Waldgebiete sehr genossen. Nur Jens hatte etwas missmutig dreingeblickt. „Na, hier weiß ein Hund ja gar nicht, welchen Baum er anpinkeln soll. Meine Güte - nur Bäume, Bäume, Bäume."

„Du bist ungerecht, Jens", hatte Elke gesagt, „es ist doch wirklich wunderschön. Ich habe immer das Gefühl, dass uns gleich kleine Trolle begegnen. Die Landschaft wirkt wie verzaubert."

Jens konnte nicht viel Verzaubertes an dieser merkwürdigen Landschaft entdecken. Die einsame Straße durchschnitt ein unwegsames Waldgebiet, in dem zum Teil verkrüppelte Nadelgehölze und Birken in allen Größen ein buntes Durcheinander bildeten. Die Zwischenräume waren ausgefüllt von Moosen in allen Schattierungen von silbrigem Hellgrün bis hin zu sattem Dunkelgrün. Dazwischen gab es immer wieder Holzhäuser, die mit der typischen braunroten Falunfarbe gestrichen waren. Große bemooste Steine lagen dazwischen, als seien sie vor Jahrhunderten von einem Riesentroll dort abgelegt und dann vergessen worden. Als wäre das alles noch nicht genug, eröffnete sich ab und zu der Blick auf einen kleineren oder größeren See, an dessen Ufern weder Parkplätze noch Kioske zu finden waren – höchstens einzelne Sommerhäuser oder einfache Ruderboote. Sieht Jens das alles denn wirklich nicht, wunderte Elke sich.

Sälen bot keine besonderen touristischen Attraktionen, abgesehen von seiner schönen Lage am Västerdalälven – einem Fluss mit idyllischen, naturbelassenen Ufern. Er schlängelte sich in sanften Windungen durch die bewaldeten Berge und glitzerte in der Sonne, als sie am Mittag ankamen. Eine Gruppe Kanus glitt in gemächlichem Tempo flussabwärts. Holger verfolgte sie eine Weile mit sehnsuchtsvollem Blick: mit einem Kanu auf dem Fluss allein sein, das rhythmische Rudern im Einklang mit dem eigenen Herzschlag – und hier und dort vielleicht ein paar Biber, die mit raschen Bewegungen den Fluss durchquerten ... Er seufzte.

Der Ortskern des Ferienortes, der vor allem im Winter großen Zulauf hatte, bestand im wesentlichen aus einem großen Parkplatz, um den herum sich eine kleine Polizeiwache, eine Arztzentrale, eine Touristeninformation und verschiedene Einkaufsmöglichkeiten gruppierten. Die Restaurants konnte man, wie Elke mit leichtem Aufatmen feststellte, an einer Hand abzählen. Noch immer waren sie sich nicht ganz klar darüber, wie sie die Suche nach Susanne konkret gestalten sollten. Sie hatten sich darauf geeinigt, einfach nach ihr zu fragen und darauf zu hoffen, dass sie sich nicht weiter vor ihnen verstecken würde, wenn sie sie erst gefunden hätten. „Ich werde das Gefühl nicht los, dass sie irgendwo in einer Falle sitzt und erleichtert ist, wenn sie erfährt, dass wir sie ausfindig gemacht haben", hatte Elke am Abend zuvor zu den Anderen gesagt.

„Wie meinst du das – in einer Falle ... ", sagte Holger und wirkte erschrocken, „meinst du, irgendwer hält sie gefangen?"

„Das will ich nicht hoffen.", gab Elke zurück.

„Vielleicht meint Elke das eher im übertragenen Sinne, also eine unsichtbare Falle ... " Jens dachte laut nach.

„Wie dem auch sei, ich ärgere mir jedenfalls ein Loch in den Bauch, dass ich kein Foto mitgenommen habe", knurrte Elke.

„Ja, vor allem, wenn wir vielleicht doch noch zur Polizei gehen müssen", sagte Holger.

Elke zuckte zusammen und sah ihn entsetzt an. Noch bevor sie etwas entgegnen konnte, ergriff Jens das Wort:

„Holger, das war ein meisterhaftes Beispiel für deine unendliche Weisheit und Feinfühligkeit."

Holger blickte betreten drein und sah Elke entschuldigend an. „Oh, ich wollte keinen Pessimismus verbreiten. Sorry."

Sie besorgten sich in der Touristeninformation eine kleine Broschüre, in der auch alle Geschäfte und Einkehrmöglichkeiten kurz vorgestellt wurden, und erkundigten sich nach einem schönen Stellplatz für ihr Wohnmobil.

„Also, am schönsten ist es wohl etwas außerhalb. Fahren Sie doch einfach am großen Skihotel vorbei. Kurz vor dem Wald ist auf der linken Seite ein Trollpark für Kinder. Daneben finden Sie einen sehr hübschen Lagerplatz. Er ist eigentlich nie voll belegt. Sie können da übrigens auch eine Hütte mieten, wenn Sie möchten", erklärte die junge Frau in der

Touristeninformation in perfektem Deutsch mit entzückendem schwedischen Akzent. Jens und Holger schmolzen dahin. Dabei ist die gar nicht hübsch, dachte Elke grimmig. Ach, Männer.

„Wir gehen aber erstmal essen", befahl Elke, als sie das Touristenbüro verließen.

„Mit welchem Laden sollen wir denn anfangen?" Holger sah sich um.

„Mit dem ersten Lokal auf der Liste, würde ich vorschlagen." Jens schlug die Broschüre auf und suchte nach dem ersten Restaurant. „Hier, Antonios Pizza.

Die Pizzeria lag direkt neben dem Parkplatz. Es war ein einfaches Lokal, eher so etwas wie eine Imbissstube, und wurde von einem einzigen Mann von einer winzigen offenen Küche aus betrieben. Die Pizza war verhältnismäßig gut, wenn auch zu schwach gewürzt, aber Susanne fanden sie hier ganz offensichtlich nicht.

„Na ja, außer Spesen nichts gewesen.", war Holgers Kommentar.

„Sollen wir woanders noch eine Pizza essen gehen?" Jens blickte erwartungsvoll in die Runde.

„Hast du 'nen Bandwurm?", fragte Holger fassungslos, „Mir ist von meinem Wagenrad fast ein bisschen schlecht!"

„Das kommt bloß daher, dass du immer doppelt Käse bestellst", knurrte Jens.

Elke sah ihn an und sagte nichts. Wenn es sein müsste, würde Jens an einem Abend alle Restaurants abklappern, dachte sie. Und dann wurde es ihr auf einmal ganz klar: Er empfindet noch immer etwas für Susanne. Ob es Nostalgie oder der erste Ausläufer der Midlife-Crisis oder tatsächlich Liebe war, ließ sich nicht sagen. Eines war jedoch sicher: Er hatte seine eigenen Gefühle selbst noch nicht begriffen. Na, das wird ja noch was werden, seufzte sie leise.

„Wir können auch weiter nach Susanne suchen, ohne überall etwas zu essen", sagte Elke und sah sich die Restaurantliste genauer an, „aber da kommen wir jetzt nicht weiter. Zwei von ihnen haben heute Ruhetag. Wir können das ja morgen systematisch angehen und uns vielleicht auch aufteilen."

„Wie hältst du eigentlich deine Leute in Deutschland bei Laune?", wollte Holger plötzlich wissen, „Ich meine, sie wissen doch von unserer Reise. Wollen sie keine guten Nachrichten von dir? Was erzählst du denen denn bloß?"

Elke lächelte spitzbübisch und nahm ihr Glas in die Hand.

„Ich habe mit dem Reisetermin ein bisschen geschummelt. Sie glauben, ich fahre erst in drei Tagen los. Also habe ich noch etwas Zeit, einen Vorsprung sozusagen."

„Raffiniertes Frauenzimmer." Jens grinste.

Dann zog er einen Kugelschreiber aus seiner Jackentasche und strich das erste Restaurant auf der Liste feierlich durch.

„Ich muss nochmal kurz in den Supermarkt", rief Holger plötzlich aus, „Wir haben ja noch gar kein Brot für morgen eingekauft."

„Ach was! Dann gehen wir halt morgens und abends essen." Jens sah die Anderen erwartungsvoll an.

„Quatsch!", knurrte Elke. „Wenn das Brot nicht mehr reicht, essen wir eben die restlichen Zimtschnecken. Ich würde jetzt ganz gerne zu diesem Stellplatz fahren, damit es nicht zu spät wird."

Als sie den Lagerplatz erreichten, waren sie angenehm überrascht. Der Weg hatte sie auf einer wenig befahrenen Landstraße heraus aus Sälen geführt. Sie fuhren an Dörfern von Skihütten vorbei, die jetzt im Sommer still und verlassen waren. Fast alle touristischen Attraktionen und, was sie etwas beunruhigte, auch viele Lokale waren über den Sommer geschlossen. Die Skipisten wirkten leblos in ihrem fahlen Grün, und die Skilifte überspannten die Landschaft wie schwarze, vergessene Wäscheleinen. Eine seltsame Stimmung – wie eine leere Kneipe am Morgen, dachte Holger. Wie ein Partyraum am Tag danach, fand Jens. Wie eine Schule in den Ferien, ging es Elke durch den Kopf. Doch dann ließen sie sich in den Bann ziehen von der etwas düsteren Einsamkeit der moorigen, urwüchsigen Landschaft. Die dunklen Täler und unwegsamen Wälder wirkten im Sommer geheimnisvoll und verschlossen, aber dem aufmerksamen Besucher erzählten sie uralte Geschichten von der Macht der Natur und der Winzigkeit des Menschen. Im Winter, wenn Skifahrer und Winterurlauber die Gegend bevölkerten und in einen Skizirkus verwandelten, verstummten diese Geschichten. „Im Winter ist es bestimmt lustiger hier", bemerkte Jens mit einem Blick aus dem Fenster des Wohnmobils, „aber ich glaube, im Sommer ist es viel spannender." Elke sah ihn erstaunt von der Seite an. Eine solche Bemerkung von Jens? Kaum zu glauben.

Sie stellten ihr Wohnmobil in einer malerischen, ruhigen Ecke des Lagerplatzes ab und sahen sich etwas um. Außer ihnen gab es dort nur einen dänischen Wohnwagen, dessen Besitzer wohl gerade unterwegs waren. Sie hatten ihren kleinen Klapptisch, zwei einfache Stühle und einen Grill vor dem Wohnwagen stehen gelassen. Ein schmaler Pfad führte zu einem kleinen Holzgebäude, in dem es eine Toilette, einfache Duschen und so etwas wie eine Spülküche gab. Dahinter lagen mehrere simple Holzhütten, die locker im Wald verteilt waren und zum Teil hinter dichtem Buschwerk oder großen Steinen fast verschwanden. Unweit des Lagerplatzes sahen sie ein Holzhaus mit einer großen Veranda, von der aus ihnen eine lebensgroße, bunte Reklamefigur für eine Eiskremmarke zuwinkte. Als Sitzgelegenheiten dienten grob gezimmerte Holzbänke mit dazu passenden Tischen. Vor den Fenstern hingen Kästen mit fröhlich bunten Sommerblumen, aber auch sie konnten Elkes Stimmung nicht aufhellen. In ihr machten sich Mutlosigkeit und Verzweiflung breit. Sie hatten doch schon so viel versucht – und immer noch war Susanne spurlos verschwunden.

Da stand sie nun in der schwedischen Wildnis und hatte nicht mehr als ein paar vage Hinweise auf Susannes Aufenthaltsort. Sie wagte gar nicht daran zu denken, wie es ihr morgen gehen würde, sollte die weitere Suche in den anderen Restaurants nichts bringen. Tränen liefen ihr übers Gesicht, die sie in einer fast zornigen Bewegung mit dem Handrücken wegwischte. Plötzlich spürte sie jemanden neben sich. Erschrocken drehte sie sich um und atmete sogleich erleichtert auf. Es war Jens. Er sah sie an und kramte in seiner Hosentasche nach einem Päckchen etwas zerfledderter Papiertaschentücher. Sie nahm ein Taschentuch und putzte sich geräuschvoll die Nase. „Danke", flüsterte sie. Er legte ihr kurz einen Arm um die Schultern, ließ sie dann wieder los und schlenderte mit den Händen in den Taschen in Richtung Wohnmobil. Elke sah ihm erstaunt nach.

Kapitel 10

Am nächsten Morgen strahlte die Sonne. Die feuchte Erde dampfte förmlich und duftete unvergleichlich nach Moos.

Sie schliefen aus und frühstückten dann ausgiebig, bevor sie sich wieder auf den Weg nach Sälen machen wollten.

„Bevor wir fahren, gehe ich eben nochmal zu dem Blockhäuschen. Ich will sicher sein, dass wir uns nicht irgendwie anmelden müssen. Ich bin gleich wieder da."

Holger setzte sein blau-gelbes Hütchen auf, das er wirklich zu lieben schien, und machte sich auf den Weg.

„Gunnars Bod" stand auf einem grünen Schild über der Eingangstür. Daneben hing ein handgeschriebener Zettel in einer Klarsichthülle: „If closed, please call Gunnar." Dann folgte eine ellenlange Telefonnummer.

Aber die Tür war offen, und eine helle Glocke ertönte, als Holger eintrat.

Er sah sich um. Gunnars Bude – wie süß. Was er sah, war eine merkwürdige Mischung aus einer Rezeption, einem Kiosk und einem Kaffeestübchen. Wahrscheinlich ist es im Winter hier sehr gemütlich, wenn Feuer im Kamin brennt und sich die Skifahrer bei Kaffee oder Kakao aufwärmen. Jetzt im Sommer wirkte es hier etwas verlassen. Der Vorhang an einer Tür, die zu einem benachbarten Raum führte, bewegte sich, und ein Mann erschien.

„Hej", sagte er freundlich.

Holger konnte das Alter des Mannes unmöglich schätzen. Er war groß und schlank, trug Jeans und hatte sein etwas dünner gewordenes graues Haar zu einem Pferdeschwanz gebunden, der ihm bis weit über die Schultern reichte. Seine Nase war schmal und etwas gebogen. Über den Rand einer halben Lesebrille hinweg sah er Holger abwartend an.

Holger räusperte sich.

„Hej. Wir sind gestern mit dem Wohnmobil auf dem Lagerplatz angekommen. Ich wollte nur fragen, ob wir etwas bezahlen müssen."

„Nein, musst du nicht. Der Lagerplatz gehört mir eigentlich nicht. Aber ich habe ein paar Hütten, wenn es euch im Wohnmobil ein bisschen zu ungemütlich wird." Er lächelte.

„Nein, danke. Du sprichst übrigens sehr gut Deutsch."

„Ach ja?", Gunnar lächelte unergründlich. „Du kannst gerne einen Prospekt mitnehmen. Da steht alles über die Hütten und auch über den Trollpark drin." Er deutet auf einen kleinen Kasten aus Plexiglas, der neben der Kasse auf der Theke stand. Holger nahm einen der bunten Prospekte und kaufte drei Zimtschnecken, die unter einer gläsernen Kuchenglocke auf dem Tresen standen. Er lächelte Gunnar noch einmal zu und ging. Auf dem Weg zum Wohnmobil überlegte er kurz, ob er den Prospekt wegwerfen sollte, aber dann dachte er, dass der Mann ihn vielleicht vom Fenster aus beobachten könnte, und steckte den Zettel stattdessen in eine Tasche seiner Trekkingweste. Ich darf nur nicht vergessen, ihn vor der Wäsche herauszunehmen, dachte er. Sonst geht es der schönen Weste wie dem weißen Hemd, in dessen Brusttasche ich die rosa Kinokarte vergessen hatte.

Als er zum Wohnmobil zurückkam, waren Elke und Jens schon bereit zur Fahrt nach Sälen. Holger war etwas mulmig zumute. Hoffentlich klappt es heute, dachte er, sonst wird die Lage wirklich ernst. Er atmete tief durch.

„Na, ihr Süßen", sagte er dann munter und setzte sein fröhlichstes Reiseleitergrinsen auf, „dann wollen wir mal ... "

Die Nachmittagssonne schien freundlich, als sie den ruhigen Lagerplatz wieder erreichten. Holger stellte den Wagen ab, stieg aus und begann die Klappstühle unweit des Waldrandes aufzustellen. Die Luft war mild und warm, es duftete nach harzigen Nadelhölzern und Beeren. Er atmete tief ein und genoss den Duft des Fjällsommers. Wie schön wäre das alles hier ohne die Sorgen um Susanne und mit der richtigen Frau, dachte er, und in seiner Vorstellung tauchte ein hübsches Mädchen mit aufregenden Kurven und warmen braunen Augen auf.

„Was für ein himmlisches Plätzchen. Jetzt fehlen hier nur noch tolle Weiber." Jens versuchte locker zu klingen, aber es gelang ihm nicht. Er kam mit zwei Dosen Bier und setzte sich auf einen der Klappstühle, der unter dem Gewicht seiner Einsneunzig beängstigend knarrte.

Holger zuckte leicht zusammen – nicht zuletzt deshalb, weil er sich irgendwie von Jens ertappt fühlte. „Mensch, hast du mich erschreckt", brummte er nur und nahm sein Bier.

Einige Minuten schwiegen beide. Holger trank in gleichmäßigen Schlücken, und Jens hielt die Dose in der linken Hand, während er mit der rechten an einem überhängenden Zweig herumzupfte.

Schließlich brach Holger das Schweigen.

„Wo ist Elke jetzt?", fragte er leise.

„Ich glaube, sie hat sich hingelegt."

„Hm. - Und jetzt?"

Jens zuckte mit den Schultern und nahm einen großen Schluck.

„Frag mich was Leichteres, Holger."

„Wir sollten darüber schlafen und morgen vielleicht doch zur Polizei gehen. Allmählich ist es kein Spaß mehr."

Sie hatten alle Restaurants in Sälen abgeklappert und sich vorsichtig umgesehen. Eines der Lokale war so groß und unübersichtlich gewesen, dass Jens sich - sozusagen zu Spionagezwecken - als deutscher Küchenmeister ausgegeben hatte. Er hatte ziemlich glaubhaft Interesse gezeigt, und nachdem er bei dem Koch ein wenig Süßholz geraspelt hatte, zeigte man ihm den ganzen Laden – vom Kühlhaus bis zur Wäschekammer. Aber nirgendwo gab es eine Spur von Susanne. Sie war wie vom Erdboden verschluckt.

Niedergeschlagen hatten sie die Suche aufgegeben und sich wieder auf den Weg zum Lagerplatz gemacht. Elke war blass und stumm gewesen, zwischen ihren Augenbrauen stand eine kurze, steile Falte. Als sie den Lagerplatz erreicht hatten, war sie wortlos im Wohnmobil verschwunden. Holger wollte ihr nachgehen, aber Jens fasste ihn am Arm und hielt ihn zurück. Jens konnte Elke – sehr zu seinem Erstaunen – immer besser verstehen. Sie konnte einfach nicht über Gefühle reden, ließ sich nicht gern in die Karten gucken. Kommt mir bekannt vor, dachte er. Er begann Elke mit anderen Augen zu sehen. Mittlerweile war er auch sicher, dass sie wohl kein Sexmuffel war. Am Abend zuvor hatten sie zufälligerweise gleichzeitig in der kleinen Badehütte geduscht. Der Vorhang an Elkes Duschkabine hatte nicht richtig geschlossen, so dass Jens Elke von seiner Kabine aus unter der Dusche beobachten konnte. Zuerst hatte er diskret wegsehen wollen, aber dann konnte er doch nicht widerstehen. Sie hatte einen schönen Körper mit einem ziemlich aufregenden Po. Was ihm dann aber endgültig eine kräftige Erektion bescherte, war die Entdeckung, dass sie sich offenbar überall rasierte. Atemlos sah er zu, wie sie die Rasierklinge aufreizend langsam über ihre intimsten Stellen gleiten ließ. Er konnte seinen Blick nicht abwenden von ihrem seidig glatten Körper und spürte, wie seine Hormone Amok liefen. Elke – ein Sexmuffel? Wohl doch nicht ... Jens war ziemlich überrascht gewesen. Als sie dann einige Zeit später in einem dunkelblauen Jogginganzug, die Haare zu einem strengen Zopf geflochten, im Wohnmobil saß und Tee trank, hielt er seine eigene Beobachtung fast nicht mehr für möglich. Was für eine seltsame Frau, dachte er, und starrte sie an. Sie bemerkte seinen Blick und erwiderte ihn mit einem leisen Lächeln.

„War es schön?", raunte sie ihm zu.

Jens sah sie verständnislos an.

„Na, vorhin unter der Dusche ... ", sie sah ihn mit ihren Bernsteinaugen an, „Hast du geglaubt, ich hätte dich nicht bemerkt?"

Jens war völlig perplex. Was für eine Geschichte. Er lachte.

„Was gibt's denn im Moment zu lachen?", wollte Holger missmutig wissen.

„Ach, nichts. Entschuldigung. Ich musste nur gerade an etwas denken."

Elke lag in ihrer Schlafecke und starrte an die Decke. Was sollten sie jetzt bloß machen? Wahrscheinlich würden sie zur Polizei gehen müssen, aber Elke wollte an ein Wunder glauben – dass Susanne plötzlich da wäre. Einfach so. Ihre größte Angst, dass Susanne etwas zugestoßen sein könnte, war plötzlich so real geworden. Holger hatte ja Recht, aber sie wollte noch einmal darüber schlafen, bevor sie zur Polizei ging. Elke schluckte. Sie hatte Susanne ihr ganzes Leben lang beschützen wollen, und letztlich waren auch ihre dauernden Versuche sie zu bevormunden nichts weiter gewesen als ungeschickte Schutzversuche. Sie hatten aber auch ein bisschen Neid in sich - Neid auf ihre Fröhlichkeit, ihren Charme, ihre Lebendigkeit. Und Neid auf ihre Chancen bei Männern, wisperte eine böse kleine innere Stimme.

Plötzlich dachte Elke an die gestrige Begebenheit in der Dusche, und ihr Atem stockte. Jens' Blicke hatten sie erregt, und als sie aus den Augenwinkeln sah, wie stark er auf sie reagierte, rasierte sie sich besonders langsam und sinnlich. Was habe ich da bloß gemacht? Meine Güte, wie peinlich.

Holger und Jens blinzelten stumm in die Sonne, Ihnen war nicht nach Reden zumute. Beide machten sich Sorgen um Susanne und, fast mehr noch, um Elke. Sollte Susanne wirklich etwas zugestoßen sein, würde Elke damit wahrscheinlich nicht fertig werden. Sie hätten Elke gerne geholfen, aber sie wussten beide nicht wie. Die Angst legte sich über die Stimmung wie eine schwere Decke, die sie lähmte und ihnen die Luft zum Atmen nahm. Plötzlich stand Holger auf, griff nach seiner Trekkingweste, die er achtlos auf den Boden gelegt hatte, und setzte sich sein gelb-blaues Schwedenhütchen tief in die Stirn.

„Ich gehe ein paar Stunden spazieren, ein bisschen die Berge entlang", sagte er, „Ich muss meinen Kopf frei kriegen. Hier kann ich ja im Moment doch nichts tun. Dann kann ich in Ruhe überlegen, was wir der Polizei morgen am besten erzählen."

Jens nickte mit geschlossenen Augen und hielt sein Gesicht in die Sonne. Er war nicht traurig darüber, ein bisschen Zeit für sich allein zu haben. Das Wohnmobil war ziemlich eng, und sie hatten bislang fast die ganze Zeit beisammen gehockt. Jens konnte so viel Nähe nicht gut ertragen. Er streckte sich in dem Klappstuhl, rückte sich dann bequem zurecht und stellte sich – um sich irgendwie abzulenken - aufregenden Sex mit Elke unter der Dusche vor. Aber plötzlich verwandelte sich in seiner Fantasie Elkes Gesicht und bekam Susannes sanfte Züge. Er wurde schlagartig wieder hellwach und spürte einen dicken Kloß in seinem Magen.

Holger lief mit großen Schritten die Straße entlang. Die Sonne schien ihm warm ins Gesicht, und er spürte, wie ihn das schnelle Gehen etwas entspannte. Holger dachte über sein Leben nach. Sein Alltag war zwar kein Alptraum, aber er hatte sich schon mehr erträumt als die Oberaufsicht über hunderttausend Flaschen, wie er es einem Freund gegenüber einmal beschrieben hatte. Und manchmal legten sich die kleinen täglichen Notwendigkeiten um seinen Hals wie eine Schlinge. Vielleicht wurde dieses Gefühl auch dadurch verstärkt, dass er eigentlich keinen

Ausgleich hatte. Wenn die Mitarbeiter am Samstag nach Hause gingen, wurden fast alle von jemandem erwartet. Er hatte zwar jedes Wochenende Verabredungen mit Freunden oder Bekannten – und manchmal auch mit Frauen - , aber er musste zugeben, dass sein Single-Bekanntenkreis ganz unübersehbar schrumpfte. Vielleicht war dieses untergründige Gefühl des Übrig-geblieben-Seins auch ein Bindeglied zwischen ihm und Jens – wobei Jens da in einer anderen Liga spielte als er, und zwar optisch und finanziell. Aber ist es das, was wirklich zählt? Trotzig hatte er sich diese Frage mehr als einmal gestellt. Er wollte die Hoffnung nicht aufgeben, dass gerade die Tatsache, dass er nicht perfekt war und auch nie diesen Anschein erwecken wollte, ihm vielleicht eines Tages zu seinem Glück verhelfen könnte. Aber momentan ging es nicht um sein Glück. Er dachte an Susanne. Wie sehr hatte er sie damals beneidet, als sie mit strahlenden Augen nach Schweden gegangen war. Er schluckte. Hoffentlich war ihr nichts passiert.

Holger bog in einen schmalen Weg ein, der in leichten Kurven bergauf führte. Der Wald war an dieser Stelle ziemlich dicht und dadurch recht dunkel. Nur einzelne Lichtpunkte tanzten wie Scheinwerferspots auf den moosbedeckten Steinen, Farnkräuter in unterschiedlichen Größen ließen den Wald urwüchsig und verwunschen wirken. Die Luft war warm und schwer, der feuchte Boden duftete nach Erde und Moos. Ein schmaler Bach bahnte sich rauschend seinen Weg über Hindernisse aus Felsbrocken und kräuselte sich in schaumigen Wirbeln bergab. Holger hielt inne. Als wäre hier noch nie ein Mensch gewesen, dachte er. Und doch ist die Zivilisation ganz nah. Vielleicht liebte er das Miteinander von Mensch und Natur am meisten an diesem Land. Eine moderne Gesellschaft mit hoher Lebensqualität nach allen westlichen Maßstäben lebt in ganz selbstverständlicher Weise mit der Natur. „Du kannst dir das nicht vorstellen", hatte er einmal einem Freund gesagt, „du glaubst, du bist am Arsch der Welt – und dann steht um die Ecke auf einmal ein herrliches Haus. Mit allem, was du dir wünschst: eine warme Dusche, kaltes Bier im Kühlschrank und Fernsehempfang. Tja, und die Müllabfuhr kommt auch jede Woche. Es ist unglaublich." Der Freund hatte ihn dann gefragt, warum er eigentlich immer noch in Deutschland lebte. „Gute Frage. Es hat sich einfach nicht ergeben. Und außerdem ist es nirgendwo so toll wie in Schweden – nicht einmal in Schweden", war Holgers beinahe philosophische Antwort gewesen. Und doch ... Manchmal träumte er noch von Schweden, aber es wurde seltener.

Nach einer Weile wurde der Wald lichter. Die Bäume waren niedriger und verkrüppelter, als duckten sie sich vor der Erinnerung an raue Winde und Schneestürme. Holger beschleunigte seine Schritte und geriet ein wenig außer Atem. Er wischte sich Schweiß von der Stirn und leckte sich über die Lippen. Es war immer noch ziemlich warm, und er ärgerte sich, dass er weder Sonnencreme noch etwas zum Trinken mitgenommen hatte. Er schob seinen Hut tiefer in die Stirn und stapfte weiter bergauf. Bis zur Baumgrenze, dachte er, dann gehe ich ein Stück die Berge entlang und später wieder zur Straße zurück. Je weiter er kam, desto karger und kahler wurde es – kleine Birken, Krüppelkiefern, Findlinge und unterschiedliche Moose. Mehr nicht. Holger entdeckte in der Ferne eine interessante Ansammlung von unterschiedlich großen Steinen und machte sich dorthin auf den Weg. Dort angekommen, entdeckte er Elchspuren – Waren es wirklich Elchspuren? - und ging ihnen nach. Es war wie ein Rausch. Holger fühlte sich als Teil der Natur, wollte entdecken und erforschen. Er fand blühende Fjällpflanzen, die der Wind zerzauste, beobachtete Vögel und Insekten. Er trank aus einem kleinen glasklaren See und fand sein gelb-blaues Hütchen plötzlich lächerlich, als er sein Spiegelbild in der Wasseroberfläche sah. Das hier hat nichts mit Andenkenkitsch, IKEA und Bullerbü zu tun, dachte er. Das ist rau und herb und vielleicht sogar ein bisschen gefährlich. Wie guter Sex, der auch nicht viel mit rosa Herzchen und Zuckerguss zu tun hat. Einfach wilde, echte Natur.

Holger atmete tief durch und schaute hinauf in den Himmel. Er breitete die Arme aus und stieß einen Schrei aus – zuerst etwas verhalten und fast genant, aber dann brüllte er aus Leibeskräften. Er schrie seinen Frust und seine Sehnsucht und auch den kleinen Ansatz von Bitterkeit, der sich manchmal in ihm breitzumachen drohte, heraus. Und dann kamen die Tränen. Es war wie ein reinigendes Gewitter, denn als Holger eine gefühlte Ewigkeit später wieder zur Ruhe kam, war sein Herz leicht und frei.

Ich gehe wieder zurück, dachte er. Ich möchte wieder zu den Anderen.

Wo muss ich jetzt nur entlang? Er sah sich um, ringsum nichts weiter als karge Landschaft und Bergkuppen, die sich ähnelten wie ein Ei dem anderen. Er versuchte logisch zu denken. Der Sonnenstand? Wie war das noch? Er dachte fieberhaft nach, gab auf. Keine Ahnung. Irgendwelche markanten Steine, an die er sich erinnern konnte? Na, vielleicht diese Formation dort drüben – oder doch nicht? Jetzt bloß nicht nervös werden. Logisch bleiben. Er versuchte Fußabdrücke zu finden. Das war aber nicht möglich, weil der Boden bewachsen oder steinig war und deswegen nichts verriet. Wo waren noch die Elchspuren? Schließlich entschied er sich für die Richtung, die ihm am wahrscheinlichsten vorkam. Ich bin auch wirklich ein Idiot, dachte er, ganz ohne Wanderkarte loszuziehen. Wie konnte ich nur so leichtsinnig sein?

Er lief bergab, weil das ja auf jeden Fall nicht verkehrt sein konnte – nicht ahnend, dass ihn dieser Weg erst recht in die Irre führte. Es war noch hell, aber die Dämmerung breitete ihre ersten Schatten aus, als er sich inmitten eines Waldgebietes wiederfand, an dem ihm rein gar nichts bekannt vorkam. Er setzte sich auf einen Stein und bekam es mit der Angst zu tun. Was sollte er bloß machen, wenn er es bis zur Dunkelheit nicht in besiedeltes Gebiet schaffen würde. Er war ziemlich dünn angezogen – und dann waren da auch noch jede Menge wilde Tiere. Keine Plüschelche.

Elke rührte in dem Topf mit den Ravioli. „Meinst du, für uns beide reicht eine Dose? Holger kann sich ja auch noch eine warm machen, wenn er wieder da ist. Wo bleibt er überhaupt? Es wird doch schon bald dunkel."

„Er wollte mal für sich sein. Lass ihn mal."

„Ich meine ja bloß... Kommst du, Jens?"

Sie setzten sich nebeneinander an den kleinen Tisch im Wohnmobil, den Elke einladend gedeckt hatte.

„Ist ja wie beim Italiener." Jens grinste und deutete mit dem Kinn auf die Flasche Rotwein und die Salatschüssel auf dem Tisch.

Sie bemühten sich um einen lockeren Ton, aber sie waren nicht ganz unbefangen. Beide dachten an die Szene im Duschraum, allerdings interpretierten sie sie unterschiedlich. Während Elke ihr Verhalten etwas peinlich war, fühlte sich Jens davon eher stimuliert. Er stellte sich vor, wie Elkes schöner glatter Körper sich anfühlte, und wie ihr Gesicht wohl aussah, wenn sie in Ekstase war. Bei der Vorstellung kam er schon wieder ordentlich in Wallung. Elke bemerkte offenbar seine Erregung, sah ihm in die Augen und zog eine Braue leicht in die Höhe.

„Was ist los?" Jens wusste nicht, wie er diesen Blick deuten sollte.

„Vielleicht solltest du beim nächsten Duschen das Wasser ein bisschen kälter drehen", sagte sie und lächelte, „aber trotzdem danke für das Kompliment..."

Holger war mit seinem Latein am Ende. Er hatte mit neuem Mut eine Richtung eingeschlagen, die ihm verheißungsvoll erschienen war – und war dann einige Zeit später wieder am Ausgangspunkt angekommen, was er daran merkte, dass er ein Taschentuch fand, das ihm offenbar aus der Tasche gefallen war. Er setzte sich auf einen Stein und hielt Ausschau nach irgendwelchen Lichtern in der Ferne. Dort würde er auf Menschen stoßen, die ihm helfen konnten.

Zuerst hatte er es für eine optische Täuschung gehalten, einen schlechten Scherz der untergehenden Sonne. Doch dann, als er sich konzentrierte und die Augen leicht zusammenkniff, war er ganz sicher: In einiger Entfernung, anscheinend inmitten einer kleinen Lichtung, sah er Rauch. Das Feuer war sicher nicht groß, vielleicht ein Lagerfeuer, aber dort gab es offenbar jemanden. Holger machte sich auf den Weg – froh, das Umherirren bald hinter sich zu haben.

Allmählich wurde es kühler. Holger zog seinen Hut tief ins Gesicht und schlug den Kragen seiner Weste hoch, um sich vor den lästigen winzigen Fliegen und den schwirrenden Mücken zu schützen. Der Boden war uneben, stellenweise glitschig durch feuchtes Moos und durchsetzt von tückischen kleinen Stolpersteinen. Holger musste sich auf den Weg konzentrieren, um mit den Sohlen seiner leichten Sportschuhe nicht auszurutschen. Nicht einmal richtige Schuhe habe ich an, dachte er grimmig.

Als er sich der Rauchsäule, die er aus der Ferne bemerkt hatte, näherte, sah er, dass sie aus dem Kamin einer kleinen Holzhütte kam, die jemand mitten in diese einsame Gegend gebaut hatte. Vielleicht Waldarbeiter, dachte Holger, oder vielleicht auch Jäger. Wenn er viel Glück hatte, gab es dort sogar ein Funkgerät. Die Hütte wirkte ziemlich verfallen, aber das Dach hatte jemand mit Teerpappe unfachmännisch gedeckt. Die Fensterscheiben waren schmutzig, so dass der Schein einer Lampe nur trübe nach außen drang. Na, besonders schön hergerichtet ist das hier ja nicht, dachte Holger. Das fand er etwas merkwürdig, denn normalerweise waren auch die ärmlichsten und winzigsten Waldhütten zumindest ansatzweise behaglich. Komisches Hexenhäuschen, ging es ihm durch den Kopf. Als er näher kam, bemerkte er die beiden Männer. Sie saßen vor der Hütte an einem kleinen Feuer. Vielleicht Angler, dachte Holger. Er freute sich und wollte gerade auf sich aufmerksam machen, als er innehielt. Eine innere Stimme mahnte ihn zur Vorsicht. Holger konnte nicht begründen, was ihn so stutzig machte, aber es hatte mit der Aura der beiden Männer zu tun. Sie taten nichts Besonderes, aber ihr Aussehen und die Art, wie sie sich von Zeit zu Zeit umsahen, machten ihn misstrauisch. Holger versteckte sich hinter einem großen Stein, nahm seinen auffälligen Hut ab und steckte ihn in seine Westentasche. Plötzlich trat ein weiterer Mann zu den Anderen. Er hatte einen fast kahlrasierten Kopf und trug mehrere große Kartons. Die anderen Männer riefen ihm etwas in einer Sprache zu, die er nicht verstand. Schwedisch war das ganz sicher nicht. Atemlos trat Holger ein paar Schritte zurück, übersah dabei eine Wurzel und stürzte rücklings zu Boden. Eine Schrecksekunde später bemerkte er, dass plötzlich Unruhe in die Männergruppe kam. Offenbar hatten sie das Geräusch seines Sturzes gehört, konnten es aber nicht orten. Sie standen auf und liefen angespannt umher, beobachteten die Umgebung. Spätestens jetzt war Holger klar, dass die Männer nichts Gutes im Schilde führten und er gut daran getan hatte, sich nicht zu erkennen zu geben. Vielleicht waren es Schmuggler oder Dealer, aber das war Holger ziemlich egal. Er wollte nur noch weg. So schnell er konnte, lief er in die entgegengesetzte Richtung. Bloß weg von der Hütte, bloß weg hier.

„Jetzt mache ich mir aber doch allmählich Sorgen. Holger wollte doch sicher vor der Dunkelheit wieder hier sein. Was sollen wir denn jetzt bloß machen?" Elke sah sehr besorgt aus.

„Tja", Jens dachte nach, „Wenn wir jetzt zur Polizei gehen, werden sie vor morgen früh nicht viel machen können. Bei Nacht latschen die auch nicht durch den Wald. Wir müssen bis morgen warten, und vielleicht kommt er ja gleich fröhlich um die Ecke."

„Schön wär's." Trotz aller Besorgnis musste Elke lächeln, wenn sie an Holger dachte. Sie mochte sein positives und treuherziges Wesen, auch wenn er manchmal ein bisschen naiv wirkte. Aber war er wirklich so naiv? Vielleicht sollte ich das Leben auch ein bisschen mehr von der sonnigen Seite aus sehen, dachte Elke. Wenn das bloß so einfach wäre. Sie dachte an Joachim und an Susanne. Und plötzlich brachen Angst und Verzweiflung aus ihr hervor, es war einfach zu viel für Elke. Sie schlug die Hände vors Gesicht und weinte.

Jens sagte nichts, legte nur einen Arm um sie. Was hätte er ihr auch sagen sollen? Alle seine Vermutungen über Susanne hätten ihre Sorge wahrscheinlich vergrößert. Jens war ziemlich sicher, dass Susanne irgendwie in Not geraten war, und der Gedanke machte ihn ganz krank. Und jetzt auch noch Holger. Ihm war auch zum Heulen zumute.

„Morgen gehen wir zur Polizei", schniefte Elke, „dann müssen die sich um Holger und Susanne kümmern. Ich kann einfach nicht mehr. Ich will nur noch nach Hause."

Jens sah sie entgeistert an. „Du willst doch wohl nicht nach Deutschland zurückfahren, bevor Susanne wieder bei uns ist."

Elke zuckte mit den Schultern und wischte sich die Nase am Ärmel ab. „Ich weiß es einfach nicht."

Jens' Augen wurden dunkel und an seinem Hals pochte die Schlagader. „Ja, bist du denn von allen guten Geistern verlassen? - Also, wenn du hier einfach abhauen willst, bitte sehr! Ich bleibe hier und gehe nicht vorher zurück."

Elke sah ihn an, überrascht von seiner Heftigkeit. Jens holte tief Luft. Dann sah er ihr mit einer Entschlossenheit in die Augen, die sie fast erschreckte. „Ich gehe hier erst zusammen mit Susanne wieder weg – und wenn ich sie bis Deutschland im Auto festbinden muss!" Dann atmete er tief aus, nahm einen großen Schluck Wein und stand auf, die Hände tief in den Taschen seiner Jeans vergraben.

„Aha", machte Elke nur. Habe ich es doch gewusst, dachte sie mit einem leisen Anflug von Triumph. Du liebst sie noch und weißt es einfach nicht.

Die Männer hatten die Suche achselzuckend beendet und sich ins Haus zurückgezogen. Holger atmete auf. Seine Erleichterung war allerdings nicht von Dauer, denn eigentlich steckte er in dem gleichen Schlamassel wie vorher. Er, der alte Schwedenkenner, hatte sich hoffnungslos verirrt. Daran gab es nichts zu rütteln. Und heute konnte er auch nicht mehr viel machen, denn das Licht wurde schwächer und schwächer. Ich sollte mir einen einigermaßen geschützten Platz suchen und dort die Nacht verbringen, dachte er. Morgen sieht die Welt wieder anders aus. Er hatte gerade neuen Mut gefasst, als er spürte, dass etwas nicht stimmte. Sein Hinterkopf tat ihm weh, und als er ihn mit der Hand berührte, fühlte er die klebrige Nässe an seinen Fingern. Er leckte mit der Zungenspitze an seinem Mittelfinger. Blut. Er musste sich bei seinem Sturz verletzt haben. So ein Mist. Hoffentlich war die Wunde nicht gefährlich. Er würde langsam weitergehen und sich möglichst wenig bewegen. Nicht viel später wurde Holger übel. Vielleicht habe ich auch noch eine Gehirnerschütterung, dachte er. Ich kann mich jetzt nicht einfach irgendwo hinlegen, sonst wache ich morgen am Ende nicht mehr auf. In der Nachbarschaft seiner Eltern war vor Jahren ein junger Mann betrunken mit dem Fahrrad in einen Straßengraben gefahren. Er hatte sich aufgerappelt, war nach Hause gefahren, ins Bett gegangen – und war am nächsten Morgen tot gewesen. Ein Blutgerinsel, hatte man den verzweifelten Eltern erklärt. Hätte er nicht geschlafen, würde er vielleicht noch leben. Und ich werde nicht schlafen, dachte Holger trotzig und suchte im Halbdunkel nach dem erlösenden Hinweis, der ihn auf den richtigen Weg führen würde.

Die Zeit verging. Mittlerweile war es fast dunkel und empfindlich kalt. Holger suchte krampfhaft nach einer Wegmarkierung, einem Unterstand, irgendwas. Er fluchte, er weinte, er betete. Herrgott nochmal, hilf mir doch!

Und dann sah er den Steinstapel. Steine unterschiedlicher Größe waren zu einem ordentlichen Turm aufeinandergelegt worden. Es sah aus wie von einem Kind beim Spielen gebaut, aber in Wirklichkeit war es eine Wegmarkierung, eine sogenannte Steinrose. Holger kannte sie von seiner Fjälltour. Endlich hatte er einen Anhaltspunkt. Wären nicht seine hämmernden Kopfschmerzen und die fürchterliche Übelkeit dagewesen, hätte Holger seinen Abenteuergeist wahrscheinlich wiedergefunden. So aber quälte er sich Schritt für Schritt weiter, zunehmend schwächer. Zwischendurch stolperte er und blieb einfach liegen. Nur schlafen. Einfach nur schlafen ... Doch dann rappelte er sich mühsam wieder auf und folgte den Wegmarkierungen, die er in der Dunkelheit mehr erahnen als deutlich erkennen konnte. Wie gut, dass sie helle Steine genommen haben, dachte er. Holger wusste nicht, wie lange er schon unterwegs war, als er in einiger Entfernung eine kleine Schutzhütte sah. Zuerst bekam er einen Schreck, weil er befürchtete, im Kreis gelaufen und wieder bei den zwielichtigen Gestalten gelandet zu sein, aber dann erkannte er, dass es sich wohl um eine Schutzhütte für Wanderer handelte. Er setzte einen Fuß vor den anderen, fast wie ein Roboter.

Die beiden Norweger, die sich gerade in ihre Schlafsäcke gemummelt hatten, erschraken, als sich plötzlich die Hüttentür öffnete und ein Mann auf der Schwelle zusammenbrach.

Kapitel 11

Es war noch sehr früh am Morgen, als sie ihre kleine abgelegene Hütte verließ und sich an die Arbeit machte. Wie schön, dass der Bäcker seine Kiste mit den frischen Backwaren schon vor die Tür gestellt hatte. Dann würde sie früh in der Waffelstube fertig werden und hätte mehr Zeit für den Trollpark. In den letzten Tagen hatte sie – ehrlich gestanden – ein wenig geschludert. Das könnte sie heute wieder aufarbeiten. Gunnar war zwar nicht pingelig, aber sie wollte ihn nicht betrügen – nach allem, was er für sie getan hatte.

Es war ein Mittwoch im letzten Winter gewesen, als sie hier bei Gunnar gestrandet war. Eigentlich hatte der Tag ganz freundlich angefangen. Sie hatte nach der Arbeit in der Touristeninformation noch einen kleinen Bummel durch Moras Fußgängerzone gemacht, denn das Wetter war herrlich gewesen: klirrend kalt und strahlend sonnig. Sie hatte tief durchgeatmet und zum eisblauen Himmel hinaufgesehen. Wie schön, dass ich allmählich zur Ruhe komme, hatte sie gedacht. Und vielleicht finden Björn und ich ja doch noch zueinander. Ich muss ihm einfach nur beweisen, dass ich nicht an seinem Jackenzipfel hänge, sondern ein eigenständiges Leben führen kann. Wir haben uns doch so sehr geliebt. Sicher wird alles wieder gut werden. Auf dem Weg zu ihrer Wohnung, die am Ende der Fußgängerzone lag, hatte sie sich noch zwei Zimtschnecken und eine deutsche Zeitung gekauft. Dann sah sie ihn. Er trug einen dunkelblauen Mantel und einen hellbeigen Schal aus feiner Wolle. Sein blondes Haar leuchtete förmlich in der Sonne. Er lief langsam an einem Bekleidungsgeschäft vorbei und betrachtete dabei die Auslagen. Ihr Herz hüpfte. Sie beschleunigte ihren Schritt, suchte schon in ihrem Kopf nach Worten, mit denen sie ihn locker und ungezwungen zu einer Zimtschnecke und Kaffee in ihre Wohnung einladen wollte. Wie gut, dass meine Wohnung so schön aufgeräumt ist, dachte sie. Sie stellte sich vor, wie sie miteinander reden und sich wieder näherkommen würden. Ein neuer Anfang. Ihr Herz klopfte schneller, und ihre Wangen röteten sich.

„Hallo Björn", sagte sie ein wenig atemlos.

Er lächelte ihr freundlich zu. „Hallo Susanne. Dass man sich so trifft ..." Er wirkte angespannt und sein Blick ging mehrmals zur Tür des Ladens, vor dem sie standen. Komisch, dachte Susanne gerade in dem Moment, als die junge Frau aus dem Laden kam und sich ganz selbstverständlich neben Björn stellte. Susannes Blick ging von ihr zu Björn, und da verstand sie plötzlich seine Nervosität. Sie war also seine neue Freundin – ganz hübsch eigentlich. Auf so etwas war Susanne innerlich gefasst gewesen, nicht aber auf die identischen schlichten Goldringe, die beide trugen. Susanne schluckte. „Oh, darf ich gratulieren?", fragte sie und hoffte, es würde sich in Wahrheit weniger verzweifelt anhören als es in ihren eigenen Ohren klang. Die junge Frau lächelte unbefangen. „Du darfst gleich doppelt gratulieren ... ", sagte sie fröhlich und klopfte mit der flachen Hand leicht auf ihren runden Babybauch, den Susanne bisher gar nicht bemerkt hatte. „Na, dann alles Gute für euch", sagte sie schnell und eilte davon.

Was sie am meisten verletzte, war das Baby.

Als sie einmal die Pille vergessen hatte und sie auch kein Kondom hatten, hatte sie ihm zugeflüstert. „Wäre ein Kind denn so schlimm?" Sie hatte gehofft, dass sie sich nach dieser Frage besonders innig lieben würden und sie vielleicht tatsächlich schwanger werden könnte. Aber Björn reagierte ganz anders. Er war schlagartig wieder ganz nüchtern und sagte nur: „Lass mal lieber. Ich möchte nicht Vater werden." Sie brachte seine Äußerung damals nicht mit seinen Gefühlen ihr gegenüber in Zusammenhang. Doch das war wohl ein Irrtum. Bei einer anderen Frau kamen offenbar Vatergefühle in ihm auf. Also haben seine Gefühle wirklich nicht gereicht, dachte sie bitter.

Hals über Kopf packte sie danach das Nötigste zusammen und hinterließ auf dem Anrufbeantworter der Touristeninformation die Nachricht, dass sie aus persönlichen Gründen ein paar Tage frei haben müsste. Pernilla würde meckern, aber letztlich würde sie vermuten, dass es etwas mit ihrer deutschen Familie zu tun haben könnte. Dann setzte sie sich in ihr kleines altes Auto und fuhr los. Warum sie ausgerechnet in Richtung Sälen gefahren war, konnte sie später nur vermuten. War es die Sehnsucht nach den glücklichen Zeiten mit Björn gewesen? Ganz zu Anfang ihrer gemeinsamen Zeit hatten sie ein paar romantische Wochenenden in einer abgelegenen kleinen Blockhütte verbracht. Sie waren am Freitag nach Feierabend losgefahren, hatten in einem Supermarkt großzügig eingekauft und sogar noch eine gute Flasche Sekt im Schnapsladen besorgt. Sie hatten den Abend vor dem Kamin verbracht und, als es spät wurde, einfach ihr Bettzeug vor den Kamin gelegt. Die ganze Nacht hatten sie das Feuer brennen lassen und sich im Schein der lodernden Flammen geliebt. Raffiniert und sexy hatte sie ihn aus seiner Reserve gelockt und es dann genossen, wie er seine Lust hemmungslos auslebte. Auch wenn er am Tage manchmal distanziert und ab und zu sogar ziemlich kühl war: Im Bett war er Wachs in ihren Händen. Ohne Wenn und Aber. Lange Zeit täuschte der Sex darüber hinweg, dass in ihrer Beziehung etwas nicht stimmte. Aber irgendwann konnte er die wachsende Kluft zwischen ihnen nicht mehr überwinden. Der Alltag holte sie auch im Bett ein.

Angefangen hatte es vielleicht mit dem Skiwochenende mit seinen Freunden. Sie hatten sich mit einigen Leuten in einem hübschen Hotel in Idre getroffen. Inmitten eines Feriendorfes, in dem Rentiere ungezwungen zwischen den Häusern herumspazierten, hatten sie sich in dem Hotel eingemietet. Tagsüber wollten sie Ski fahren, und abends wollten sie gemeinsam essen oder den Wellnessbereich nutzen. Richtig edel sollte es werden, denn der Anlass war, dass Björn, Lars und Bengt ihre ersten beruflichen Erfolge miteinander feiern wollten. Beide hatten ihre Freundinnen mitgebracht, von denen vor allem Bengts Freundin Eva eine echte Sexbombe war. Sie war oberflächlich betrachtet freundlich zu Susanne, ließ sie aber spüren, dass sie keine Eingeweihte war. Sie sprach schnell und verfiel, vor allem in Björns Anwesenheit, gern in ihren Dialekt – wohl wissend, dass Susanne dem Gespräch dann kaum folgen konnte, obwohl ihr Schwedisch mittlerweile schon gut war. Am Anfang reagierte Björn nicht auf den Dialekt, bezog Susanne ins Gespräch ein und gab sich alle Mühe, sie in die Gruppe zu integrieren. Aber dann ließ er nach in seinen Bemühungen, als wollte er den Anderen signalisieren: „He, ich bin doch einer von Euch." Susanne fühlte sich ausgeschlossen. Sie verstand die Witze nicht, über die die Anderen laut lachten, und nachdem sie aus Evas dunkelbraunen Augen einige kritische Blicke zugeworfen bekommen hatte, traute sie sich nicht mehr, sich an der Unterhaltung zu beteiligen oder gar Fragen zu stellen. Sie spürte, dass ihr Verhalten Björn missfiel. Das machte sie noch verkrampfter. Nach einer Weile war sie nur noch wütend und traurig und zog sich zurück. „Du bist unmöglich", schimpfte Björn, „Ich kenne die Leute schon ewig, und nur weil wir uns nicht ständig um dich kümmern, spielst du die beleidigte Prinzessin." Susanne war entsetzt. So sah er sie also: die beleidigte Prinzessin. In der Nacht schmiegte sie sich von hinten an ihn, aber er rückte von ihr weggerückt. „Ich will schlafen", hatte er nur gemurmelt. Das war das erste Mal, dass Sex als Kitt und Balsam nicht funktionierte. Susannes Unbefangenheit war dahin. Außerdem war sie tief enttäuscht. Sie hatte doch alles getan, um sich einzugliedern: die Sprache gelernt, die Kultur förmlich in sich aufgesogen – war das denn wirklich nicht genug? Susanne war ratlos.

An dem Tag, an dem Susanne aus Mora geflohen war, erreichte sie am frühen Abend den Trollpark. Sie hatte das kleine Hinweisschild an der Straße entdeckt und sich entschieden, dort eine Pause einzulegen. Zum Nachdenken. Zum Kaffeetrinken. Zum Atemholen.

Sie stellte ihr Auto auf den leeren Lagerplatz in der Nähe der Waffelstube und trat ein. Ein paar Skifahrer tranken Früchtepunsch, und ein junges Liebespaar in der hinteren Ecke knutschte heftig und ziemlich ungeniert. Susanne suchte sich einen Platz an einem der kleinen Tische. Sie legte ihre Jacke ab und holte sich Kaffee und ein Stück Apfelkuchen. „Es gibt bestimmt bald Schnee", sagte der Mann hinter dem Tresen und sah sie über den Rand seiner Brille hinweg an. Susanne gab nur eine knappe Antwort. Sie hatte keine Lust auf Konversation.

Die Waffelstube leerte sich allmählich. Wahrscheinlich gehen sie jetzt alle in ihre gemütlichen Skihütten, dachte Susanne traurig. Ich will nicht nach Hause. Wo soll das auch sein – mein Zuhause.

Sie war mittlerweile beim dritten Pott Kaffee angelangt und saß stumm in ihrer Ecke. Auf einmal kam der Mann vom Tresen an ihren Tisch, stellte eine Flasche Likör und zwei Gläser darauf ab. Er nahm sich einen Stuhl, setzte sich ihr gegenüber und sah sie mit seinen klugen dunklen Augen abwartend an. „Auch einen?", fragte er leise und hielt die Likörflasche leicht in die Höhe. Susanne nickte. „Du bist doch kein fröhlicher Urlauber, oder?" Susanne schüttelte den Kopf. Tränen stiegen ihr in die Augen, und sie kramte in ihrer großen braunen Tasche nach einem Taschentuch. Geräuschvoll putzte sie sich die Nase.

„Ich bin übrigens Gunnar, und ich habe Zeit."

„Ich heiße Susanne." Sie musste sich schon wieder die Nase putzen. „Wieso hast du mich eigentlich sofort auf Deutsch angesprochen?"

Gunnar lächelte. „Ich habe es an deinem Akzent gemerkt, als du bestellt hast."

„Ach so. Ich dachte schon, ich sehe so deutsch aus."

Gunnar lachte und füllte die Gläser randvoll mit einer bernsteinfarbenen Flüssigkeit. Moltebeerenlikör. Die Farbe sieht aus wie Elkes Augen, dachte Susanne kurz. Wenn sie doch jetzt bloß hier wäre.

„Wie sieht man denn aus, wenn man deutsch ist?", wollte er wissen.

„Ach, vielleicht ein bisschen trocken oder steif oder was weiß ich."

„Oder verheult wie ein kleines verängstigtes Kaninchen", sagte er, hob sein Glas und trank ihr zu.

Auch Susanne hob ihr Glas und nahm einen kräftigen Schluck.

Danach holte sie tief Luft. „Also ... , na ja ... ", begann sie stockend.

Eine knappe Stunde und einige Gläser Likör später hatte sie Gunnar ihre ganze Geschichte erzählt. Er hatte sie nur selten unterbrochen – nur wenn sie konfus erzählte oder er etwas genauer wissen wollte – und ansonsten zugehört. Wie komme ich eigentlich dazu, diesem Fremden alles zu erzählen, fragte sich Susanne verwundert. Aber irgendetwas in seinem klugen Gesicht hatte ihr Vertrauen erweckt.

„Hm", machte Gunnar, „weglaufen bringt dich nicht weiter. Warum fährst du zum Nachdenken nicht zurück nach Deutschland?"

„Ich kann nicht. Sie glauben, dass ich hier glücklich bin. Eigentlich haben sie es nie so ganz genau wissen wollen, nachdem sie sich einmal daran gewöhnt hatten, dass ich nach Schweden gegangen bin. Wir haben uns zwar jedes Jahr gesehen, und ich habe sie jede Woche angerufen ... "

„Moment mal", unterbrach Gunnar sie, „Warum hast denn immer du angerufen?"

„Ach, das hatte sich so eingebürgert. Nachdem meine Mutter mich am Anfang fast täglich angerufen hatte, hat mein Vater sie wohl zurückgepfiffen. Und irgendwie hat es sich dann so ergeben, dass immer ich angerufen habe. Sie haben mir sogar gelegentlich Telefongeld überwiesen. Ist das nicht verrückt?" Sie lachte kurz, wurde dann aber wieder ganz ernst und sagte:

„Ich will da einfach nicht mit einem Scherbenhaufen in den Händen wieder ankommen."

„Du siehst also eine Niederlage darin?"

Susanne zuckte mit den Schultern.

„Im Moment kann ich gar nichts entscheiden. Ich muss erstmal zur Ruhe kommen."

Gunnar nickte ernst und sah sie lange an. Susanne fühlte sich schon ein wenig unbehaglich, als er plötzlich sagte: „Also pass auf, Susanne, ich habe da eine Idee. Du bist ganz in Ordnung, und ich könnte in der Saison eine Hilfe gebrauchen. Viel bezahlen kann ich nicht, aber du kannst hier essen und in einer der winterfesten Hütten wohnen. Und in ein paar Wochen hast du die Sache dann vielleicht verdaut und weißt, was du tun willst."

Susanne war erstaunt und suchte in Gedanken nach den Fallstricken in seinem Angebot. Sie fand ihn sympathisch und hatte auch nicht das Gefühl, dass er sich an sie heranmachen wollte, aber dennoch war ihr nicht wohl dabei.

„Na ja ... ", sagte sie zögernd.

Gunnar sah sie leicht amüsiert an. „Hast du etwa Angst vor mir und hältst mich für den bösen Wolf?"

Susanne musste fast gegen ihren Willen lachen, zuckte aber nur mit den Schultern. Bei Männern hatte sie schon so manche Überraschung erlebt.

Am Ende blieb sie dann doch bei Gunnar, und aus den geplanten Wochen wurden Monate. Gunnar verhielt sich ihr gegenüber sehr anständig. Selbst wenn er sie anziehend fand, ließ er sie das nur sehr zurückhaltend spüren. Er weiß, dass es mir nicht gut geht, dachte Susanne, und er würde diese Situation nie für sich ausnutzen. Diese Erkenntnis vergrößerte Susannes ohnehin große Sympathie für ihn. Manchmal sah sie ihn von der Seite an, wenn er mit jemandem redete oder Zeitung las. Du hast ein Geheimnis, dachte sie dann. Und beim Betrachten seiner feinnervigen, gepflegten Hände war sie sich sicher, dass er eine Vergangenheit hatte, die nicht viel mit dem Trollwäldchen samt Waffelstube zu tun hatte. Aber Susanne war klug genug, ihn nicht nach seiner Geschichte zu fragen.

Wenn die Zeit reif ist, wird er es mir schon von selbst erzählen, dachte sie.

Ihr Leben bei Gunnar war ziemlich ruhig und vor allem zurückgezogen. Sie wohnte in einer der kleinen roten Holzhütten am Rande eines Lagerplatzes. Mit Gunnars Hilfe hatte sie in einer Nacht-und-Nebel-Aktion ihre Wohnung in Mora, die glücklicherweise nur klein gewesen war, leergeräumt und ihre Möbel nach Sälen gebracht. Die Wohnung hatte sie über einen Makler vermieten lassen, damit sie möglichst nichts mehr in Mora zu erledigen hatte. Gunnar hatte eine kleine Küchenzeile in ihre Hütte eingebaut und ihr zum Einzug eine Kaffeemaschine geschenkt. Mit Liebe und Geschmack hatte Susanne aus der kleinen Hütte so etwas wie ein Zuhause gemacht. Und doch ... Natürlich war ihr klar, dass sie sich versteckte. Als sie nach einiger Zeit ihr Auto an einen jungen Mann verkaufte, der im nahegelegenen Gebirgshotel als Kellner arbeitete, wurde es ihr erst richtig klar: Ich sitze hier ohne abgeschlossene Ausbildung und ohne Perspektive in einer Holzhütte am Arsch der Welt – und wenn ich hier weg will, muss ich den Bus nehmen. Doch der fährt nur einmal am Tag ... Manchmal fühlte sie sich wie in einer Falle. Am schlimmsten waren dann die Tage, an denen sie bei ihren Eltern in Deutschland anrief und ihnen eine heile Welt vorgaukelte.

„Ach, Mama, natürlich würde ich gern zu Papas Geburtstag kommen, aber im Moment komme ich hier leider gar nicht weg (was ja nicht ganz gelogen war) ... Ja, Björn geht es auch gut (was sicher stimmte) ... Ach, ich wäre jetzt gerne bei euch (was die Wahrheit war) ... "

Nach jedem dieser Telefonate war Susanne völlig fertig.

„Warum traust du dich nicht?", wollte Gunnar eines Tages wissen.

„Vielleicht werde ich mich irgendwann trauen, aber jetzt bin ich noch nicht so weit", antwortete sie nur.

„Es wird nicht leichter werden", sagte Gunnar.

„Woher willst du das wissen?", fragte Susanne und sah ihn aufmerksam an. Als er nichts entgegnete, begriff sie plötzlich. „Du, Gunnar", sagte sie leise und legte ihm sanft eine Hand auf die Schulter, „Ich koche heute Abend für uns, und dann erzählst du mir mal ein bisschen was." Gunnar zögerte einen Moment, aber dann nickte er. „Es muss aber wirklich lecker sein, sonst erzähle ich nichts."

Susanne hatte sich nicht geirrt: Gunnar gehörte eigentlich nicht nach Sälen. Dass er aber Deutscher war, hatte sie nicht gedacht. Sein Schwedisch war, soweit sie das beurteilen konnte, absolut perfekt, und auch sonst wirkte Gunnar ziemlich schwedisch. Er war ruhig und gelassen, hatte nicht viel für Formalitäten übrig und hasste Eitelkeiten. Aber das war früher – in seinem ersten Leben, wie er es nannte – völlig anders gewesen. Gunnar war Bauingenieur, hatte für ein großes Bauunternehmen in Stuttgart jede Menge ehrgeizige Bauvorhaben geleitet und koordiniert. Er war ein Paradepferd seiner Firma: smart, elegant und mit genau der richtigen Mischung aus Charme und Rücksichtslosigkeit, die einen Mann im Geschäftsleben weiterbringt. Und nicht nur im Geschäftsleben: Gunnar hatte Chancen bei Frauen und nutzte sie auch. Als er dann aber Doris traf, war es vorbei mit dem Vagabundenleben. Gunnar verliebte sich in die hübsche dunkelhaarige Tochter eines Stuttgarter Zahnarztes und machte ihr nach drei Monaten einen Heiratsantrag. Sein Leben lief wie auf Schienen, er kam sich vor wie ferngesteuert: Heirat, Familie, Karriere. Was wollte er mehr? Doch dann kam alles ganz anders, und zwar ziemlich plötzlich. Die Firma geriet ins Trudeln und musste schließlich Konkurs anmelden. Gunnar verlor seine Arbeit. Zuerst glaubte er, seine Kontakte spielen lassen zu können, um eine neue Stelle zu bekommen, aber er hatte sich geirrt.

Seine Freunde vom Golfplatz zeigten ihm plötzlich die kalte Schulter, er wurde nicht mehr auf Partys eingeladen und dezent übersehen, wenn jemand ihn auf der Straße traf. Gunnar fühlte sich wie ein Geächteter, und seine anfängliche Verletzheit schlug um in Zorn und mündete schließlich in trauriger Verbitterung. Am schlimmsten war für ihn, dass seine Familie in die Sache hineingezogen wurde. Die gesellschaftliche Ächtung erstreckte sich auch auf seine Frau und selbst die Kinder, die man nicht mehr zu angesagten Reitpartys auf dem Ponyhof einlud und die man spüren ließ, dass sie materiell nicht mehr mithalten konnten. Der Tag, an dem sie aus dem schönen großen Haus am Stadtrand ausziehen mussten, war der schlimmste seines Lebens gewesen. Zwar hatten sie eine ordentliche Mietwohnung in einer annehmbaren Lage angeboten bekommen (dazu hatte sich ein Bekannter aus dem Golfclub dann doch noch herabgelassen), aber der Abstieg war mehr als deutlich. Zuerst hatte Doris ihn aufgemuntert, ihm zur Seite gestanden. Als er aber immer tiefer in Depressionen versank, fühlte sie sich überfordert. Eines Tages begann sie als Sprechstundenhilfe in der Praxis ihres Vaters zu arbeiten und überraschte ihn nur wenige Wochen später mit der Nachricht, dass sie ihn verlassen wollte. Gunnar war zu schwach zum Kämpfen. Er konnte einfach nicht mehr. Um zur Ruhe zu kommen, machte er sich eines Tages auf den Weg nach Schweden zu einem Angelurlaub. Er wollte aufs Wasser sehen und seine Gedanken ordnen, sich einen Plan für die Zukunft zurechtlegen. Vielleicht wäre das auch so gekommen, wenn sein Auto nicht kurz hinter Sälen den Geist aufgegeben hätte. Ein hilfsbereiter Schwede schleppte ihn bis zum Trollpark ab, und während Gunnar auf den Pannendienst wartete, kam er mit dem alten Besitzer des Trollparks ins Gespräch. Er erzählte Gunnar, dass er ein paar Hütten instandsetzen musste, und aus einer Laune heraus bot Gunnar ihm seine Hilfe an. Nachdem er drei Tage Dächer repariert und Vordächer gebaut hatte, fühlte er sich besser als nach all den Stimmungsaufhellern, die ihm sein Hausarzt verschrieben hatte. Abends erzählte ihm der alte Besitzer bei einem Bier, dass er den Trollpark gerne in jüngere Hände abgeben würde. Gunnar nahm das als Zeichen des Schicksals. Er machte alles zu Geld, was er irgendwie verkaufen konnte, und leistete eine ordentliche Anzahlung für den Grund und die Gebäude des Trollparks. Den Rest wollte er als regelmäßige Rate abtragen. Es war ein Sprung ins kalte Wasser mit dem Mut der Verzweiflung gewesen. Anfangs hatte Gunnar sich befreit gefühlt, auch weil seine Frau offenbar keinen Unterhalt von ihm wollte. Wie er später erfuhr, hatte sie schon recht schnell nach seinem Verschwinden einen anderen Mann kennengelernt. Sicher nicht so ein Versager wie ich, hatte Gunnar bitter gedacht. Dann aber, nach einigen Monaten, begann sich so etwas wie Sehnsucht in ihm breit zu machen: nach seinen Kindern, nach seiner Sprache, nach seiner vertrauten Umgebung. Nach einem guten Jahr hatte er das Reisegeld auf die Seite gelegt. Mit wenig Gepäck fuhr er nach Deutschland. Er nahm sich ein Einzelzimmer ohne eigenes Bad in einem einfachen kleinen Hotel und lief durch Stuttgart wie ein Spion. Mit Kappe und Sonnenbrille saß er in der Fußgängerzone und hielt Ausschau nach bekannten Gesichtern. Er lauschte atemlos schwäbischen Unterhaltungen und sog alles in sich auf. Und dann, als er besonders mutig war, lungerte er vor der Schule seiner Kinder herum. Tina sah er dann auch. Sie lief mit offener Jacke und wehenden Haaren aus dem Gebäude, gerade an ihm vorbei. Er hätte sie, einem plötzlichen Impuls folgend, beinahe in die Arme genommen, hielt sich aber im letzten Moment noch zurück. Er war froh gewesen, dass sie nicht strahlend auf eine glückliche Doris an der Seite eines fremden Mannes zugelaufen war. Das hätte er nicht ertragen können. Nach vier Tagen des Umherstreifens, die ihm nicht das Erhoffte gebracht hatten – wobei er gar nicht sicher war, was er sich eigentlich erhofft hatte – war er nach Schweden zurückgekehrt. In Deutschland war er seither nicht mehr gewesen.

„Bist du wirklich sicher, dass du eines Tages inkognito von einer Parkbank aus deine Leute beobachten willst?"

Gunnar hob sein Weinglas und trank einen Schluck.

Susanne sagte kein Wort.

Das war jetzt schon eine ganze Weile her, und in Susannes Leben hatte sich nichts geändert.

Ich darf nicht so trödeln, dachte sie, sonst werde ich nicht fertig. Sie nahm einen groben Besen und machte sich daran, die Trollhäuschen und schelmisch dreinblickenden Holzfiguren zu säubern. Die Hütten zeigten hübsche, kindgerechte Szenen aus dem Alltagsleben der Trolle. Es gab eine Trollschule, in der vorwitzige kleine Kerlchen in den Bänken saßen und sich von einer sehr energisch wirkenden Lehrerin über Tiere und Pflanzen des Waldes unterrichten ließen. Susanne mochte diese Schule besonders gern, und immer dachte sie dabei auch an Elke.

Ihr Lieblingstroll allerdings war ein kleines Kräuterweiblein, dessen Lächeln sein Gesicht in tausend kleine Fältchen legte. Die Figur sah aus wie Frau Michalke. Was mochte wohl aus ihrer lieben alten Nachbarin geworden sein? Die letztjährige Weihnachtspost an sie war wieder an Susanne zurückgegangen: „Empfänger unbekannt verzogen" hatte auf dem Briefumschlag gestanden. Wenigstens nicht verstorben, hatte Susanne gedacht, aber damit hatte sie sich eigentlich nur beruhigen wollen. Sie wusste, dass Frau Michalke sehr an ihrer Wohnung hing und sie wahrscheinlich nur aus zwingenden Gründen aufgeben würde. In ihrer Fantasie sah Susanne sie in einem Altenheim dahinvegetieren. Der Gedanke daran machte sie sehr traurig – vielleicht auch deshalb, weil sie sich unwillkürlich fragte, was wohl mit ihr einmal geschehen würde, wenn sie hier in Schweden zu einer alten Frau geworden sein würde. Die Strickjacke, die Frau Michalke ihr zum Abschied geschenkt hatte, hütete sie jedenfalls noch immer wie einen Schatz.

Systematisch arbeitete Susanne sich durch alle Holzhäuschen des Trollparks. Sie entfernte Spinnweben, fegte die ersten Herbstblätter fort und hing ihren Gedanken nach. Es wird schon Herbst, und danach kommt wieder ein langer dunkler Winter. Ich muss wirklich eine Entscheidung treffen, sonst bleibe ich am Ende tatsächlich hier hängen. Aber schon bei dem Gedanken an eine kleinlaute Heimkehr und die anschließende Tratscherei - „Tja, hat wohl nicht geklappt mit ihrem Traumprinzen." oder „Das hat man davon, wenn man sich für was Besonderes hält." - wurde ihr ganz schlecht. Am unwohlsten fühlte sie sich bei dem Gedanken, eines Tages vielleicht sogar auf Jens zu treffen - sie allein und er mit Frau und Kind und Kegel. „Na, Wikingerbraut? War wohl nichts ... ", wären wahrscheinlich seine Worte. Susanne schauderte.

Zwei Stunden später hatte sie ihre Arbeit beendet und setzte sich für einen Moment auf eine Bank. Wie schön es hier doch war. Das Trollwäldchen war mehr oder weniger ein Rundweg an einem Hang. Im Winter war es hier sehr lebendig. Kinder und Eltern genossen die kleine Abwechslung vom Skifahren, tranken Punsch oder Kaffee und freuten sich an den drolligen Figuren. Die Kinder drückten ihre Nasen an den Trollhäuschen platt und fanden besonderen Gefallen an dem hölzernen Plumpsklo, in dem ein riesiger Troll saß und hörbar mit seinem Stuhlgang zu tun hatte. (Der Ton kam aus einem kleinen Lautsprecher.) Natürlich gab es auch erfreulichere Tonuntermalungen: Volksmusik bei der Trollkneipe und den Hochzeitsmarsch bei der Trollkirche, in der ein hölzernes Brautpaar am Altar stand. Mittlerweile konnte Susanne die Hochzeitsszenerie in der Kirche ertragen, aber ganz zu Anfang war sie dort regelmäßig in Tränen ausgebrochen.

Susanne schaute auf die Uhr: bald neun Uhr. Sie stand auf, knöpfte ihre Strickjacke zu und machte sich bergab auf den Weg zur Waffelstube. Wie jeden Morgen würden Gunnar und sie dort gemeinsam frühstücken. Ich setze erst denn Kaffee auf, und danach richte ich die Gebäcktheke her, dachte sie etwas widerwillig. Eigentlich war das ja eine angenehme Aufgabe – wenn bloß die dämlichen Zimtschnecken nicht wären. Jeden Morgen schlug ihr der Geruch von Zimt und Kardamom entgegen, wenn sie das Gebäck aus der Lieferkiste des Bäckers nahm. Immer dieser blöde Zimt. Sie war dieses penetrante Gewürz leid.

Als sie die Waffelstube betrat, war Gunnar nicht da. Der Frühstückstisch war für zwei Personen gedeckt, und neben der Butterdose lag ein Zettel:

„Guten Morgen! Bin nur eben Holz besorgen, komme gleich wieder."

Susanne kochte Kaffee und begann die Kiste mit den Backwaren auszuräumen. Als das Telefon, das auf dem Tresen stand, klingelte, wollte sie zuerst nicht abnehmen, weil ihre Finger vor lauter Zuckerguss ganz klebrig waren. Dann aber dachte sie, dass es vielleicht Gunnar sein könnte, und hob den Hörer mit spitzen Fingern ab.

Kapitel 12

Die Zimmerdecke war weiß, ebenso die Bettwäsche und die Möbel. Holger versuchte den Kopf zu drehen und zur Seite zu blicken, aber sein Kopf tat höllisch weh und ihm wurde übel. Er seufzte, drehte seinen Kopf vorsichtig wieder zurück und schloss die Augen.

Was war passiert? Ach ja, das Fjäll und die Ganoven und das Blut. Und die Hütte. Stimmen und fremde Männer und eine Trage. Und dann erstmal nichts mehr.

„Können Sie mich hören?"

Holger nickte vorsichtig und versuchte die Augen zu öffnen.

„Sie können die Augen ruhig zu lassen, wenn es besser für Sie ist."

Es war eine leise Frauenstimme, sanft und freundlich.

„Ich habe Durst", flüsterte Holger.

Die Krankenschwester gab ihm vorsichtig zu trinken und hob seinen Kopf dabei etwas an. Holger trank und seufzte erleichtert, als die Schwester seinen Kopf sanft wieder auf das Kissen sinken ließ.

„Tack."

Er hörte ein Lächeln in der Stimme. „Sie sprechen ja Schwedisch."

„Ein bisschen, ja."

„Sie haben Glück gehabt, es ist kein Schädelbruch. Aber Sie haben viel Blut verloren und sich eine starke Gehirnerschütterung eingefangen. Wir werden Sie ein paar Tage hierbehalten."

„Meine Freunde ... ", Holger wirkte unruhig und besorgt, „Sie sind im Wohnmobil am Trollpark. Ich bin Holger Reskowsky." Mit einer schwachen Bewegung deutete er auf seine Jacke, die an einem Mantelhaken an der Wand hing, und schloss sofort wieder die Augen.

„Keine Sorge. Wir haben schon dort angerufen, weil wir die Adresse bei Ihren Papieren gefunden haben, und Bescheid gesagt, dass Sie hier sind. Man wird Ihre Freunde sicher informieren."

Holger nickte.

Als Gunnar mit einem Stapel Holz in die Waffelstube kam, saß Susanne vor dem Frühstückstisch. Sie hatte nichts angerührt, sich nicht einmal eine Tasse Kaffee eingegossen. In ihren Händen hielt sie einen kleinen Notizzettel, den sie ständig faltete, so dass er schon ganz zerfleddert aussah. Gunnar legte den Stapel Holz auf den Boden neben dem Kamin und trat auf sie zu.

„Alles in Ordnung?"

Susanne zuckte mit den Achseln. „Das Krankenhaus hat angerufen. Einer von den Deutschen aus dem Wohnmobil hat sich beim Wandern verletzt und ist jetzt in Mora."

„Oh, ist er schwer verletzt?"

„Nein, es geht ... Also, er ist nicht in Lebensgefahr."

Gunnar atmete auf. „Gott sei Dank. Na, dann sag' ihnen doch Bescheid. Sie werden sich sicher schon Sorgen um ihren Freund machen."

Als Susanne zögerte, sah er sie aufmerksam an und setzte sich ihr gegenüber auf einen Stuhl.

„Was ist los?", fragte er ernst.

Susanne hob langsam den Kopf und sah in an. „Ich glaube, ich kenne den Mann. Ein alter Studienfreund von mir heißt so."

„Bist du sicher? Und wenn schon?", sagte Gunnar leichthin, aber ihm war schon klar, was Susanne damit eigentlich meinte: Jetzt weiß jemand, der mich kennt, wo ich bin.

Gunnar atmete tief durch und fragte: „Soll ich es ihnen sagen?" Er wusste, dass diese kurze Frage für Susanne eine wichtige Entscheidung bedeutete. Susanne antwortete nicht sofort. Sie hielt den Zettel mit der Notiz in den Händen und starrte ihn an, als könnte er ihr eine Antwort geben.

„Was würdest du tun?", flüsterte sie.

Gunnar sah sie lange an und sagte dann: „Ich glaube, dass das Leben einem manchmal Zeichen geben will. Man muss sie nur richtig verstehen."

Dann nahm er sich Kaffee und ein Brötchen und begann zu frühstücken. Susanne wartete unschlüssig und hoffte darauf, dass er ihr helfen würde, das Zeichen richtig zu deuten. Aber seine Miene war unergründlich, denn genau diesen Gefallen wollte er ihr nicht tun.

Elke fühlte sich wie gerädert. Ihre Nacht war furchtbar gewesen, und das sah man ihr auch an. Ihre rotgeränderten Augen waren matt und müde, ihr Teint war bleich und fleckig. Als sie endlich sorgenschwer in einen unruhigen Schlaf gefallen war, hatte Jens angefangen zu schnarchen. Es war nicht zum Aushalten gewesen. Am Ende hatte sie sich ein Handtuch um den Kopf gewickelt, damit die Geräuschkulisse wenigstens etwas gedämpft wurde. Es tröstete sie ein wenig, dass auch Jens miserabel aussah, als er zerstrubbelt und unrasiert mit ihr zusammen Kaffee trank.

„Wir können es nicht länger hinauszögern, Jens."

„Okay, aber ich muss erst nochmal zum Häuschen."

„Und vielleicht solltest du dich auch rasieren, sonst nehmen sie dich bei der Polizei gleich fest."

Jens knurrte etwas Unverständliches, griff nach seiner Tasche mit dem Rasierzeug und stieg aus dem Wohnmobil.

Als es wenig später leise an der Tür klopfte, war Elke erstaunt. Sollte Jens etwas vergessen haben, würde er doch laut hineingepoltert kommen.

„Ja bitte", rief sie etwas unwirsch.

Die Tür öffnete sich langsam. Zuerst sah sie nur einen Arm in einer grellblauen Strickjacke, aber dann erschien eine Frau mit kastanienbraunen Locken, die sie etwas nachlässig zu einem Pferdeschwanz gebunden hatte. Elke starrte sie mit offenem Mund an und war wie versteinert. „Susanne ... ", flüsterte sie tonlos.

In einem Spielfilm wäre jetzt eine dramatische Filmmusik erklungen, aber hier in der schwedischen Einsamkeit war rein gar nichts zu hören. Nur die Kaffeemaschine gab ab und zu ein kleines zischendes Geräusch von sich.

Susanne fand als Erste ihre Sprache wieder. „Elke! Was machst du denn hier ... ich meine, du hier? ... Ach ... " Dann fiel sie ihrer Schwester um den Hals und konnte gar nicht mehr aufhören zu weinen.

Als Jens mit dem Rasierbeutel in der Hand das Wohnmobil betrat, traute er seinen Augen fast nicht. Susanne und Elke saßen auf einem der Betten, die noch zerwühlt und ungemacht waren, hielten sich im Arm und weinten. Sie hatten ihn nicht bemerkt. Er räusperte sich und blickte kurz darauf in zwei völlig verheulte Gesichter. Einige Sekunden vergingen, bis er begriff, dass es Susanne war, die da in einer plitschplatschblauen Strickjacke vor ihm saß. Susanne ...

Er suchte verzweifelt nach Worten, mit denen er die Situation irgendwie in den Griff bekommen könnte, aber er gab auf, als er spürte, dass keine Worte das leisten könnten. Jens fühlte sich mit der Situation völlig überfordert. Sollte er jetzt nach außen cool sein – was Etikettenschwindel wäre – oder sollte er seine Gefühle zeigen? Aber wie sollte er das schaffen, wenn er doch noch gar nicht verstand, was in ihm eigentlich los war. Also stand er einfach nur da, mit hängenden Armen und einem Gesichtsausdruck, den nicht einmal er selbst hätte deuten können. Als nichts geschah, wollte Elke etwas sagen. Sie wollte gerade den Mund öffnen, als Susanne ihr sachte eine Hand auf den Arm legte und aufstand. Sie strich mit einer verlegenen Geste ihre Jacke glatt und fuhr sich mit einer Hand kurz durch den Pony. Susanne sagte nichts, aber sie ging langsam auf Jens zu, der noch immer dastand wie in Stein gehauen, und blieb dicht vor ihm stehen. „Na du", flüsterte sie leise und strich ihm sanft eine Strähne aus der Stirn.

Meine Güte, wie lange war das jetzt schon her ... Die Frau an der Uferpromenade kehrte in die Gegenwart zurück – nicht zuletzt deshalb, weil auf einmal ein kühler Wind aufgekommen war und sie ein wenig fröstelte. Sie strich sich mit den Händen über die Oberarme, als könnte sie sich dadurch wärmen. Dann richtete sie sich gerade auf und sah auf ihre Armbanduhr. Ach du liebe Zeit, schon so spät. Ich muss ja endlos lange hier gestanden haben, dachte sie. Eigentlich hatte sie nur ein wenig Proviant kaufen wollen, nachdem sie ihr Hotelzimmer bezogen hatten. Nach der langen Reise war es ihr ganz recht gewesen, ein paar Minuten für sich zu haben und einen kleinen Spaziergang machen zu können. Das Wetter war warm und sommerlich, nur gelegentlich versteckte sich die Sonne hinter einzelnen Wolken. Es wimmelte von Touristen, die sich von der schönen Stadt und ihrer einmaligen Lage verzaubern ließen.

Sie hatte sich mit ihrem Einkauf beeilen wollen, aber als sie die ersten Dächer von Gamla Stan vor sich auftauchen sah, konnte sie der Versuchung nicht widerstehen, einen kleinen Rundgang durch Stockholms Altstadt zu machen. Die malerischen Gassen und Plätze zogen sie in ihren Bann. Eigentlich hatte sie Schweden nie wieder betreten wollen, aber jetzt, als das Leben sie doch wieder hierher geführt hatte, spürte sie in ihrem Herzen eine leise Ahnung davon, wie sehr sie dieses Land einmal geliebt hatte. Und dann hatte sie ihn auf einmal entdeckt. Er saß mit einer Frau und einem Mann in dezenter Businesskleidung in einem Straßencafé. Zwar konnte sie sein Gesicht nur halb sehen, weil es zum Teil von einer heruntergelassenen Markise verdeckt war, aber sie war sicher, dass er es war: das leuchtend blonde Haar und das hellblaue Hemd ... Susanne schluckte. Er war es bestimmt, oder vielleicht nicht? Ihr Herz klopfte bis zum Hals. Bloß weg hier. Ich will nicht, dass er mich so sieht. Ich hab doch nur eine alte Bluse an. Bloß weg hier ... Himmel, warum bringt mich das denn so durcheinander? Warum kann ich nicht ganz cool sein? Vielleicht ist er es ja auch gar nicht ... Oder doch? Sie kämpfte einen inneren Kampf, ging weiter, blieb dann stehen und schlich vorsichtig wieder zurück. Wenn er es wirklich ist, kann ich ihn doch wenigstens begrüßen. Doch wenige Augenblicke später verließ sie ihr Mut. Was soll er denn von mir halten – bei den alten Klamotten und meiner Zottelfrisur. Ich muss mich jetzt erstmal beruhigen, hatte sie gedacht und Gamla Stan fluchtartig verlassen. Und nun stand sie immer noch hier, hatte sich zwar einigermaßen beruhigt, aber noch immer nichts eingekauft. Ich suche jetzt einen Supermarkt und kehre ganz schnell zum Hotel zurück, nahm sie sich vor. Schluss mit der Gefühlsduselei, befahl sie sich. Aber eine innere Stimme flüsterte spöttisch: „Als ob du das hinkriegen könntest ... "

Susannes Rückkehr nach Deutschland hatte damals die Regel bestätigt, dass nichts so schlimm ist wie vorher befürchtet. Im Gegenteil: Ihre Eltern, deren Freunde im Dorf und vor allem Milka, die mittlerweile schon ein altes Hundemädchen war, hatten sie liebevoll empfangen. Zur Feier des Tages hatte Friedhelm Schwertfeger in seiner Einfahrt ein Willkommensschild aufgehängt und die Nachbarschaft zu Würstchen und Bier eingeladen. In einem unbeobachteten Moment hatte er Elke in die Arme genommen. „Das hast du gut gemacht, Mädchen." Elke hatte nichts dazu gesagt, denn eigentlich war das nicht wirklich ihr Verdienst. Hätte ihnen der Zufall nicht geholfen, wäre Susanne wahrscheinlich noch immer verschwunden. Susanne hatte übrigens keinen echten Widerstand geleistet, als Elke ihr klargemacht hatte, dass man ohne sie nicht fahren würde. Sie war im Grunde froh darüber, dass der Spuk endlich vorüber war. Dennoch fiel ihr der Abschied von Gunnar schwer, der ihr in einer schweren Lebensphase ein guter Freund geworden war. Tatsächlich hatte Susanne es geschafft, den Kontakt nicht ganz abreißen zu lassen. Mittlerweile war er mit Lucy - einer Engländerin, die in Sälen eine kleine Töpferei eröffnet hatte - zusammen. Die große Liebe war es vielleicht nicht, wie Gunnar schrieb, aber sich fühlten sich gut miteinander. Das war mehr als manch andere Leute von sich sagen konnten, dachte Susanne manchmal.

Nach ihrer Rückkehr hatte sie ihr Leben erst einmal neu geordnet. Sie war zu Professor Wagner gegangen, hatte bei ihm kleine Brötchen gebacken und schließlich erreicht, dass ihre bisherigen Studienleistungen anerkannt wurden. Was Professor Wagner ihr nicht abnehmen konnte, war, dass sie sich zwischen Studenten im Hörsaal wiederfand, die bis zu zehn Jahre jünger waren als sie. Wahrscheinlich halten sie mich für eine Versagerin, die nichts auf die Reihe kriegt. Na prima. Um ihr Selbstbewusstsein zu stärken, aß sie mittags meistens mit Holger in der Mensa. Der Getränkeladen war nicht weit entfernt, und Holger gönnte sich eine ausgedehnte Mittagspause. Seit der Rückkehr aus Schweden dachte er viel darüber nach, wie er sein Leben umgestalten könnte. Der Aufenthalt im Krankenhaus hatte ihn nachdenklicher gemacht. Aber das war nur ein Teil der Wahrheit, denn vor allem hatte er sich verliebt. Inger, die Krankenschwester mit der sanften Stimme, hatte ihn am zweiten Tag, als es ihm schon wieder etwas besser ging, mit ihren rehbraunen Augen angesehen und sein Herz damit ins Stolpern gebracht. Er hatte sie sehnsuchtsvoll mit seinen klaren blauen Augen angeschaut, und Inger hatte auch ohne Worte verstanden, was in ihm vorging, als er nach ihrer Hand griff und sie zärtlich zwischen seine warmen, rauen Hände legte. Schon wenige Wochen nach seiner Rückkehr aus Schweden hatte er beim Mittagessen gesagt: „Nächsten Monat nehme ich ein bisschen Urlaub und fahre Inger besuchen. Sie ist in ihrem Heimatdorf an der Hohen Küste. Ich will mir das mal ansehen." „Aha", hatte Susanne nur gemacht, aber insgeheim hatte sie gehofft, er würde nichts so überstürzen wie sie damals. Holger sah sich Schweden und auch Inger tatsächlich erst gründlich an, bevor er eine Entscheidung traf. Eines Tages war es dann soweit: Holger zog nach Schweden. Seine Umgebung war darüber weniger erstaunt als er selbst, denn nur er wusste, dass er den Traum schon beinahe unter seinen grauen Alltagsbergen vergraben hatte.

Susanne und Jens waren in der ersten Zeit nach Susannes Rückkehr umeinander geschlichen wie zwei Katzen. Susanne hatte sich nicht getraut auf ihn zuzugehen, weil sie das Gefühl hatte, eine Zurückweisung nicht ertragen zu können. Immerhin hatte sie ihn damals wegen Björn verlassen – wie also konnte sie annehmen, dass er es überhaupt noch einmal mit ihr versuchen wollte. Dabei hatte sie doch nun begriffen, dass die Liebe nicht rosarot daherkommen musste, um echt und groß zu sein. Sie hätte es ihm so gern erklärt.

Als sie in ihrer alten Gegend eine kleine Wohnung fand, war Jens sofort zur Stelle, um ihr an den Wochenenden beim Renovieren und Einrichten zu helfen. „Hast du eigentlich niemanden, der abends auf dich wartet?", fragte sie ihn, als er wieder einmal direkt nach Feierabend mit seinem Business-Anzug bei ihr auf der Matte stand, Fußleisten unter dem Arm und eine Tüte mit Nägeln in der Hand. „Ich hab doch dich", sagte er nur und sah sie stirnrunzelnd an.

Susanne war völlig irritiert, denn er versuchte sie nicht einmal zu küssen. Was soll ich denn jetzt davon halten, fragte sie sich.

An einem Freitagabend, sie wollte gerade ins Bett gehen, klingelte es energisch an der Tür. Sie erschrak, schlich auf Zehenspitzen zur Wohnungstür und äugte in den Türspion. Vor der Tür stand Jens. Er war zerzaust und hatte seine Hände in den Taschen vergraben. Susanne öffnete die Tür und roch sofort die Alkoholfahne, die Jens verbreitete.

„Hallo, Jens", sagte sie leise.

„Darf ich reinkommen, Süße?"

„Ja, natürlich." Susanne schloss schnell die Tür, denn sie wollte kein Gespräch im Treppenhaus führen.

„Ich bin gekommen, weil ich ... also weil ich ... "

Susanne sah ihn mit großen Augen an.

Jens atmete tief durch, nahm die Hände aus den Taschen und umarmte Susanne. Es war das erste Mal seit langer Zeit, dass er sie berührte. Sie wusste nicht recht, wie sie sich verhalten sollte. Wenn ich jetzt nachgebe, liegen wir gleich im Bett. Und außerdem ist er auch noch besoffen. Na klasse.

Jens umarmte sie fester. „Tschuldigung, dass ich blau bin", murmelte er.

„Hm", machte Susanne, löste sich aus der engen Umarmung und sah ihn an, „Was ist?"

Jens sagte nichts, er nahm ihr Gesicht in seine Hände und küsste sie zärtlich und sehnsuchtsvoll. Susanne erwiderte seinen Kuss und bekam weiche Knie. Wie hatte sie das jemals vergessen können ...

Ihre Küsse wurden leidenschaftlicher, und sie schmiegten sich eng aneinander. Jens ließ seine Hände über ihren Rücken und ihren Po gleiten, fuhr dann mit den Händen unter ihren Pullover und zog ihn ihr aus. Susanne hob die Arme und half ihm dabei. Als er ihren Büstenhalter öffnete und ihre runden Brüste berührte, stöhnte sie leise auf. Das hatte sie seit einer Ewigkeit nicht mehr erlebt. Sie genoss seine Berührungen, umfasste seinen Po mit ihren Händen und drückte ihn an sich. Durch den Stoff der Kleidung konnte sie seine Erektion spüren und die Erinnerung an all das, womit er sie so oft zur Ekstase gebracht hatte, machte sie wild. Ich will ihn, dachte sie nur noch, doch dann fiel es ihr plötzlich ein. „Du, Jens", flüsterte sie, „Ich glaube, das geht nicht. Ich nehme keine Pille mehr, und ich habe auch keine Kondome... Tut mir echt Leid." Atemlos wartete sie auf Jens' Reaktion. Doch er streichelte sie weiter und murmelte in ihre Halsgrube: „Wäre ein Kind denn so schlimm?"

Susanne konnte nicht glauben, was sie da hörte. „Was sagst du da, Jens?" Er nahm den Kopf zurück und sah sie an. Seine Augen waren ganz nah und ganz dunkel. „Dann wird es eben ein Baby, Süße ... " In dem Moment begriff Susanne, dass Jens gekommen war, um ihr eine Liebeserklärung zu machen und sich dafür Mut angetrunken hatte. Über Gefühle konnte er noch immer nicht reden. Ich werde mich damit abfinden müssen, dass er wohl nie „Ich liebe dich" zu mir sagen wird, dachte sie. „Na, dann ... ", sagte sie nur und zog ihn sanft ins Schlafzimmer. Jens war besonders zärtlich zu ihr. „Oh ja", flüsterte Susanne leidenschaftlich und wand sich unter seinen Berührungen, „Oh jaaa..." Als er schließlich in sie eindrang, umschlang sie ihn fest mit ihren Beinen, konnte ihn gar nicht tief genug in sich spüren. „Ich ... liebe ... dich.", stöhnte Jens in höchster Erregung, bevor er tief in ihr kam.

Susanne wurde übrigens nicht schwanger in dieser Nacht, und auch nicht in der nächsten und übernächsten und der danach. Bei Tageslicht und nüchterner Überlegung war sie auch froh darüber, aber dennoch …

Beladen mit Getränkeflaschen, Süßigkeiten, Keksen und Obst betrat Susanne die weitläufige Hotelhalle. Sie erwischte gerade noch einen Aufzug, und nur wenige Minuten später öffnete sie mit der Schlüsselkarte die Tür zu Zimmer 4532. In dem Zimmer sah es aus, als hätte eine Bombe eingeschlagen. Zwei Reisetaschen standen offen und halb ausgeräumt auf den zerwühlten Betten, eine bunte Mischung von Schuhen in unterschiedlichen Größen lag auf dem Fußboden herum.

„Was ist denn hier los?" Susanne war ärgerlich. „Wo seid ihr denn bloß alle?"

Ein etwas zerzauster dunkler Haarschopf tauchte hinter einem Sessel auf. Er gehörte zu einem etwa zehnjährigen Jungen. „Hallo Mama, hier ist eine ganz tolle Spinne – mit richtig dicken Beinen! Die musst du dir unbedingt angucken." Seine großen grauen Augen strahlten sie an. Susanne musste gegen ihren Willen lachen. „Ach, Tobias, ich kann mich beherrschen. Lass mal. Du, wo ist eigentlich Papa?"

„Ach, Lilli hat ein Riesentheater gemacht, weil sie Ratze im Auto vergessen hat. Also ist Papa mit ihr nochmal ins Parkhaus gegangen."

Lilli war Tobias' vierjährige Schwester und Ratze ihre Plüschratte. Sie liebte Ratze heiß und innig, nachdem ihr Papa sie ihr vor etwa einem Jahr geschenkt hatte. Sie mochte Ratze vor allem deshalb so gern, weil ihr Vater dem Plüschtier mit verstellter Stimme einen witzigen, frechen Charakter eingehaucht hatte. Sie bog sich vor Lachen über die Späße der Plüschratte. Susanne liebte es, diesen Gesprächen zwischen Vater und Tochter zu lauschen. Eines Tages hatte sie ihren Mann gefragt, warum er Lilli ausgerechnet eine Ratte geschenkt hatte. „Na, die ist immer schön rattig", war seine von frechem Grinsen begleitete Antwort gewesen.

Susanne hatte gerade mit dem Aufräumen begonnen, als die Zimmertür schwungvoll von außen aufgerissen wurde. Lilli lief vorweg und hielt Ratze zärtlich an sich gedrückt.

„Was macht man nicht alles für die Frauen." Jens seufzte und stieg aus seinen Schuhen. „Wann müssen wir morgen eigentlich hier losfahren?", fragte er Susanne und sah sie an. Sie antwortete nicht sofort, denn sie war mit ihren Gedanken bei ihrem Erlebnis in der Altstadt gewesen, als sie glaubte, sie hätte Björn gesehen. Warum hat mich das bloß so verstört? Ich wünschte, es wäre mir mittlerweile egal. Mein Leben ist doch hier. Susanne ärgerte sich über ihre Reaktion.

„He, was ist denn?", fragte Jens und sah sie aufmerksam an, „Geht's dir nicht gut? Du siehst aus, als hättest du ein Gespenst gesehen."

„Sowas Ähnliches muss es wohl gewesen sein." Sie lächelte. „Ist schon wieder gut."

Jens wusste nichts von der kleinen Begebenheit in der Stadt, aber ihm war auch so klar, dass diese Reise in Susanne Gefühle wecken würde, mit denen sie vielleicht nicht sofort umgehen konnte. Seit ihrer Rückkehr war sie nicht mehr in Schweden gewesen. All seine Vorschläge, vielleicht einmal zu Gunnar nach Sälen zu fahren oder eine Rundreise mit dem Wohnmobil zu machen, waren bei Susanne auf wenig Gegenliebe gestoßen. Sie tat sich noch immer schwer mit der alten Geschichte. Jens zuckte mit den Schultern. Was konnte er schon dagegen tun? Susanne ist halt eine sentimentale Socke, dachte er. Aber er lächelte dabei.

Sie hatten keine Lust mehr, am Abend noch etwas in Stockholm zu unternehmen. Nachdem sie seit ihrer Ankunft am Göteborger Fährhafen auf Achse gewesen waren, wollten sie sich einfach nur noch ausruhen. Die Kinder, vor allem Lilli, waren ohnehin schon ziemlich müde. Also machten sie es sich alle zusammen im großen Bett gemütlich, aßen jede Menge Schokolade und Kekse, tranken kunterbunte Limonade – eine süßer als die andere – und ließen sich von dem seichten Fernsehprogramm berieseln. Irgendwann waren die Kinder eingeschlafen. Lilli lutschte am Daumen und hielt Ratze fest im Arm, Tobias schnarchte wie ein Ungeheuer. Jens sah Susanne nachdenklich an. „Alles okay?"

„Ja", sagte Susanne sanft und war selbst überrascht darüber, wie leicht ihr dieses Wort über die Lippen ging.

Plötzlich klingelte ihr Handy. Sie beeilte sich das Gespräch anzunehmen, damit die Kinder nicht aufwachten,

„Ja, bitte?", sagte sie leise und ging mit dem Handy ans andere Ende des Zimmers. „Ach, du bist es, Elke - Ja, wir kommen am Nachmittag - Ihr kommt später? - Ach, mit dem Flugzeug - Ja, okay - Ich mich auch -

Bis morgen - und schöne Grüße an Joachim - Ja, mach' ich – Okay - Tschüs."

Sie legte das Handy auf den kleinen Tisch neben dem Bett.

Elke und Joachim, das war auch so eine Geschichte. Elke hatte sie nur kurze Zeit nach der Rückkehr aus Schweden angerufen.

„Du, Susanne, ich muss dir was sagen."

„Hmmm?"

„Ich habe mich verliebt."

„Das ist doch schön", war Susannes magere Antwort, obwohl ihr eigentlich hätte klar sein müssen, dass in Elkes Fall hinter diesem recht nüchternen Satz ein gewaltiges Gefühlserdbeben stecken musste.

„Also, ich hab' gedacht, du willst ihn vielleicht kennenlernen – nicht erst Weihnachten oder so ... "

Aha, dachte Susanne, irgendwas ist mit dem Kerl. Sie will ihn mir vorstellen, damit ich bei Mama und Papa gutes Wetter machen kann.

„Was hast du dir den so gedacht?"

„Wir könnten doch zu Viert essen gehen. Was meinst du?"

Sie verabredeten sich in einem chinesischen Restaurant. Susanne machte sich sehr sorgfältig zurecht, weil sie sich von ihrer besten Seite zeigen wollte, und fing sogar noch eine kleine Streiterei mit Jens an, weil er partout keine anderen Schuhe als seine uralten Wildledertreter anziehen wollte. „Herrgott nochmal, das wird schon nicht der Kaiser von China sein", schimpfte er.

Susanne war gespannt gewesen, denn nach vorsichtigem Nachfragen hatte ihr Elke etwas über Joachim erzählt: was er beruflich machte, dass er fünfzehn Jahre älter war und sich jedes Wochenende rührend um seine Mutter im Sauerland kümmerte. (Dass es der Anruf von Joachims Mutter auf dem Anrufbeantworter gewesen war, der ihre Beziehung schon am Anfang beinahe zerstört hatte, behielt Elke für sich.) Susanne war skeptisch. „Ich weiß nicht", sagte sie zu Jens, „ein verstaubter Beamtengreis, der jedes Wochenende zu Mutti fährt, ist doch bestimmt nicht toll."

Aber sie hatte sich gründlich geirrt. Sie konnte sich nicht verkneifen, ein bisschen – wirklich nur ein bisschen, fand sie jedenfalls – zu flirten. Damit hörte sie aber schlagartig auf, als Elke sie über den Tisch hinweg streng mit ihren Bernsteinaugen ansah und dabei eine Augenbraue warnend und missbilligend hochzog.

Joachim war wirklich ein attraktiver Mann, aber am interessantesten war Elkes Veränderung, seit sie mit ihm zusammen war. Sie wirkte wesentlich weicher und weiblicher als vorher – als ob sie ihren mürrischen Schutzpanzer abgelegt hätte. Sie und Joachim verband etwas, das Susanne förmlich greifen aber nicht benennen konnte. Vielleicht ist es eben einfach nur die ganz große Liebe – ausgerechnet bei meiner vernünftigen großen Schwester - , dachte sie staunend.

„Alles klar mit morgen?" Jens lag schon im Bett und sah Susanne fragend an. Er sieht müde aus, dachte sie. Kein Wunder, denn in den letzten Monaten hatte er zu viel gearbeitet. Susanne legte sich neben ihn ins Bett und schmiegte sich an ihn, legte einen Arm um seinen Bauch und genoss es, wie er sich im Rhythmus seiner Atemzüge hob und senkte. Hier war ihr Zuhause.

„Na klar, Jens. Aber jetzt lass uns schlafen. Es war ein langer Tag."

Dennoch konnte sie nicht gut einschlafen, denn immer wieder quälten sie Bilder und Erinnerungen.

Epilog

Die Fahrt an die Hohe Küste zog sich lange hin. Die meiste Zeit fuhren sie Autobahn, was ohnehin nicht besonders reizvoll war. Die Kinder wurden quengelig, und zu allem Überfluss kotzte Lilli auch noch ins Auto. Sie beseitigten die Bescherung an einem Rastplatz und waren der niederländischen Urlauberin dankbar, die ihnen eine angebrochene Sprühflasche Textilerfrischer mit Südseearoma schenkte. Sie hatte ihn gelegentlich gebraucht, wenn sie ihren Hund im Auto hatte mitfahren lassen. Jens war eine Ewigkeit damit beschäftigt, Ratze wieder salonfähig zu machen. Er wusch die Ratte im Handwaschbecken der Toilette und trocknete sie unter dem Handtrockner an. Noch nie hatte Ratze so sehr nach Ratte ausgesehen – und auch so gerochen, wie Tobias fand.

Als sie Sundsvall erreichten, waren sie grenzenlos enttäuscht. In der Stadt gab es jede Menge Industrie und sie sah – zumindest von der Straße aus gesehen – alles andere als malerisch aus.

„Es riecht nach Fabrik", sagte Tobias und hielt sich die Nase zu. Na toll, dachte Susanne, und dafür sind wir jetzt so weit gefahren. Das hätten wir auch bei uns in der Nähe haben können.

Doch als sie wenig später über die große Brücke fuhren, die das Tor zur eigentlichen Hohen Küste bildete, ahnten sie zum ersten Mal, wie wunderschön dieser Landstrich war. Die bewaldeten oder mit samtigen Grün überzogenen Berge bildeten eine Kulisse für die kleinen Fjorde und felsigen Küstenlinien. Kleine Dörfer mit schlichten falunroten Häusern schmiegten sich an das Meer, dessen sanfte Wellenbewegung der Herzschlag der Landschaft war.

„Salom liegt aber nicht am Meer, oder?", wollte Jens wissen.

„Nein, aber soweit ich weiß, liegt es an einem langgestreckten See."

„Weißt du denn, wo wir abbiegen müssen?"

„Ja, Susanne, es ist ein kleiner Feldweg, den man von der Straße aus sehen kann. Ich habe mir das auf der Karte ganz genau angesehen."

Sie hielten angestrengt Ausschau, und noch bevor Susanne richtig begriffen hatte, was sie sah, lachte Jens.

„Da ist es, das muss es sein! ... Hätte ich mir doch denken können ... "

Die Einfahrt in den Feldweg war mit zahllosen bunten Fähnchen geschmückt. Jemand hatte sich sehr viel Mühe gegeben, die Zweige der Birken am Wegesrand mit Lichterketten und Fähnchen zu dekorieren.

Sie folgten dem unebenen Schotterweg, und ihr voll beladener Kombi rumpelte über den Weg, eine Staubwolke hinter sich her ziehend. Und dann sahen sie es: Auf einer kleinen Anhöhe mit wunderbarem Ausblick auf den langgestreckten See stand ein großes Haus. Es war umgeben von sorgfältig gemähtem Rasen, auf dem Tische und Stühle aufgestellt waren. Mehrere bunte Sonnenschirme sorgten für sommerliche Heiterkeit. Von Schirm zu Schirm hatte jemand Ketten mit kleinen bunten Fähnchen gespannt, die fröhlich im Wind flatterten. Sie stellten ihr Auto ab und gingen auf das Haus zu. Als sie näher kamen, hörten sie jemanden fürchterlich falsch zu einer Melodie im Radio pfeifen. Dazwischen ertönte von Zeit zu Zeit das unangenehme Geräusch einer Bohrmaschine.

Susanne und Jens beschleunigten ihre Schritte, die Kinder trotteten langsam hinter ihnen her.

Die Geräusche kamen aus einem kleinen Schuppen, der etwas abseits vom Haus lag.

„Hallo?", rief Susanne.

Die angelehnte Tür öffnete sich ganz.

„Mensch, da seid ihr ja! Ihr könnt euch gar nicht vorstellen, wie ich mich freue!"

Strahlend kam Holger herausgelaufen. Er hatte noch immer den Bohrer in der Hand und einen Bleistift hinter das linke Ohr geklemmt.

Es gab Umarmungen, Küsschen und auch ein paar Tränen bei Susanne – und dann wurde Holger gleich wieder praktisch: „Könnt ihr mir mal eben helfen und gucken, ob die Aufhängelöcher richtig sitzen?" Er hielt ein selbstgemachtes Holzschild in die Höhe, das die Aufschrift „HOLGERS KÖK" trug. Der Schriftzug war umgeben von liebevoll gemalten Blümchen und Küchenutensilien: Löffel, Gabeln, Tassen und Gläser. „Das hat Inger gemalt", sagte Holger mit einigem Stolz, „Sie wollte ja zuerst mich auf das Schild malen, aber das fand ich irgendwie doof."

Holger hatte tatsächlich seinen Traum wahr gemacht: Zusammen mit Inger eröffnete er sein eigenes Lokal in Ingers Heimatdorf. Davon hatte er geträumt, seitdem er das alte Haus mit dem wunderbaren Ausblick zum ersten Mal gesehen hatte. Inger und er hatten das Fjäll verlassen und waren vor etwa drei Jahren an die Hohe Küste gezogen. Inger bekam sofort eine Stelle als Schwester in einem Arztzentrum, aber Holger hielt sich am Anfang nur mit Gelegenheitsjobs über Wasser. Als er gerade als Aushilfe im Supermarkt arbeitete, erfuhr er von dem leerstehenden Haus. Heimlich fuhr er mit dem Fahrrad hin und malte sich aus, was für ein wunderschönes Lokal er daraus machen könnte. Eines Tages fuhr Inger ihm nach und überraschte ihn bei seinen Tagträumereien. „Was machst du denn hier so allein?", fragte sie erstaunt. Und dann erzählte Holger ihr von seinem großen Wunsch. Sie hörte ihm aufmerksam zu, unterbrach ihn nicht, als er von seinen Vorstellungen sprach. Vor allem aber sah sie den Glanz in seinen Augen. „Dann machen wir das.", sagte Inger nur und küsste ihn. Holger war sprachlos vor Glück. Aber er wäre nicht Holger gewesen, hätte er sich mit Sentimentalitäten aufgehalten. Er knüpfte Kontakte zu Handwerkern, intensivierte Freundschaften und wurde – für schwedische Verhältnisse – sehr schnell in die Dorfgemeinschaft aufgenommen. Trotz teilweise niedriger Freundschaftspreise einzelner Handwerker mussten Inger und Holger ihr ganzes Geld in die Renovierung und die Einrichtung von „Holgers Kök" stecken, aber sie hatten ein gutes Gefühl dabei. Es sollte so etwas Ähnliches werden wie das „Onkel Willi": ein zwangloses Lokal mit Flair, gutem Essen und gelegentlicher Livemusik.

Susanne lächelte. Holgers Kök – Holgers Küche. Eine Anspielung auf seine Küche im Studentenwohnheim. Damit war er sich wirklich treu geblieben.

„So, Leute, jetzt gibt's erstmal Futter. Inger freut sich auch schon auf euch. Nach dem Kaffee zeige ich euch dann alles hier. Und nachher kommen ja auch Elke und Joachim."

Mit schwungvollen Schritten eilte Holger die Wiese entlang zum Haus und pfiff dabei vor sich hin.

Als sie wenig später beim Kaffee saßen, griff Tobias immer wieder in die große Schale mit den selbstgebackenen Zimtschnecken. „Die sind so lecker", schwärmte er mit vollem Mund, „Warum gibt es die eigentlich nie bei uns? Mama bäckt die nie."

„Mama mag die nicht", antwortete Jens nur.

Tobias sah ihn fragend an.

Eine kleine Pause entstand, und dann sagte Holger mit leisem Lächeln: „Weißt du, Tobias, ich glaube, deine Mama hat die mal gar nicht gut vertragen...

Danksagung

Als aus der vagen Idee für diesen Roman ein Manuskript wurde, haben mich viele Menschen auf diesem Weg begleitet und unterstützt.
Zunächst einmal bedanke ich mich bei Frau von Dobbeler von der Königlich Schwedischen Botschaft in Berlin für ihre freundlichen Auskünfte und ihre positive Reaktion auf die Romanidee.
Ich danke meinen ehrlichen und konstruktiven Testlesern, allen voran Birgit von Schwartzenberg und Erwin Kohl.
Erwin Kohl gilt mein zweifacher Dank, denn ohne ihn hätte ich meine Agentin Ingrid Schmitz nicht kennengelernt.
Ohne Ingrid gäbe es dieses Buch nicht. Sie ist die engagierteste und netteste Agentin, die ich mir überhaupt vorstellen kann.
Zum Schluss möchte ich mich bei meiner wunderbaren Familie bedanken. Sie ist der Fels in der Brandung, und für ihre Begeisterung, Anteilnahme und Unterstützung ist jeder Dank zu klein.

Die Welt ist bunt und voller Geschichten. Mit euch allen an meiner Seite wird es mir eine Freude sein, weiter zu schreiben.

Petra Schulz

Dinslaken, im Juni 2013

Alle im AAVAA Verlag erschienenen Bücher sind
in den Formaten Taschenbuch und
Taschenbuch mit extra großer Schrift
sowie als eBook erhältlich.

Bestellen Sie bequem und deutschlandweit
versandkostenfrei über unsere Website:

www.aavaa.de

Wir freuen uns auf Ihren Besuch und informieren Sie gern
über unser ständig wachsendes Sortiment.

Einige unserer Bücher wurden vertont.
Die Hörbücher finden Sie unter
www.talkingbooks.de

Jule Matthies

Gechillt

Roman

AAVAA
VERLAG

Regine Reinhard
LOTTA FLEXIBEL
und der Charme in ihren Falten
Roman
AAVAA
VERLAG

Sabine Richling
Gefühlschaos
inklusive
Roman
AAVAA
VERLAG

Silke May
Alpenglühn
und heiße Küsse
Frauenroman
AAVAA
VERLAG

Gisela Sachs
Die
Versandhausbraut
Roman
AAVAA
VERLAG

Barbara Aichinger
Liebesroman
AAVAA

Evelyne Augustin
Schön, Schlank, Schwanger
Roman
AAVAA
VERLAG

www.aavaa-verlag.com